李徽昭——著

到世界去

徐则臣小说及其时代

北京出版集团
北京十月文艺出版社

图书在版编目 (CIP) 数据

到世界去：徐则臣小说及其时代 / 李徽昭著. —
北京：北京十月文艺出版社，2024.8
 ISBN 978-7-5302-2378-9

Ⅰ.①到… Ⅱ.①李… Ⅲ.①徐则臣—小说研究
Ⅳ.①I207.42

中国国家版本馆 CIP 数据核字 (2024) 第 072289 号

到世界去
徐则臣小说及其时代
DAO SHIJIE QU
XUZECHEN XIAOSHUO JIQI SHIDAI
李徽昭 著

出　　版	北 京 出 版 集 团
	北京十月文艺出版社
地　　址	北京北三环中路6号
邮　　编	100120
网　　址	www.bph.com.cn
发　　行	新经典发行有限公司
	电话 010-68423599
经　　销	新华书店
印　　刷	河北鹏润印刷有限公司
版　　次	2024年8月第1版
印　　次	2024年8月第1次印刷
开　　本	850毫米×1168毫米 1/32
印　　张	10.25
字　　数	210千字
书　　号	ISBN 978-7-5302-2378-9
定　　价	49.00元

如有印装质量问题，由本社负责调换
质量监督电话 010-58572393

版权所有，未经书面许可，不得转载、复制、翻印，违者必究。

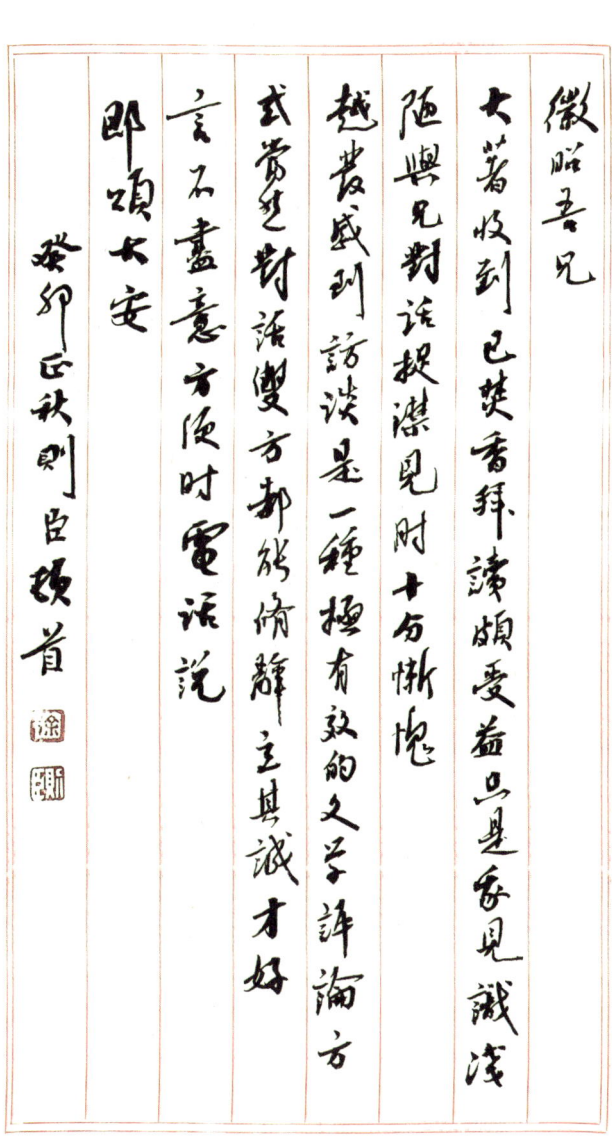

2023年秋,徐则臣致笔者手札

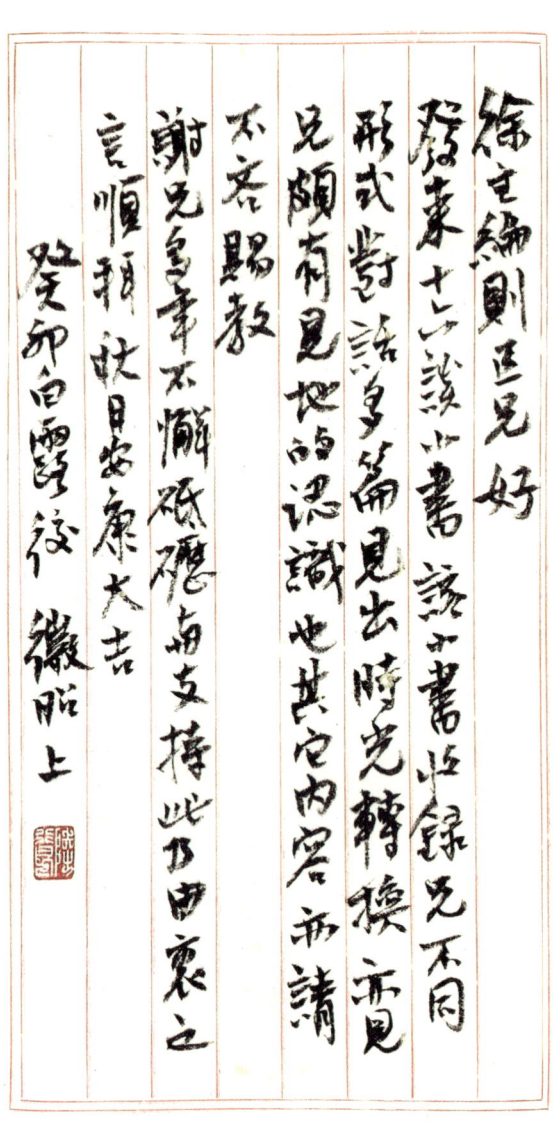

2023年秋，笔者致徐则臣手札，寄出才发现有错字

2011年10月25日，笔者在美国萨姆休斯顿州立大学主持的书法工作坊

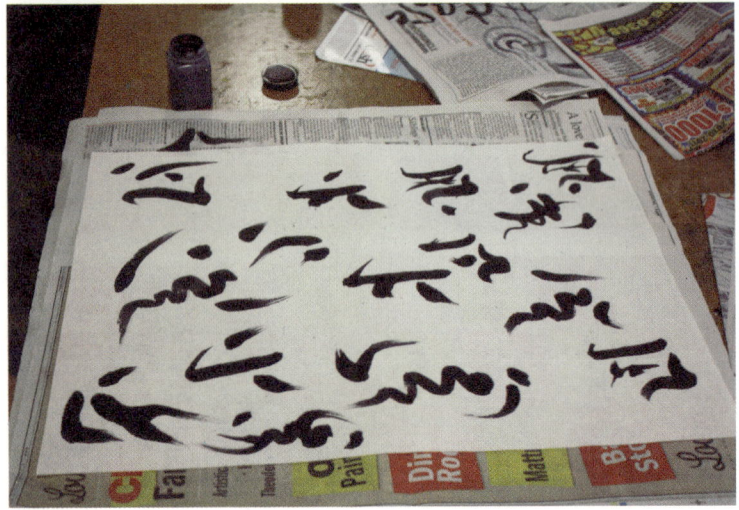

2011年10月25日,美国萨姆休斯顿州立大学艺术系学生的书法演绎现场

2019年7月,天津卫视拍摄徐则臣专题片,在花街对岸

2015年7月，徐则臣在洪泽湖上进行田野调查

2015年7月，与徐则臣一起访问洪泽湖渔民

2015年7月，与徐则臣一起考察洪泽湖渔民生活

2015年7月，与徐则臣在洪泽湖边所见

2019年7月,天津卫视拍摄徐则臣专题片,在淮安运河边

2017年6月,与徐则臣、王祥夫、李浩、龙一、刘玉栋等朋友在花街

2017年7月，笔者老家房子被拆五年后

2022年9月12日,在淮阴师范学院"淮上文学论坛"对话现场

2022年8月14日,南京"在世界文学之都,与文学大家面对面"活动现场

序

"这个批评者"体内的灵魂

李 浩

一

诗人W. H. 奥登在他著名的《染匠之手》中提到:"批评家的职责是什么?在我看来,他能为我提供以下一种或几种服务:

"一、向我介绍迄今我尚未注意到的作家或作品。

"二、使我确信,由于阅读时不够仔细,我低估了一位作家或一部作品。

"三、向我指出不同时代和不同文化的作品之间的关系,而我对它们所知不够,而且永远不会知道,仅凭自己无法看清这些关系。

"四、给出对一部作品的一种'阅读'方式,可以加深我对它的理解。

"五、阐明艺术的'创造'(Making)过程。

"六、阐明艺术与生活、科学、经济、伦理、宗教等的关系。"

他还提到:"前三种服务需要学识。一名学者的知识不仅要渊博,还必须对他人有价值……"我觉得,奥登说得太好了,卓越而有见地:我们试图向批评尤其是文学批评索要的,就是这些"服务",一篇(一部)好的文学批评应当提供它所提及的这六种服务中的至少一种,当然能够兼有多种则更好。否则,我会偏见地认为它是无效的,是一些陈旧知识和无效知识的自我繁衍,它们的貌似渊博不过是回字的第五种或第六种写法,并不提供对他人的价值,也不能使我们更有效地理解文学和尚未注意到的作家,以及在他们身上出现的倾向……

这样的文字在我们这个时代正在大行其道。有时,一篇(一部)文学批评从一开始读就会让人有强烈的嚼蜡感,它们或困囿在一种陈腐知识(而且可能是已经证伪的知识)的框架内来回打转,即使面对新作品,其言说的也不过是陈词与滥调,不仅构不成"对他人的价值",甚至可以算是危害。因为它规定的往往是文学不应有的、僵化和最有戕害性的东西,一次次"把鞍子套到马头上",一次次在新芽的头上覆盖水泥,一次次向瓷器店里驱赶公牛——更为可怕的是,困囿于陈腐知识中的批评家们往往笃定,自以为掌握着不可冒犯、不可动摇的真理。他们或只学会了一种简单用具,一种原本还有些价值的理论模式,然后就用这个强烈原教旨化的用具"套用"于一切文学,无论在他面前的是一棵树、一只飞鸟、一座山还是一匹马——他们会在不同的物品、物种中选取这种理论能够套住的部分,然后就自激地以为抓住了一切,当然对于无法套住的部分他们只得视而不见，因为他们匮乏的言说能力，尤其是面对文学中的新物种。他们，我是说有诸多的他们，我们看不出批评家对于文学的爱，他们不爱文学，批评对于他们来说只是一项统计员或者类似"鉴黄师"的工作，是谋生和牟利的工具——他们没有创造性也看不到文学中的创造性，他们从没有呈现任何一种发现的欣喜，他们，用一种冷冰冰的方式统计着文学的基本产出，随意翻拣几个代表作为标签，年年如此，篇篇如此……我们还可能看到这样一种倾向，"对他们来说，艺术只是哲学和理论倾向的衍生物"（米兰·昆德拉），他们急于定义，急于简单命名，急于将一种复杂的、多汁的、包含着诸多言外之意和神经末梢感的艺术呈现归纳为——无论它称之为社会学的、美学的、现象学的、意识形态的还是其他什么，总之，他们都在简化，压缩，剪裁，从而使艺术品的气息无处散发。

"我对这样一些教授是太害怕了。"米兰·昆德拉说，诸多的作家（譬如纳博科夫、库切、欧内斯特·海明威、莫言、贝克特等）都表达过类似的意思，当然他们惧怕的不是批评而是"那一种批评"，那种丧失着感觉和直觉，而将全部的嗅觉交给简单化、原教旨化和非艺术化的理论的批评倾向——而这一倾向，在我们的学院批评中真是大行其道，呆板和僵化的水泥层也越来越厚。

事实上，作为学院派，作为在学院体系下成长的批评家，本书作者李徽昭对此也多有认知，他反对简单命名和概念化，主张去学科化，对"我们时代个人感觉的丧失"忧心忡忡……当然，我无法将这部《到世界去：徐则臣小说及其时代》仅仅看作是对"感觉的丧失"的反驳之书，那样就太简单和粗暴了，尽管这部书中的确包含着隐潜的反驳，试图恢复本应有的感觉体系，并将它建造成丰盈广袤的丛林；我也无法将《到世界去：徐则臣小说及其时代》看作简单的徐则臣评传——不，在李徽昭的这部书中，徐则臣当然居于考察的核心与强光之下，但在这部书中，作家徐则臣更多的是围绕性的锚定，李徽昭要考察、审视的是由他的小说所呈现的时代倾向和可能面影……是通过具体作家、具体文本而呈现出的具有恢宏意味的时代命题。在这里，个体的文本写作与时代精神、世界整体性互为参照，它让我偶尔会想到茨威格在《三大师》中对巴尔扎克、狄更斯、陀思妥耶夫斯基的书写和言说，想到巴尔加斯·略萨对加西亚·马尔克斯生活、写作的言说……尽管有一个核心围绕，但李徽昭要在这部书中谈及的是世界性问题、人物形象、意象书写、长篇写作、文本研究五个向度，他要在开阔、广博和微观、具体之间获得充分的游刃。

二

到世界去。何谓世界？李徽昭试图言及的"这个世界"核心要点是什么？相对于这个世界，中国或者说中国式写作又处于怎样的位置？为何要以徐则臣为核心考察，他的写作与"到世界去"又是怎样的一种关联？

这当然是问题。李徽昭在书中做出了对应性的梳理和解释，并谈及徐则臣小说中设置的在华外国人形象、归国人物形象，以及怀乡之不可能——而由他的言说引发，我却想略做延展，在这里多说几句中国文学的"到世界去"。

《到世界去：徐则臣小说及其时代》第一章第一节的题目中有一个显赫的"世界经验"——李徽昭是从世界体验、世界性和世界文学三重视角来审视的，而我，更愿从我的角度来言说"世界文学"：在我看来，当下的诸多作家（尤其是徐则臣等70后作家）已经领受着世界文学的惠泽，他们也自觉地将世界当作一个整体来打量，经由翻译的普及，他们阅读到来自世界的大量译介作品，这种吸纳甚至早就超过了对本土文学的吸纳。如果我们与这些中国作家交谈，就会发现他们对世界文学的了解之深、吸纳之深远超想象，他们更多对世界经典津津乐道，对世界文学的当下前沿也基本了如指掌——在这点上，中国的文学批评是跟不上的，也是相对滞后和僵化的——我想我们知道，但若我们对世界文学史、艺术史有一定了解，就会发现世界上绝大多数卓越的文学家艺术家都是坚定的"拿来主义"者，他们善于向自己的传统借鉴，更善于向人类共有的美好经验进行借鉴，而在后一点上他们更是兴致勃勃——他们总是满怀野心地希望将整个人类的"全部遗产"吸纳到自己的文学创作和艺术创作中，他们总是愿意借用从他者那里"舶来"的经验、形式和差异感来完善自己，补充自己，突破自己，从而构成合理与丰富，"为个人的缪斯画下独特的面部表情"（奥登）。如果缺乏一个世界视野和"世界文学"的统一性考量，我们当下的地方性写作很可能是无效的，它也很可能造成一个被米兰·昆德拉称为"有罪"的后果：这样的写作，会造成一个民族的盲目和短视。

不断地拿来，然后裨益自己，完成自我化的、地域化的写作——然而在这一转化过程中，我对时下的中国文学却有着些许不满。一是我们似乎更多地汲取了技术经验而部分地忽略了思想经验，思想性议题在我们的小说中少有涉及，我们往往看到的是一个圆熟的故事，而背后的支撑却是匮乏和贫弱的，更谈不上思想上的特立独行和发现——这是一个核心问题，要知道"越对生活有意义，小说的格就越高"（列夫·托尔斯泰），思想性在文学中的价值不可或缺。遗憾的是，我们大多数的写作不过是重复社会学、哲学、心理学说过一千遍、一万遍的所谓道理，而它们，恰好能被滞后的文学批评捕捉到。二是格局太小，即使我们的写作是从那些宏大、宽阔、浑厚的经典背景中得来的，是从福克纳、马尔克斯、库切、加缪、萨拉马戈、海明威等显赫的大师那里得来的，然而一旦"本土化"，我们立刻就会减掉它们其中的人生追问、命运追问和社会追问，而变成一种个体悲欢的"室内剧"言说，变成男男女女的欲念和狭小痛苦，变成对器物、气息和物质化细节的迷恋……变成，一种手把件的美。三是，我们在阅读、吸纳那些世界经典的时候，能够意识到它的创造性、创新性，当然也包括贮含于其中的冒险，然而在拿来的过程中我们悄然地"遗忘"了这个冒险，而愿意跟在后面——这样的写作当然不会为世界文学提供反哺和新质的东西。"不冒险的旅程"让我们的写作在精妙的技术背后越发苍白,日渐平庸。

事实上,李徽昭定下这部书的题目是"到世界去",并专门地以徐则臣的小说写作为考察对象,在我的认知中也是相称的、匹配的,有支点和抓手的:在当下的小说作家中,徐则臣一直有一个世界文学的观照和"到世界去"的自觉,在他的小说塑造中,既不乏时代背景下的个体和他们所携的命运,也不乏从本土出发、游历海外的"跨文化"移民和归来者,更为可贵的是,在他的小说中还曾不断地出现过诸多的"外国人",甚至会在小说中成为基本的主角……这在当下的中国文学中并不多见。李徽昭自有他的敏锐,他注意到、意识到这些人物所携带的和他们的"背后",注意到、意识到徐则臣在对他们进行书写时可能的内在心理,注意到徐则臣和以他为代表的部分中国作家"面向世界建构中国文学的雄心",注意到"到世界去"的过程中的文明冲突和心理差异,注意到——

"这些形象携带着穿越不同文化时空的个体经验,超越了单一民族的心理与文化束缚,以去中心化的思想和行动,加入到世界文学的舞台中,从而在道德正义、普世关怀、审美追求等不同方面呼应着世界文学……"

三

李徽昭的这部《到世界去:徐则臣小说及其时代》并非严格

意义上的论文体,它不像高校博士论文或重大课题的结集,也不像传统的某某某评传,其各章节之间的结构关系也并非严格铆接、构成稳定层次推进的那种论著类型……而且,它还将现场对话纳入其中——即使在第一章"中国与世界"第四节中,它所启用的也是"散文与海外电邮"这样一个非理论化、非论文化的题目——在我眼中,这应是李徽昭的一个自如的、有意的"创举",他有意打破越来越强调学术规范而忽略内容的有效性的那种学院写法,而将有效性、"对他人有价值"放在了首位,将言说的重要性放在了首位。也正因如此,我们在这部书中读不到那种依靠旧有的理论框架架构,然后不断填充材料,貌似充实却看不到其真正价值所在的堆砌;读不到那种只有理论言说却看不到文学美妙的僵化;读不到不断地使用引文、貌似博学却永不及物,甚至引文重要性盖过了文学言说的那种无关装饰,而是——他向我们介绍我们或许尚未仔细注意到的作家与作家的作品,指认作品与时代、文化、精神趋向之间的关系,给出对一部作品的一种"阅读"方式,可以加深我们对它的理解……恰恰因为这样把问题、价值和指认放在首位的写法,让我在阅读中兴致勃勃,在了解、理解徐则臣写作的同时,也不断地对自我的写作进行反思。

《到世界去:徐则臣小说及其时代》重视感觉和艺术直觉,深入而浅出,让人在阅读中颇感轻松与美妙——其中的真知和灼见,往往也不是以晦涩的理论书面语来完成的,而是紧贴着具体文本,以一种类似"家常话"的方式说出来,落在纸上……已经有很长的一段时间,我厌倦阅读那些中国的学术论文,尤其是以一部书的整体面目出现的,因为我既读不出新知的启迪,也读不出文字的呼吸与美妙,而美妙,更是与文学相匹配的从业才华,是不可或缺的部分……在阅读李徽昭的这部书时,我时时会被他思考的敏锐、感觉的敏锐和文字的敏锐所吸引,以至于,仅仅用了三天的时间就把本书的打印稿读了一遍,然后是第二遍……将文学批评作得这样清晰、顺畅而有魅力,也是我赞赏李徽昭写作的缘由之一。

在《文明的孩子》一文中,约瑟夫·布罗茨基曾如此写下:"文学批评只有在批评家在同一个心理学和语言学观察层面上运作的时候才有意义。"是的,它要求平衡和对等,要求批评家要在知识上、智慧上和文学感受上能与作家建立呼应性的平衡匹配——批评家可以在学识、智慧上高于你的批评对象,但一般而言不能低于,因为某种的低于会使批评家看不到作家的提供以及这些提供的真正价值,看不到他精心的种种埋设,当然更可能看不到那些被我们忽略的风景……在阅读李徽昭关于徐则臣小说创作的这部书时,我看到的是一种可贵的平等,一种可贵的平衡——平等,说的是李徽昭的批评姿态和批评语调;而所谓平衡,则指的是批评者与作家在学识、智力和艺术感受上的匹配,他了解、理解徐则臣的阅读史和成长史,他们之间甚至有一种共有的"共生"关系,他们在阅读经验、生活经验和问题思考上的共有,使二者之间有一个有效默契,李徽昭能够明晰看到徐则臣在小说写作中的有效提供,也能指认这一提供的世界参照和文学史参照。更为难得的是,李徽昭还能从徐则臣的文本提供中跳脱出来,从一个更大的、更广博的视野审视徐则臣的文本提供,指认其优势和其匮乏。这是有意义的,我谈及的意义就是约瑟夫·布罗茨基所说的那个意义,而不是其他指涉。

为一位尚年轻的作家写作一本关于他文学写作呈现的书,并借这本书来承载批评家的世界思索、人生思索和时代思索,李徽昭具有冒险性的完成让我在阅读中甚是欣喜。在这部书中,他展现了对作家的熟知,对其小说文本的熟知,所有的材料、所有的设置他都予取予求,随时抽出并妥帖运用——要知道,我也是一个对徐则臣的小说有着精心阅读甚至属于"过多阅读"的同行,李徽昭提及的大多作品、大多人物我都同样熟悉,但他的择取和为此而引发的思考却是让我服气的,甚至有时在颇感意外的同时又颇为会心。是这样。可我为什么没有想过?李徽昭的这一熟悉是完成这部书的基础,但也恰因这基础,我更多地看到了他的个人才华和归纳能力。在这部书中,李徽昭也"借题发挥"谈论着他的文学理解、世界理解和时代理解,就我而言,这部分也是我所看重的。"一个艺术家无论描写什么人,圣徒,还是强盗,帝王,还是奴仆,我们探求和见到的只是艺术家本人的灵魂。"列夫·托尔斯泰的这句话极有见地,它其实也间接地提醒我们,批评家对于文学和作家的解读更多的是让我们看到"这个批评者"体内的灵魂,它与被它所解读、解构的作家灵魂构成呼应——我希望在这部《到世界去：徐则臣小说及其时代》中读到源自李徽昭身体中的"本人的灵魂"，可以说，我也部分地看到了。我承认，在阅读的过程中我与这个"本人的灵魂"相遇，整体上是愉快的、信服的和会心的，当然偶尔也发生些争吵——但不管从哪个角度来说，对这部书的阅读都是愉悦的，有所受益的。

是为序。

目录 Contents

1	导　论
7	第一章　中国与世界
7	一、世界经验与作家的代际转换
21	二、文本的世界表意与思索
36	三、中国传奇如何接通世界
41	附录　散文与海外电邮
55	第二章　形象之辨
55	一、谜团女性：性别意识与审美设定
68	二、知识分子：出走与理想主义
82	附录　徐则臣硕士论文摘要
85	第三章　意象书写
85	一、意象诗学与小说的可能
98	二、食物书写及其文化症候

116		三、船意象及其哲学意蕴
131		附录　随笔与新闻通讯
139	**第四章**	**长篇、时代与情感**
139		一、《北上》：长篇艺术及其路向
162		二、"京漂"：乡土退隐与现代迷茫
176		三、《青城》：爱情的现代审问
189		附录　随笔与统计公报
205	**第五章**	**文本短论**
205		一、《王城如海》：叙事的张力与文化驱动
208		二、《青云谷童话》：开儿童文学新路
212		三、《跑步穿过中关村》：漂泊者的忧思
219		四、《午夜之门》：中国意识的可能
225	**第六章**	**访谈与对话**
225		一、我一直想着这场封门的大雪
245		二、写运河，我的确是修辞立其诚
269		三、从乡村到城市，文学的穿越
292		四、文学是认识一个国家的重要地图
312	**后　记**	

导 论

2006年1月，作为"21世纪文学之星丛书"之一，徐则臣首部作品集《鸭子是怎样飞上天的》由作家出版社出版，其时徐则臣刚从北京大学研究生毕业，作为编外人员，入职《人民文学》编辑部。近二十年时光流逝，通信工具从小灵通、摩托罗拉、诺基亚键盘机，到现在须臾不离身、无场景不用的华为、苹果屏触机；交通工具方面，缓慢的城乡大客、面的也被高速、高铁及私家车逐渐取代。而徐则臣也辗转到上海作协做专业作家，北京上海两头跑，直至定居北京，成为70后中坚作家。这么多年来，徐则臣出版了中短篇小说集、长篇小说、散文集等数十部，作品先后被翻译为德、英、日、韩、意、荷、阿、西、俄等二十多种语言在海外发行，斩获第十届茅盾文学奖、第六届鲁迅文学奖、第五届老舍文学奖、香港"红楼梦奖"决审团奖等诸多重要奖项，并被《南方人物周刊》评为"2015年度中国青年领袖"。这些背后，是其小说主题与形象不断共感着的21世纪中国，是漂泊汗水、故乡思虑、城市转换与时空传奇被书写与沉淀的过程，可以说，21世纪以来的社会震颤与思想异动，尽可从徐则臣小说中触感得到。

例如其早期备受关注的"花街""京漂""谜团"系列小说。《石码头》《花街》营造的时空迷离朦胧的"花街"，2002年到北京读书后《跑步穿过中关村》《啊，北京》等"京漂"关怀，从哲学层面进行审美开掘的《我们的老海》《养蜂场旅馆》等"谜团"故事，三个系列交相行进，昭示着徐则臣以小说介入历史、时代与哲思的特定面向，格局宽大、气息酣畅。而后《水边书》《夜火车》等长篇小说，则从个体角度对历史和现实予以多重想象，气象更为开阔。而《耶路撒冷》《王城如海》《北上》等重要长篇，开始贴合个性化的世界认知，以散文、戏剧介入小说创作，运用环形、双线并置、多线交叉等艺术形式，在纵横时空中对时代与历史予以深度思考。回溯徐则臣小说之路，可见其呼应时代而又超越时代的小说理路尤为清晰，诸多小说都有着鲜活的生命体验与不同的时代印记，以及蓬勃情感与深远思想交相激唤出的审美创造。可以说，在中西传统接续的基础上，徐则臣以共振时代的应有变化不断丰富着现代小说文体，小说已然成为徐则臣时代认知的审美装置和思想容器。

一时代有一时代之文学，一时代也有一时代之文体。徐则臣以小说呼应着21世纪前二十年的社会变迁，表达着一代人的思想情绪与精神震颤，也使这个机械技术时代的核心文体（现代小说），尽力承载着个体与时代耦合而生的思想异动。"京漂"系列中，那些背井离乡、穿街走巷于硕大京城的男男女女，显现了机械时代乡土的逐渐退隐，确证着21世纪前二十年人与心的共同游弋。这些小说中，徐则臣毫不犹豫地光大着现实主义圆熟手法，气息畅达地呼应着时代与人心。边红旗、敦煌、七宝、旷山、西夏、王一丁、陈子午、沙袖们，辛苦地穿越那个曾经镶着金边的北京，背后却始终有个难以割舍的乡土，于是，异乡的无奈温情便成为徐则臣对机械时代的隐在思虑乃至控诉。而陈木年、初平阳们，则以知识分子的出逃与不安，与这个时代保持着巨大的疏离，他们始终难以妥帖地安顿自身。特别是《耶路撒冷》中的初平阳，"到世界去"的那个未知的浩大世界，是其抛却故乡所追求的终极目标，在散文与小说互文、回环结构中呈现出碎片时代的精神难题，其背后则隐现着徐则臣游历世界各地的经验投射。在《王城如海》《北上》两部长篇中，更为阔大的海外世界开始成为背景空间乃至小说叙述的所指，长篇结构也顺势加入戏剧并置、多线交叉等更复杂的呈现方式。徐则臣要以更包容的视野和更熨帖的长篇技术，在全球坐标中审视中国城市（《王城如海》中的北京）、中国历史（《北上》中的运河），于是，跨文化身份的余松坡、小波罗、马福德们纷纷出场，与小说中不断出现的诸多手工物及传教士一起，印证着世界与中国不可忽视的互动共生关系，也对机械时代的文学审美予以悄悄转换，开始注意碎片化背后更复杂的审美现实，这些或都是徐则臣在时代之中思索、在时代之外写作的文化趋向。

时代在变，小说也在变，徐则臣深知这一点。这些年，徐则臣张扬着个体生命感知，不断丰富着机械时代的小说之可能，文类上覆盖了短篇、中篇、长篇，内容在"京漂""花街"外拓展到世界与童话，技法也在现实主义、现代主义的复合结构与中国传奇间迂回往复。而当下时代，人工智能、电子媒介逐渐成为人际沟通与表意的重要载体，人的感受性被短平快的电子媒介所磨平以至于弱化，眼睛耳朵不断承受着虚拟声画的潜在诱惑与缓慢规训，机械时代的小说故事又如何能登上电子时代的新航船呢，作家该以什么样的新虚构占领思想的时代领地，小说该如何有效表达时代所变与社会所思，这些都是大问题。徐则臣似乎对此已有所感，近期推出的"鹤顶侦探""海外传奇"等系列小说，或以中国古典传奇叙事跨越时空，或将本土问题放置于海外异域空间，不断回应着古今中西交汇中的时代现实。这些带有本土化、主体性的小说新创造，正在开辟更富张力的文学空间，也与世界文学发生着不同意义上的审美对话。徐则臣执着而又随时应势的文学实践，某种意义上解放了现代小说，扩展了小说文体的审美意涵与思想容量。我以为这是其在世界坐标中对时代与社会的即时回应，是其强化个人体验的审美产物，个体的生命感性与时代的宏阔幽微都得以在其中尽显，小说也由此开始呈现新的质态。

这些年，有关徐则臣的研究成果不断推出，据知网检索，主题为徐则臣的相关成果已有600多篇。作为对徐则臣小说相对系统的阐释，本著以世界性问题、人物形象、意象书写、长篇写作及文本研读等五部分展开，覆盖了徐则臣所有重要小说。世界性问题主要从作家的全球经验与文本的世界表意出发，论述《耶路撒冷》《王城如海》《北上》等小说中的世界意识。人物形象方面，以不知来处的谜团女性、无处安顿的知识分子为重点，试图还原徐则臣小说时代哲思与现实交织的新面向。意象书写方面，主要对徐则臣小说中的食物书写与船意象进行爬梳，力求揭示徐则臣小说视野的幽微与博大。此外，以《北上》、"京漂"系列、《青城》女性系列为重点，宏观解析徐则臣长篇写作和时代的关联及其作品中爱情的现代面向。同时还附有徐则臣不同场合的对话访谈4篇，以此呈现徐则臣文学观念及相关社会文化意识等。

需要特别指出的是，有别于相对单一的学术研究，本著在相应板块后面，还穿插了与主题密切关联的电邮、散文随笔、论文摘要、新闻通讯、统计公报等不同类型的实证材料。这些来源各异、类型多样的副文本，或有强烈个人性（电邮），或有丰富可读性（散文随笔），或有相对纯粹的官方色彩（政府公报、新闻通讯）。这些杂糅性、多元化的异质文本，大多携带着强烈的时代印记和个人体温，与徐则臣小说及相应章节内容形成多重互文，以此介入作家研究，可谓一种学术文本实验，是对学术著作的文体穿越，或将立体还原徐则臣创作状况及其不同的时代面向。

本著内容承载了近二十年的时光流转，核心内容是徐则臣重要小说的即时读思，其间携带着个人体温与不同的时空重量。而电邮、日记、散文等随性文字，与过往生活更是有着休戚相关的联系，清晰映照着岁月变迁，潜在共振着社会与时代。总之，无论是世界视域的宏观探讨，还是人物形象、审美意象的细部发微，或是图文等不同实证材料的有效介入，本著都试图在时代之中思考、在时代之外阐释，力求以穿越时空的杂糅文本和学术省思，呈现徐则臣小说的时代共振性，复现时间在我们这代人身上烙下的诸多印记，还原21世纪前二十年中国社会变革发展的不同面向。当然，它也可能注定是无效的、失败的。但是，即便如此，我想我们还是要说要写，要真诚而创造性地去表达，因为，时间总会证明一切。

第一章　中国与世界

一、世界经验与作家的代际转换

从20世纪80年代丁玲、茹志鹃、高晓声、张贤亮、王安忆等作家参与美国爱荷华大学国际写作计划起，中国当代作家开始大量走进西方世界，西方世界就此在中国当代作家面前重新打开。随着20世纪90年代经济社会加速发展，作家出国机会越来越多、频率越来越高。莫言、王安忆、余华、阿来、苏童、毕飞宇等，在世界性文学文化活动中频繁现身，以不同方式向世界展示着变迁中的现代中国。值得注意的是，70后作家徐则臣不仅频繁参与欧美亚诸多文化活动，而且在与世界文学共振（与诸多先锋前辈作家相似）的文本形式探索外，《耶路撒冷》直接以"到世界去"的方式审问一代人的精神问题；《王城如海》《北上》等长篇，则用他者化的镜像书写回应着中国与世界的历史关联；近期"海外传奇"系列小说，更是将中国传奇嵌入欧洲、北美、拉美等不同的异域空间，使之发生关联世界的文化反应，引起海内外不同关注，形成一种别有深度而耐人深思的世界性关怀。而这，既来自作家世界化的主体经验，更与其立足本土的全球视域有关，值得从世界体验、世界性、世界意识与世界文学等不同视角打量审视。

1. 前辈作家的世界体验

一个显见的学界共识是，现代中国、中国现代文学的形成，就是中国走向世界（主动或被动）、世界进入中国的过程（20世纪初，郁达夫《沉沦》、丁玲《梦珂》等小说对此都有不同书写）[①]。在此过程中，19世纪末和20世纪80年代是两个重要时刻。80年代初，钟叔河主编出版"走向世界丛书"，还原了19世纪末康有为、梁启超、张德彝等国人从老旧的封建帝国"到世界去"的不同情况，这是中国与世界大量、集中互动的重要起点。80年代，伴随改革开放，借由图书、影视、音乐等不同媒介，一大批作家与域外世界发生了多元联系。更有不少作家漂洋过海走到世界的不同角落，身体性地经受异域、异质文化的洗礼。这些因素直接影响了80年代至今的文学面貌。从先锋文学到新写实小说，当代中国文学的形式变革、主题转换，无不试图跟上世界步伐，力求通过与世界文学共振，建构文化主体性，获得面向世界的文学话语权。从莫言的诺贝尔文学奖、曹文轩的国际安徒生奖，到刘慈欣与郝

---

① 历史学、社会学与文学对此都有相对统一的认知，中国古今之变的动力来自外部，即1840年鸦片战争后，中国被动打开国门，由此进入面向现代的世界化过程，但经济、政治、社会等不同的现代化路径存在具体差异，应予不同考量审视。

景芳等的雨果奖,中国文学不断赢得世界的关注与认可①,这是中国文学走向世界的实在体现,背后则是作家主体跨国界、跨文化经验逐渐更新并内化的过程。

改革开放后,与经济社会发展相伴的是世界文化交流的加速。影视、音乐、出版等即时行动,如《汉译世界学术名著丛书》(商务印书馆)、《文化:中国与世界》(生活·读书·新知三联书店)等丛书;马尔克斯(哥伦比亚)、福克纳(美国)、米兰·昆德拉(捷克)、博尔赫斯(阿根廷)、卡夫卡(奥地利)等海外作家版权的即时引进;世界电影的大量译制传播(仅1978—1992年,国内公开播映来自60多个国家的译制片500余部)②。不同类型的海外文化产品,打开了中国社会,特别是中国作家的文化视野,更新了中国作家面向世界的认知经验。类似《百年孤独》《不能承受的生命之轻》《变形记》《局外人》等作品,成为不少作家写作的重要起点。可以说,80年代的中外文学文化交流,不仅"影响了中国人的政治观和社会发展史观",甚至"对我们的思维方式都发生了影响"。③

尤其是,80年代作家开始集中走进欧美不同国家。1979—1988年,仅美国爱荷华大学国际写作计划就先后邀请丁玲、陈

---

① 其外在动因很多,诸如全球化的世界趋势、中国经济发展的推动等,这属于文学外部研究,此处不多赘述,但中国文学与世界的主动对接乃是根本。
② 魏建亮:《新时期译制片的引进对当代大众文化的影响》,《江西社会科学》,2019(3)。
③ 曹文轩:《中国八十年代文学现象研究》,北京,作家出版社,2003:6—8。

白尘、茹志鹃、张贤亮、冯骥才、王安忆等30位左右作家访问美国[①]，三个月的异域生活，不同代际的作家从身心体验到理念认知，感受着西方世界不同程度的冲击。身体沉浸式的异域体验更新了当代中国作家的世界感知，进而在文学创作中即时呈现。最直观的表现是海外游记的即时出版，如80年代百花文艺出版社推出冯亦代《漫步纽约》、蒋子龙《国外掠影》、冯骥才《雾里看伦敦》等海外游记丛书；1989年中国华侨出版公司推出从维熙《德意志思考》、冯骥才《美国是个裸体》、张洁《一个中国女人在欧洲》、王蒙《在翡冷翠即佛罗伦萨一个著名餐馆吃夜饭的经历》等"大世界丛书"。还有丁玲《访美散记》（湖南人民出版社1983年版）以及大量海外游记等，也在国内报刊传播流布。

基于年龄、出身及知识资源的不同，当代作家对美国、欧洲等西方世界的认知存在明显差异，异域文化对创作主体的经验冲击也有所不同，其对文学文本的反映自然有别。例如访美作家，不少从革命年代走来、已近老年，面对高度发达的现代美国，其"旧观念发生动摇，而新观念又没有形成，很多游记中的美国形象充满矛盾，既对美国社会金钱至上、欲望泛滥等问题深信不疑，又看到美国社会的确创造出高度发达的物质文明"[②]。于是，为了呼应改革开放、契合先在的美国形象观，不少老作家在承认美国物

[①] 陈国战：《新时期中国作家访美游记中的美国形象》，《文艺研究》，2018(7)。

[②] 陈国战：《新时期中国作家访美游记中的美国形象》，《文艺研究》，2018(7)。

质丰富、科技发达的同时，对美国文化进行了诸多批判。如冯骥才《美国是个裸体》、蒋子龙《纽约的刺激性》等，标题即已显示出强烈异见。不过，如同对西方科技的承认，茹志鹃、王蒙等从革命年代走来的作家，也认可西方文学技术的共通价值，依然能主动更新文学技法，进行意识流等小说技术的大胆尝试，《剪辑错了的故事》《布礼》《夜的眼》等小说确实让70年代末的文学面貌焕然一新。而小说文本中的异域空间也只是第三世界国家（莫言《红高粱》中队长叱责黑孩时说到阿尔巴尼亚）、片面的发达国家（张贤亮《牧马人》、高晓声《陈奂生出国》中的美国）。

2. 全球化一代作家的兴起

20世纪90年代起，市场经济变革加速，中国加入世贸组织（2001年），主办2008年奥运会，出国潮日益兴起，海外商品不断涌入，全球化逐渐深入，留学与海外打拼成了值得关注的文艺主题。周励《曼哈顿的中国女人》（北京出版社1992年版）等形成了"新移民文学"文艺现象，特别是《北京人在纽约》（1993年）热播后，有20多部电视剧集中呈现了海外中国人生活工作的情况[①]，回应了国人走向并拥抱世界的燥热期待。其既折射出文化认同焦虑、个体身份迷失等问题，也在不同层面上开拓了国人的海外认知。与之相应，21世纪起，中国对外交往范围不断扩大，作家出国频

---

① 周根红：《新时期中国电视剧的跨国想象》，《中国电视》，2016(12)。

率增加，海内外文学交流活动更加多样，西方作家作品翻译出版也更为丰富及时，当代作家的世界性感受与跨文化经验发生了巨大变化，徐则臣、李浩、梁鸿、魏微、弋舟、鲁敏、张楚、乔叶、肖江虹、田耳等70后作家，自觉进行着小说技术的文学世界化，以往先锋性的元叙事、多元结构、人称转换等文本技术，已是70、80后等年轻一代作家的常识乃至共识。甚至有80后海外归来者直接从事文学创作，如张悦然、笛安等，加上国内高校创意写作课程逐渐兴起（受美国爱荷华大学等海外高校影响，也可说是文学技术的世界化），作家主体的世界体验、受众的世界认知、全球共通的文学技术等，日渐多元而习见。由此可见，年轻一代作家与世界交融互动的理念、生活经验等，已经与丁玲、茹志鹃、王蒙、冯骥才、莫言、贾平凹等前辈拉开距离，当代作家的世界体验与世界意识已悄悄实现代际转换。

应该说，与王蒙、莫言、王安忆、余华、苏童、毕飞宇、李洱等早期受马尔克斯、福克纳、卡夫卡、米兰·昆德拉等相对少数作家的影响性启迪有所不同，随着国际交流范围扩大、国际贸易加速、高等教育普及，以及文学翻译行业的发展，70、80后作家对世界文学认知的广度与深度均有延拓，这在徐则臣、李浩等相关批评、散文文集中可明显感受到。但要注意的是，在年轻一代作家这里，具身性、经验化的跨国感受与文学书写并不具有同一性。如张悦然（留学新加坡）、笛安（留学法国）等海外生活经历丰富、精通外语的年轻作家，对世界文学可以有更为深刻的认知。但笛安回国后却以颇具本土性的家族叙事走向文坛，张悦然则以青春故事和时代追忆为文学界所称道。而与多数作家执着于本土题材有所不同，徐则臣对全球变革中的中国，对一代人的世界位移与精神转向，进行了关联密切的深刻化写。从《耶路撒冷》《王城如海》《北上》三部长篇，到新近颇受关注的"海外传奇"系列小说，无不烙刻着其试图与世界文学对话的雄心，他要把这一代人的全球化体验与世界认知展示出来，要在与世界对话中表达属于这个时代、属于中国的文学担当，正如其所称，要在"世界文学的坐标中写作"[1]。我觉得，徐则臣是想超越不同的中心论，要在国家民族平等的视域下，从中国出发，以中国视角在文化互动中书写一种多元共生的世界新文学，让中国成为世界文学中的应有一维。

徐则臣这种与世界文学对话的雄心，与其主体经验和文学认知的双重世界化密切相关。就主体经验而言，徐则臣是参与国际活动最多的70后作家之一。公开出版著作及相关新闻显示，近年徐则臣参与的跨国活动有：美国克瑞顿大学驻校作家、美国爱荷华大学国际写作计划、中日青年作家论坛、台湾海峡两岸青年作家批评家会议、索因卡文学座谈会、大卫·米切尔新书出版对话活动以及英国伦敦、德国法兰克福、哥伦比亚波哥大、斯里兰卡科伦坡等诸多国际书展。其中美国两次出访累计待了半年时间。徐

---

[1] 徐则臣：《在世界文学的坐标中写作》，载《别用假嗓子说话》，河南，河南文艺出版社，2015：257页。

则臣等年轻作家的海外游历与全球化发展同步,也契合中国经济高速发展后寻求文化认同、输出文化的内在需求。毕竟,21世纪,世界不同角落都遍布着国人足迹,这是其小说《耶路撒冷》所展现的"到世界去"的实际状况。

对不同作家来说,具身性的跨文化经验对作家主体构成的冲击、挑战、刺激与回应显然有所差异。即便年轻一代作家,兴趣、爱好、阅历也会塑造出难以改变的观念惯性,这会制约作家将跨文化体验渗透到文学创造中,或即便有所反应,也多隐而不彰。徐则臣对自身的跨文化经历进行了幽微观察,形成了细节丰沛的游记散文,诸如走进美国小学哲学课堂[1]、参与美国小镇诗歌会[2]、聆听当地市民爵士乐演出[3]、考察在地市政交通[4]。这些跨文化具身经验激发或更新了徐则臣世界认知的主体意识,于是,在不同散文中,徐则臣时时闪现出世界视野中的特有认知,例如从祖父视角谈论世界和平[5];2012年福岛核泄漏后,他强调克制与平常心[6];在国际作家写作营上,其认为"别只盯着经济发展,把生态和文化

---

[1] 徐则臣:《哲学课》,载《我看见的脸》,浙江,浙江文艺出版社,2012:133页。
[2] 徐则臣:《布朗维尔,以诗歌的名义》,载《我看见的脸》,浙江,浙江文艺出版社,2012:146页。
[3] 徐则臣:《在新奥尔良听爵士》,载《我看见的脸》,浙江,浙江文艺出版社,2012:149页。
[4] 徐则臣:《阿姆斯特丹的自行车》,载《我看见的脸》,浙江,浙江文艺出版社,2012:158页。
[5] 徐则臣:《世界和平与葫芦丝》,载《别用假嗓子说话》,河南,河南文艺出版社,2015:7页。
[6] 徐则臣:《盐不荒心慌》,载《别用假嗓子说话》,河南,河南文艺出版社,2015:118页。

的灵魂落下了"①。尤为重要的是，近年影响颇大的长篇小说《耶路撒冷》《王城如海》《北上》等，就中国人与世界、北京与世界城市、中国古今之变与世界等关系，进行了宏阔而深入的审美表意，显示出身体和理念双重世界体验对于其文学创造的重要意义。与前辈作家形成鲜明对比的是，以徐则臣为代表的年轻一代作家，他们的世界观、文学意识、文学创作，特别契合90年代之后的时代变革与全球化状况，既试图以本土视角与世界文学发生多元共振，又毫不丧失中国主体性，因此其审美观念呈现出一种新的世界性视角，以审美共通的小说文体不断与世界进行对话。

3. 文学的世界认知与重塑

小说是当下文学相对公认的核心文体，也是中国融入世界、与世界对话的重要载体，是世界性的话语媒介。自清末"小说界革命"始，文体等级次序发生了颠倒，原本低贱卑微的小说文体逐渐取代诗文而居于文学中心。文体等级次序的变化，并非简单的文学事件，背后是19世纪末中国传统社会瓦解、拥抱世界的多因素作用的结果。直观而言，"域外小说的输入，以及由此引起的中国文学结构内部的变迁，是20世纪中国小说发展的原动力"②，也是小说文体跃升的动力。20世纪至今的小说发展方向上，可以看

---

① 徐则臣：《没魂走不远》，载《别用假嗓子说话》，河南，河南文艺出版社，2015：121页。
② 陈平原：《中国小说小史》，北京，北京大学出版社，2019：222页。

出古今中西不同文化交汇、转化的复合迹象,这是小说成为中国与世界对话沟通桥梁的重要原因,也是小说在世界范围内具有通约性的审美能量之所在。在此过程中,随着中国与不同国家关系的或疏或亲,20世纪中国作家的小说文体观念、审美认知等,也经历了相应的波折与转换。

自80年代起,小说不断介入社会变革,从主题内容、人物形象、时间空间,到形式技巧、语言风格等,逐渐融入面向世界的审美变革。莫言、王安忆、余华、格非、苏童等大批当代前辈作家,借助马尔克斯、博尔赫斯等诸多西方资源,进行了小说文体的内外革新,实现了与世界对话的可能。正是在此意义上,莫言小说的奇崛故事、余华小说的生存主题,成为中国介入世界文学、与世界文学对话的审美密码,进而为世界所认可。与前辈作家有所不同,一定意义上,70后、80后作家是全球化时代的亲历者与受益者,他们有着较之前辈作家更前沿、更有世界共通性的小说观念和审美意识,他们对自我与世界、中国与全球、中国小说与世界文学的坐标确认,少了些自卑或自大,呈现出一种超越性的互动视角。

以《中国当代作家海外演讲》[①]所收作品为例,可大致感受不同代际作家面向世界发言时的观念差异。该书收录莫言、张炜、铁凝、阎连科、余华、苏童、格非、毕飞宇、李洱、阿来、东西、

---

① 张清华编:《中国当代作家海外演讲》,北京,北京大学出版社,2012。

艾伟、红柯、徐则臣等小说家在国外不同场合的多种演讲。莫言坦承自己"借鉴和学习了西方乃至日本文学中的技巧",认为"只有广泛深入地了解西方文学的历史和现状之后,才能获得一种重新认识中国文学的参照体系"[①],进而指出,文学之所以能突破国家、民族的障碍,主要在于"好的文学作品必然地描写了、揭示了人类情感的共同奥秘,揭示了超越种族和国界的普世价值"[②]。阎连科认为,文学创作"要超越自己内心存在的自觉和不自觉的自我约束和审查,还要超越本土传统的写作经验和20世纪以西方文学为中心的现代写作经验"[③]。莫言、阎连科等前辈作家,确认了中国文学与世界的新关系,显示出文学理念的前沿,这是他们受到海外关注的重要原因(他们深挖着中国乡土世界,以本土传奇赢得世界关注)。而不少前辈作家,主要谈及乡土田园的意义、对商业消费的敌视、中国古典文学的悠远、民族文化意义等,尽管这些面向海外的文学文化观念具有强烈的主体价值,也有个人化的民族国家认知,但普遍意义、世界视角相对匮乏,对中国文学与世界的关系也难以做出有效界定。

面对当代小说与世界文学的关系,与具身性世界经验相伴的是,年轻一代作家大多对世界坐标下的中外文学关系有着更深的认知。首先是他们对西方名家名作的丰富涉猎和细致解读。如李

---

① 张清华编:《中国当代作家海外演讲》,北京,北京大学出版社,2012:12页。
② 张清华编:《中国当代作家海外演讲》,北京,北京大学出版社,2012:15页。
③ 张清华编:《中国当代作家海外演讲》,北京,北京大学出版社,2012:81页。

浩的文学批评集中，可见其对卡夫卡、君特·格拉斯、博尔赫斯、麦克尤恩、略萨等西方名家文本的详尽阐释[①]。徐则臣散文集《把大师挂在嘴上》，对诸多世界名家名作进行了精细阐释[②]。正是在对中外文学大量涉猎的基础上，他们对中国与世界的文学关系才有了清晰认知与准确定位，从而建构出面向世界的个体文学之可能。如徐则臣以标题直接指出，要"在世界文学的坐标中写作"，因为"世界文学正是一个巨大的坐标系，每一个国家、民族和个体的创作都分属一个具体而微的点"。[③]要知己知彼，"说自己想说的、能说的、应该说的、不得不说的，充分地有效地说出来，提供一个人和一代人对世界的独特看法"[④]，要"寻找到独独属于自己的方向与可能性"。李浩也从世界文学角度论述了战争中的个人问题。他认为"个人的角度，正是世界文学中的这一个个个人，使我们对于战争，对于人性的理解有了更为深入细微的洞察"[⑤]，进而强调对个人存在的追问和考量，由此抵达可通约的世界文学。徐则臣、李浩等70后作家，显然不再像前辈作家，过于强化自我的族群意识、

[①] 李浩：《阅读颂，虚构颂》，河北，花山文艺出版社，2013。
[②] 类似作家还有很多，包括60后作家也都对西方重要作家作品进行了详尽细致的解读，如马原《小说密码》（作家出版社2009年版），但这些解读仅限于技术拆解，自身写作的内容与人物塑造等仍以本土为主，很少域外视角的时空介入。
[③] 徐则臣：《在世界文学的坐标中写作——在"中日青年作家论坛"上的发言》，载《把大师挂在嘴上》，上海，上海文艺出版社，2011：235页。
[④] 徐则臣：《盐不荒心慌》，载《别用假嗓子说话》，河南，河南文艺出版社，2015：213页。
[⑤] 李浩：《一个人的战争——在"世界文学"背景下，对战争中"个人"的考量》，载《阅读颂，虚构颂》，河北，花山文艺出版社，2013：45页。

文化身份等，而是正视当下现实，从宏阔的世界视野出发，在个性彰显基础上强调文学的世界共通性。

在前辈作家以乡土传奇走向世界的基础上，年轻一代作家通向世界的新路径何在？徐则臣以《耶路撒冷》《王城如海》《北上》等小说做了示范，这些本土故事包含着与远方及世界的幽微关联。例如《耶路撒冷》，强调一代人"到世界去"的生活状态，暗含着具身之外所能抵达的任何远方，是对世界的主动探索。徐则臣认为，世界并不是非此即彼的关系，"到世界去"也不是单向行为，而"是双向的结果。我们出去，是到世界去；别人进来，也是到世界去"。[①]除了具身经验的双向互动，徐则臣还特别注意阅读写作的双向互动。他认为，阅读写作中的目光也应不时交叉、移动，"时而关注同时代世界作家如何处理现实经验，时而在文本中让不同的人群碰撞对话，时而以中国立场进行世界想象，时而又让外来者说出我们没有意识到的真相"[②]。这些都显示出年轻一代作家别样的世界意识。

之所以强调"到世界去"主要源自徐则臣等全球化一代作家对当下文学及其世界传播状况的深切认知。徐则臣曾在伦敦最大的水石书店寻访中国作家作品，却"一本都没找到"[③]，在美国、德国、

[①] 张鹏禹：《徐则臣：在书房中看世界》，《人民日报海外版》，2023年6月21日（第07版）。
[②] 张鹏禹：《徐则臣：在书房中看世界》，《人民日报海外版》，2023年6月21日（第07版）。
[③] 徐则臣：《我所见闻的中国文学在英国》，载《别用假嗓子说话》，河南，河南文艺出版社，2015：225页。

瑞士等书店也都遭遇了同样的情况。中外文学贸易的巨大逆差，显然让其对中国文学的世界影响有着清晰认知。这一认知还体现在其对写作题材的警醒上。早在2009年，徐则臣参加法兰克福书展时，便被海外记者不断问及，出身农村为什么不写乡土文学，写城市为什么又不写资本家、白领、公务员[①]，可见海外对中国文学的刻板印象。明确这些，徐则臣更深切知道个体及中国文学的当下可能，那就是以小说来解决自身的"生活与精神疑难"[②]，亦即中国当下社会生活之疑难，而非简单迎合社会与海外世界。所以其回顾了自身与外国文学的不同关系[③]，对新媒体时代进行了精准解析[④]，剖析了小说文体的当下可能及限度[⑤]，认为中国文学"缺少一个写'外面的事'的传统"[⑥]，也就是以小说描摹异域的中外互动传统。审视研判后，徐则臣对中国文学与世界的关系、中国文学走向世界的可能，有着更为笃定的认知。徐则臣认为，在全球化时代，既求同，也要求异，"所谓的求异不是刻意跟别人区别开来，而是应当正视自己'是其所是'的那个质的规定性，它让我们成

[①] 徐则臣:《在北京想象中国》，载《别用假嗓子说话》，河南，河南文艺出版社，2015:203页。

[②] 徐则臣:《在北京想象中国》，载《别用假嗓子说话》，河南，河南文艺出版社，2015:208页。

[③] 徐则臣:《我的"外国文学"之路及相关问题》，《中国比较文学》，2014(1)。

[④] 徐则臣:《新媒体时代与文学》，载《我看见的脸》，浙江，浙江文艺出版社，2012:186页。

[⑤] 徐则臣:《小说的边界与故事的黄昏》，载《别用假嗓子说话》，河南，河南文艺出版社，2015:234页。

[⑥] 徐则臣:《局限与创造》，载《别用假嗓子说话》，河南，河南文艺出版社，2015:232。

为了今天的我们"①。因此，从《耶路撒冷》开始，徐则臣走出了早年相对本土而略显逼仄的"花街""京漂"简单叙事，开始将具身经验与理念认知交织而来的世界意识化入文学创造，对中国与世界的文学关系做了相对先锋的处理。在《王城如海》《北上》等长篇中，世界视野、全球问题等更为阔大深远，却又极具本土性，显示出世界文学关系的重塑与中国文学面向世界的新可能。

二、文本的世界表意与思索

现代小说代表着世界共通的美学趣味，作为思想容器的小说文本，往往承载着小说家对世界及现代生活的丰富思考。徐则臣早期"花街""京漂""谜团"等系列小说，是其对历史想象、现实审视、哲学意蕴多个方面的出击，但也限于中国之内，主要为本土语境的审美阐发。不过，有的文本已显示出对世界性问题的潜在介入，如早年《啊，北京》，开篇即写边红旗对美国攻打伊拉克的强烈反应，以及"非典"疫情等，无不显示出"环球同此凉热"的小说思考。到了《耶路撒冷》《王城如海》《北上》，以及近期"海外传奇"系列，可以看到，精神生活的世界共通、城市叙事的全球关切、百年中国的世界视野，都得到了直接而深刻的审美呈现。徐则臣小说的世界对话性，主要体现在空间上往还世界的开掘、物的世界性表意与修辞，以及跨文化人物形象的主体穿越。徐则

---

① 高丹：《如何让中国文学在世界中生长得更广阔》，《澎湃新闻》，2023年5月22日。

臣小说面向世界的审美表意，要寻求的正是与世界文学对话，也是全球化一代世界意识的文本落实。

1. 往还世界的空间开掘

中国现代文学的"世界性"，首先缘起于空间视角下的内和外、在与不在等关系问题。异域事物对中国作家的刺激唤醒、文学文本的跨国背景、西方文学的中国书写，都以空间方式构成了思想变革的重要因素。不少文学思潮也由空间维度生发，如鲁迅所指称的乡土文学，其背后便是城乡空间的对比映照。京派、海派文学论争也显现着南北空间因素。当下"新南方文学"与"东北文艺复兴"等批评热点，无不以空间视角展开。从现实来看，改革开放至今，在物理与心理意义上，中国社会空间发生了巨大变化，表征着现代化、世界性的空间生产正在取代传统生活。当代作家也从不同视角，对中国与世界的空间往还进行了表意书写与审美建构，如80年代高晓声《陈奂生出国》[①]即将一个农民放置于美国，营造出别有意味的空间张力。

21世纪起，随着城市化加速，具有世界共通性的现代空间书写愈益成为常态，诸多70后、80后作家文本中的街道、机场、高铁、餐厅、酒吧、咖啡馆、宾馆、商场等，都成为暗含着公共性、消费性的生活转向，这些空间元素也昭示着叙事的当下性、现代

---

① 高晓声：《陈奂生出国》，《小说界》，1991年第4期。

性，与莫言、贾平凹、阎连科、张炜等多面向乡土，以奇崛故事为世界瞩目的空间建构形成反差。不过，总体来看，当代小说的域外空间书写是不足的，大多是叙事的背景性点缀，这与当下全球化发展、国际交流状况、中国的世界认知是不相匹配的。尽管社会变革加速，乡土社会渐趋弱化，城市文学渐成气候，但少有作家系统深入地对世界视域中的在地空间进行开掘，对域外空间与社会流动、文化变革、审美想象的关系处理还相对不足。

徐则臣的小说中，除了城市表征的现代空间建构外（如《跑步穿过中关村》《啊，北京》《如果大雪封门》等"京漂"系列小说），特别进行了具有世界性表征的空间处理，让小说文本衍生出繁复的世界意涵。《耶路撒冷》核心所在就是一个有世界性指向的虚幻空间耶路撒冷，以及焦点空间斜教堂等；《王城如海》则以背景式的印度新德里、美国纽约、英国伦敦等海外空间与北京对照互动，彰显着人的生存与全球生态问题；《北上》中，小波罗、马福德的意大利城市维罗纳、威尼斯，以隐在的异域空间和运河沿线城市相交织，小波罗穿越南北诸多教堂，无不投射着世界视野下的中国变革与中西交汇取向；近期《古斯特城堡》《玛雅人面具》《去波恩》《瓦尔帕莱索》《手稿、猴子，或行李箱奇谭》等系列短篇，更是直接将故事植入异域空间，以传奇方式接通了世界。从长篇到短篇，徐则臣建构了不同层面的世界性空间，与早期"花街"系列迷离的古典空间形成反差，不再只是本土生活的单一叙事背景，而是其具身性海外经验与世界性认知的落地。这些文本中的世界性空间与人物行动、故事情节内外呼应,既是对本土空间与生活的反思,也借此与世界进行不同意义上的对话,文本由此超越了猎奇性故事和纯本土叙事,从而生发出超越国族边界的世界文学意涵。

徐则臣注意背景空间、物理空间、精神空间与虚幻空间等不同空间的世界性建构,试图以驳杂繁复的世界关联空间去架构人物活动,营造意味悠远的审美空间,以此拓展文本的世界意蕴。如《耶路撒冷》,创见性的精神空间营造出世界共通的思想张力。耶路撒冷是全球焦点,国外诸多名家时有涉及。如英国作家玛格丽特·德拉布尔（Margaret Drabble）的代表作《金色的耶路撒冷》（*Jerusalem the Golden*）即以之为主要空间展开叙事。以色列阿摩司·奥兹（Amos Oz）更是将耶路撒冷作为诸多故事展开的物理空间,并以这一空间指涉某种特定心理[1]。以耶路撒冷为题,徐则臣用中国方式对西方焦点空间及其文化展开了全球想象与本土再造,借此对世界文学空间进行新开拓,强化了与世界的思想对话。小说中,耶路撒冷并非主人公具身经验所在的空间,而是初平阳"抽象的、有着高度象征意味的精神寓所",空间由此作为隐形的主人公参与叙事,起到精神聚合作用,凝聚起一代人与世界互动的精神意识。作为故事的背景空间,耶路撒冷与几位主人公的具身性经验空间花街、北京相互映照,并以世界空间的精神指向穿越了花街与北京。精神性的耶路撒冷与世俗空间的北京互为人生两极,

---

[1] 李春霞:《文学中的城市:奥兹小说中圣城耶路撒冷形象的隐喻》,《河西学院学报》,2022(6)。

花街则是两极的中介所在，当早年的小伙伴们重聚花街，北京这个初平阳、秦福小与杨杰等学习工作的世俗空间就在精神意义上被解构了，也可以说是徐则臣对以往《啊，北京》《三人行》《跑步穿过中关村》等相对本土的"京漂"叙事的告别，进而隐含着对当下北京城市的空间审问。

这种空间审问在更具全球视域的《王城如海》中被不断强化。作为小说人物穿越与叩问的经验空间，北京既是实在空间，也是叙事的能指所在。无论是曾在纽约生活二十多年的海归余松坡，还是余松坡所导戏剧《城市启示录》中旅居伦敦的城市学教授，抑或是从布鲁塞尔大学归来的广州记者，北京都是他们身心可感的实在空间，与他们曾经旅居的海外空间构成文化对照或经验挑战，这种挑战与雾霾、蚁族、拥堵等北京独特的时代性相交织，也与罗冬雨、罗龙河、韩山等共时性的城市体验相映照，北京由此被放置于纽约、伦敦、新德里等全球空间中来审视，于是余松坡对记者说"北京并不具有自足的城市性"，城市的现代性、世界性由此凸显。《王城如海》中的北京不再是老舍醇厚老旧的胡同空间，也与王朔、石一枫等作家笔下的北京空间区别开来，反而呈现出全球混杂的新异特质。《王城如海》中，异域空间作为背景，推动着中外城市空间不断达成审美勾连，全球坐标中的城市审问由此得以完成，北京也进而实现与世界的审美空间对话。

除了精神聚合和背景式域外空间，徐则臣还注意从历史纵深和现实广度两个方向上进行世界性空间开掘。《北上》以亘古绵延的运河串联古今不同城市,借由时空交叉挪移和多元对照,构成《清明上河图》般的风物空间。小说营造了船舶、客栈、码头、教堂、博物馆、墓地、故居、工作室、教室、学校等传统与现代交织的小空间,为人物活动、故事发展、情节转换、历史变迁提供细节性背景。特别是小波罗、马福德的意大利城市作为背景空间不时出现,映照着以运河为表征的百年中国的旧邦新命,为世界提供了可资审视探究的文化历史,实现了空间视角的世界对话。"海外传奇"系列小说(《古斯特城堡》《玛雅人面具》《去波恩》《瓦尔帕莱索》《手稿、猴子,或行李箱奇谭》),直接将叙事空间放置于美国、墨西哥、德国、智利、印度等域外,以第一人称,让中国人遭遇异域文化、语言隔阂、家族历史等不同传奇。如《玛雅人面具》刻意混杂着似是而非的干扰项,极大地调动了读者的思维和情绪,由此在现实与虚幻、老中国与新异域中碰撞出无尽的审美意蕴。《瓦尔帕莱索》中的智利,吉卜赛女人、智利姑娘与"我"不断纠缠,离奇事件不断发生。《古斯特城堡》则直接对美国的老旧古堡展开想象,语言隔阂更加深了古堡闹鬼一事的国族差异。"海外传奇"系列中,域外空间与传奇交织,现实被不断解构与重塑,传奇勾连起世界视野中的本土文化,国族空间与之构成强烈的文化碰撞,中国(文学与文化)由此接通了世界,异域空间作为叙事道具甚至就是叙事本体,深度回应了中国如何走向世界、中国文学文化如何被世界认知的老问题。

2.物的世界修辞与审美

物与人是一种耦合关系,二者密不可分,因此,文学总离不开写物。不同时期、不同作家识物、写物的角度、方式等差异明显,能不能写出物的独有面向,处理好不同题材、体裁中的物,往往见出作家功力。对小说而言,物是叙事建构、审美修辞的关键因素。不同类型的物,与情节发展、人物行动、空间呈现、象征寄意等密切相关。徐则臣注意物的修辞与审美意味,常设定出具有明确象征意味的物,以物指涉人与事的不同特质,呈现世界与中国、文化与个人的复杂关系。如《王城如海》中,那只能听懂人类语言的猴子,便显示出跨越国界的象征意味。而其诸多长篇小说中的手工物、观念物,则在世界流动中指涉不同人与事,这些具有国族文化意涵的手工物、观念物便穿越时间、空间,以秩序重构的方式达到以物观人、观世和世界性表意的修辞效果。

代表匠作精神、传统取向的手工物和艺术观念物,往往与历史题材、命运省思等主题相关,徐则臣便特别注意手工物背后的文化象征意味和世界性意涵。《北上》中,作为中国文化重要的物质载体,茶叶是小波罗这个意大利人的最爱。小说强调小波罗"无比热爱中国文化和风物"[1],于是"保持着数茶叶的习惯"[2],时常在甲板上喝碧螺春茶。作为物的茶叶由此确证着小波罗的味觉认同,

---

[1] 徐则臣:《北上》,北京,北京十月文艺出版社,2018:23页。
[2] 徐则臣:《北上》,北京,北京十月文艺出版社,2018:15页。

以最敏感的身体经验适应了异域中国。小波罗喜爱具有中国文化特征的风物，如购买《己亥杂诗》雕版等，是其认识并热爱东方国家的证明。雕版也与小波罗弟弟马福德密切相关，马福德与年画世家女子秦如玉相爱，还和秦如玉一起保管着家族祖传的年画雕版。这些极具民族文化特征的手工物是外国人（小波罗与马福德）结缘并深入中国的最好明证，且前后映照，确定着意大利小波罗家族类似马可波罗一般的世界主义情怀，与其跨国考察运河的行动内在呼应，也潜在确定着马福德留在中国的精神渊源。

徐则臣注重手工物书写，以手工物隐在映照着历史渊源与时代变革，强化了《北上》的整体性、史诗性以及杂糅面向。不同的手工物穿越历史，在不同代际的人身上交互出现，且有机融会、彼此映照，让看似简单的手工物激唤出复合的世界意涵，强化了历史与时代的修辞意味。邵家祖传的意大利罗盘，考古发掘出的信件、瓷器、手杖，以及邵家对船的依恋，无不构成古今中西的文化穿越，在时间与代际转换中，不同的手工物确证着历史实在性、世界关联性，也让人的命运和时代深度勾连。甚至可以说，意大利运河与京杭大运河是更为宏大的手工物，这两条原本距离迢遥的大河，因为小波罗、马福德的跨文化行动，而与诸多手工物一起见证着20世纪世界文化交融而共通的中国命运，由此超越了时间和空间。

此外，徐则臣还特意设定面具、十字架、书法、摄影等艺术观念物，以此强化着人物的个性表意。《王城如海》与《玛雅人面具》中，都有手工制作的面具出现。作为艺术观念物的中西面具映照着民族国家背后的不同个体，徐则臣将之置于不同小说，喻示着世界文化互动的可能，更有着人要面对中西面孔、从他者中认清自我的修辞意味。《耶路撒冷》中，奶奶秦环让初平阳祖父请人制作十字架，制作者给西方宗教核心形象耶稣穿上了解放鞋。最具观念性的十字架拼贴着中西两种异质观念，解放鞋与基督教就此构成反差中的同一，物的观念修辞意味深长。小说还强调初医生爱写毛笔字，强化着物背后的文化观念，即无法磨灭的本土文化认同，从而与流淌千年的运河及十字架等不同的物交相呼应，确证着全球视野下的中国主体身份。《耶路撒冷》还对郎静山集锦摄影着墨甚多。作为艺术观念物，郎静山将传统水墨画与西方摄影机械进行有机搭接，显示了中西交融的实在性与可能性，也呼应了"到世界去"的小说主题，更是徐则臣全球视野下文化主体架构的内在表达。不同艺术观念物追问着世界与中国、历史与人的关系，背后投映的正是徐则臣小说宽阔的时代面向与世界视野。

自然物与技术物也是徐则臣进行世界性文化修辞的重要载体。《王城如海》中，华裔教授一家将能听懂人类语言的袖珍猴从印度带到北京，猴子立即感受到北京郊区蚁族的特定生活状况，语言隔阂就此消失，跨文化、跨国别的动物对全球城市进行了有效辨别与定位，动物的世界隐喻性、文化象征性胜过城市学教授的任何研究。徐则臣还注意技术物穿越历史的不变与可变性。技术物的机械功能是相对稳定的，但在地人民的接受却存在巨大变化。

《北上》中，意大利人小波罗和现代女性孙宴临都使用相机，百年来，摄影成像的机械功能基本未曾有变，而清末百姓和当下群众对其的接受却存在极大反差，清末百姓对相机"摄魂"的恐惧与邵家乐于被孙宴临拍形成对比，所呈现的恰是中国的巨大变革，也反向见证着机械技术物的稳定性和超越性。

物是环境营造、人物行动、情节转折的重要纽结，在什么意义上书写物？不同物与人之间如何转换？往往显示出作家独特的思想意识。在历史和世界的时空维度上，徐则臣小说中的手工物、观念物、自然物、技术物等呈现出不同的世界表意面向，不同的物与人、事相交集，既是徐则臣小说人物行动、故事发展的所指，也是世界性表意的修辞能指。这些不同类型的物，穿越诸多空间，呼应着中国与世界文化的关联面向，是徐则臣对世界性问题进行思考的有效载体。

3.跨文化形象的主体穿越

人物是故事发展的核心动力，人的身份、地位、来源、角色、处境往往决定故事走向，也是小说表意的重点所在。"五四"以来，中国人的世界流动成为小说书写的新角度，留学生文学、移民文学便是明证，外国人在中国、中国人到异域、海外人士归国等，均是中外人员流动的直接表征。郁达夫《沉沦》、老舍《二马》塑造出中国人在世界的特别状况，民族国家意识、现代个体情境由此浮现。80年代初，张贤亮《灵与肉》(及其改编的电影《牧马人》）中归国的许灵均父亲还有着概念化倾向,高晓声《陈奂生出国》也只是营造异域空间中的乡土错位,少有跨国互动中文化主体的冲击性反映与反思。90年代,电视剧《北京人在纽约》热播,世界坐标下的个体认知才更为丰沛细致,王起明闯荡美国的形象深入人心,但作品对全球视野下的民族意识及主体认知也限于影视通俗表意,难有更深呈现。21世纪起,全球化进程加速,出现了不少中外流动人员的文学形象,其中形成系列化的,当属徐则臣塑造的诸多跨国人物。这些形象不再是猎奇性、概念化的跨文化形象,而在空间穿越中,对世界予以重新观照和理解。小波罗、马福德、初平阳、余松坡,以及"海外传奇"系列中不断出现的"我",都是借由"到世界去"的离乡去国或还乡,以批判视角表达着生命怅惘,呼唤着自由正义。从这些跨文化人物形象上,我们看到,在全球化视野中,内外经验的跨域互动强化了本土文化的主体建构,为世界文学的建构、世界性的认知提供了具有主体性的审美新元素。

现当代小说也有不少在华外国人形象,但多为背景性、衬托式人物,少有他者化的主角塑造。小波罗与马福德是《北上》中具有主角性的海外形象,兄弟二人来自世界另一端的威尼斯运河边上,为考察运河随军来华,与运河、与中国构成休戚相关的世界性联系。1901年,小波罗沿运河北上考察中国,走街巷、进教堂、过大闸,遭遇兵匪、拳民、盗贼,一路见证着老中国巨变前的躁动,中国的一切人与物都成为其打探与经验对象。而在中国人看来,这个"扎着大清国的假辫子"的外国人则有两面性,一是异国相貌,用奇怪的相机"摄魂",成为中国民众的景观;二是被拳民视为"洋妖"捉去,成为义和团眼中的妖孽。小波罗以全球在地化方式,带来了技术物相机和食物咖啡,以之刺激着在地民众,进而呼应着其后孙宴临、郎静山等人物的行动。小波罗是谢平遥认为的对中国傲慢贪婪而又好奇的洋人,也是世界深入中国的标志。别有意味的是,一路相处中,船上国人和小波罗的态度均发生了变化。船夫老陈、保镖孙过程为大病的小波罗拜神祈祷,小波罗也学会了谦虚,小波罗临死前更以运河相关的认知表达着中国与世界的共通关联。徐则臣要借小波罗说明,无论地理距离多远、文化隔阂多深,只要保持谦卑,用心交流相处,总会获得理解,世界主义的文化互动重要且必要。

与小波罗因运河结缘中国不同,水兵马福德以第一人称讲述着与秦如玉的爱情,并在中国落地生根,繁衍出马思艺、胡静也、胡念之等后人。马福德与秦如玉的爱情起于最简单的眼神和最直接的青春与身体接触,国族与文化差异让位于具体鲜活的个体生活。而后三十四年兵荒马乱、生死相守,亲历战争、重新领悟人性光辉的马福德,面对时局和生计,后悔在华的心思也被秦如玉所磨灭。实实在在、烟火日常的实感生活,不仅改变了马福德的中国认知,更改变了他的异国外貌,以至于意大利使馆也难以确认其身份。尽管马福德生活、语言已完全在地化,但异国基因遗传到马思艺身上,却成为马思艺一生无法确认的身份难题,并影响到女儿胡静也、儿子胡念之。作为具体个人的马福德消弭了国族身份，喻示着徐则臣对国族、文化背后具体生活及个体性的确认，也是对实感性文化交流的肯定。马思艺的遭遇则让我们反思如何对待外显的异质基因，其背后映照着我们面向世界发展的可能。

徐则臣还塑造了诸多教会人员，这些异国人士，传教之余行医救人，与在地人民构成了"在而难属于"的尴尬状况，但他们又以拯救身体疾病而为在地民众认可。如《北上》中，运河沿线诸多教堂的传教、行医人员，这些异域人士都处于在中国而每有大事便受牵连的悖反处境。《耶路撒冷》中，斜教堂主人奥地利人沙教士，其行医受到在地民众认可，更为重要的是，其传播的基督教忏悔意识影响着国人精神生活。例如，沙教士（曾救过秦环）是秦环信教的重要动因，而几位花街伙伴展开的与景天赐有关的忏悔行动，又离不开秦环坚守的斜教堂。因此耶路撒冷既是审美能指也是所指，这些域外来华人物形象深化了"到世界去"的精神主题。

与在华外国人形象相对应的是归国人物形象，这些从本土出走、游历海外经年的跨文化形象，以其文化穿越形成了多重他者印记，显示出丰富的本土世界性指向，也具有中国与世界坐标再定位的意义。如《王城如海》的余松坡、祁好、归国教授等。余松坡导演戏剧《城市启示录》，纽约经验是余松坡戏剧创作的思想来源，特别是蚁族生存与中外城市关系，是余松坡创作的重要起点。余松坡的纽约跨文化背景，反映出全球青年人的共同问题，也是概念先行的故事去审思城市人居的核心所在。不过，即便去国二十年，余松坡住着别墅、早餐完全西化，也并未放下对堂兄余佳山之忏悔，也未放下曾经的乡村生活，诸多面具映照的是其内心无法磨灭的罪，见证着本土记忆之深切。归国教授的儿子、洋媳妇之于北京及中国，都是过客，但归国教授寻找旧情人则是怀乡病的一种，北京空间映照和见证着这一怀乡病的可笑，或者徐则臣是要诉说，在"到世界去"后的现代社会，怀乡是不可能的。

怀乡之不可能，在早前长篇《耶路撒冷》中即已呈现。小说中，初平阳要去耶路撒冷留学，祖宅其实并非必须要卖，因为经济上杨杰、易长安都可以帮到他。但故事枢纽点就是初平阳必须卖房子，所以杨杰、秦福小、易长安、齐苏红才纷纷出场。一定要卖房子的初平阳，其实就是要将故乡放下，要将运河及斜教堂放下，将景天赐带来的过往之痛也放下，而即将奔往的耶路撒冷则维系着导师顾念章和耶路撒冷的塞缪尔教授，信念与思想的新生皆期待由异域世界耶路撒冷重新开启。故乡已死，念在世界，初平阳代表着一代人与故乡的关系。这样来看，从初平阳到余松坡就形成思想链条上关联紧密的两个人，即无论他们是否有海外经历，世界主义者的宽广胸怀会让其在异域与异文化中去建构新生活。所以，花街、北京、纽约、耶路撒冷这些遍布全球的城镇、城市，其个性与生机并非来自简单的族群文化，而是来自这些居民与不同文化、种族、宗教、语言、身份所互动的具体方式，是跨文化穿越之后的主体再造。正因此，到世界去才有意义，到世界去，才能扩展生命的宽度与厚度，丰富个体生活的价值。

在此意义上，徐则臣"海外传奇"系列中，那个奔波在异国的"我"就别有文化反刍意味，也以此回应着本土文化如何面向世界生发意义的思考。《古斯特城堡》《玛雅人面具》《去波恩》《瓦尔帕莱索》《手稿、猴子，或行李箱奇谭》五篇小说中，徐则臣以带有传奇性的世界想象来处理跨文化问题。几个故事中，来自中国的"我"不断在异国他乡遭遇古堡闹鬼、影像消失、语言魅惑、暧昧情缘等离奇事件，第一人称见证的异域故事，确证的并非可信与怀疑，而是"我"与生俱来的中国人身份，于是一个带有文化本土性的中国人形象便凸显出来，中国意识、传统传奇便在世界文化的宏阔视野中得以深化。

从这些跨文化人物形象中，可以看到徐则臣面向世界建构中国文学的雄心，这种雄心来自其相对丰富的海外经验和立足本土文化的世界意识，也与21世纪全球化视野中的中国崛起密切相关。徐则臣把这些跨文化经验、世界性思考做了有效而极富想象力的扩展，塑造了小波罗、马福德、余松坡、初平阳等众多极具世界阐释性的人物形象，这些形象携带着穿越不同文化时空的个体经验，超越了单一民族的心理与文化束缚，以去中心化的思想及行动，加入到世界文学舞台中，从而在道德正义、普世关怀、审美追求等不同方面呼应着世界文学，由此实现了本土文化面向世界的主体穿越和重构。

三、中国传奇如何接通世界

中国与世界之关系，是清末至今依旧难解的宏大课题，其间包蕴的社会政治文化内涵丰富而入微。《北上》即以小波罗这一海外形象聚焦百年中国，为批评界所称道，这之后的徐则臣似乎日益"放飞"，近期"海外传奇"系列小说直接聚焦这一看似宏大的课题，却又以小（短篇小说）博大（世界与人文之思），颇有意趣。表面上看，"海外传奇"系列五个短篇（《古斯特城堡》《玛雅人面具》《去波恩》《瓦尔帕莱索》《手稿、猴子，或行李箱奇谭》）与徐则臣曾亲身探访墨西哥、印度、德国、美国以及智利等不同国家的经历有关，但又显然超越了具身性实感经验。这些欧洲、南美、北美、亚洲的诸多国家遥远而陌生，你甚至难以勾勒出它们的样子，大约只有世界地图上的一点。但当你细读五个文本，这种空间距离产生的约束和桎梏慢慢消失，中国与世界一体的"同时代性"，人与人相通的亲切感，文明与文化的幽微相通，足以让你不断增强对异质文化的亲缘性认知。

身处不同洲际、地域的人们，各种差异之大毋庸讳言，于是我们看到，在《古斯特城堡》里，有因与房东老约翰交流存在障碍的不适和知之甚微的无奈；《玛雅人面具》里，有寻找木匠胡安时产生的恍惚以及对父亲口中家族伤痛往事的追思；《去波恩》里，有与同为中国人的小周小魏交谈国外生活与留学情况时的享受与满足，以及火车上与混血女孩李安雅交流时对中西理念认知的反思;《瓦尔帕莱索》里,则是对拉丁美洲神秘文化、民俗的思考与感悟;《手稿、猴子,或行李箱奇谭》里,有因印度之旅中人和事生发的奇特创作灵感的欣喜与激动。世界处于永恒联系之中,这些游迹于海外的传奇故事,从异域他国的视角传导着深层的基于普遍人性的文化关联,中国与世界,中国人与外国人,风俗与习惯,屏障与沟壑,都在传奇的书写中被虚构勾连起来。

比如《玛雅人面具》,录像是承接两个故事的转换器。古老的玛雅文明、手艺非凡的胡安、鲜为人知的金字塔遗址,纵然奇琴伊察山风涌动,录像记录下的人与事也只剩"只闻其声,不见其人"的玄幻与缥缈,还是让身处国内的父亲觉察出了一些"异端",由此视角便开始从墨西哥传奇经历直接转为追忆中国家族五十年前往事,悠远传统的家族叙事跌宕地关联着异国他乡的传奇境遇。失踪的二叔和胡安,面具背后传神的眼睛,玛雅文明与中国,兄弟的反目成仇,诸多谜团发人深思,中国与世界就此在传奇中紧密联系起来。无论本土的中国,还是遥远的玛雅,传奇串联起诸多不尽相似的元素,二者互为因果、相互发现,文化共同体由此建立起来。

传奇根基于现实,传奇也回应着现实,这是小说这个虚构文体独有的魅力,徐则臣深谙此道。"海外传奇"系列小说里,现实不断被解构与重塑,其间也始终维持在一个微妙的点位,一是叙述多以第一人称介入,貌似真实,读者初读甚至会以为这是日记。二是自然科学的诸多无解传闻在国内外层出不穷,不少读者对此也热衷不已,毕竟追求感官刺激是人的天性,因此哪怕知晓这只是小说也忍不住想象其存在。三是关键在于，徐则臣对现实的重塑足够巧妙，小说结尾留白都奇巧而精妙，往往令读者意犹未尽。胡安究竟是什么人？老约翰有没有见到儿子？智利女人与吉卜赛女郎有何干系？安雅最后走向何方？就像人们口耳相传的传奇或怪谈总是草草收场一般，这样反而更能牵住读者的心。

徐则臣曾在创作谈中自述《手稿、猴子，或行李箱奇谭》的写作契机，《王城如海》的手稿丢失也确有其事。而那只比拳头还小、来自印度的超现实猴子则是虚构，不免令人想起《王城如海》中的猴子，想起那些活跃的猴子曾经是我们的祖先。于是，《手稿、猴子，或行李箱奇谭》中的猴子从印度来到了北京，它到底是印度本土的，还是雨林中的侏儒猴，抑或是中国古代文人所说的墨猴？小说并不直指其实，更让读者从这个与人类起源有关、多种文化交织的象征物上激唤出更为悠远的思绪。这只超现实的猴子，它是中国的，又是印度的，也是世界的，它是我们地球上所有的人。中国与世界，都是猴子的衍生品，那么，你不由追问，人类文化的隔阂到底在哪里？

《瓦尔帕莱索》以魔幻构筑了拉美传奇。借由小城瓦尔帕莱索，中国作家与智利诗人聂鲁达遥相呼应，拉美本身就是东西文明、原始宗教观念与印第安文化不断交融之所在，就像《百年孤独》构造的人鬼相交、虚实相间、现实生活与超自然现象并存的魔幻世界，正反映了拉美文化多元中的独创。而其中最为神奇的是跨境民族吉卜赛人塔罗牌占卜与读心术的呈现，让传奇有了切实的落点。三个吉卜赛女人操持塔罗牌，幽幽的声音示意作家是"走不掉的"，汽车爆胎随后与之呼应。而与痴情、漂亮的埃莱娜神秘相遇又远去，正是塔罗牌占卜与读心术所藏匿着的超越国界的情感，中国与世界，最终的勾连还是要靠人，人的相通又是无法遮掩的情感，男男女女由此超越了国界，吉卜赛女人的情感点燃了中国男人的心，世界也由此走进了中国。

《古斯特城堡》则把传奇放到了颇为现代的美国，以古斯特城堡、老约翰、缅甸邻居三个小情节为主线，串起了城堡闹鬼的怪异故事。请注意，憨厚善良的房东老约翰发音是含混的，语言不通的缅甸一家生活也是不善的，其中隐含着沟通的障碍或语言的巨大意义，是徐则臣对语言哲学的内在审视或追问。小说聚焦少有人进入的鬼宅古斯特城堡，异国作家无意"撞破"了闹鬼真相——不过是一只耗子引起灯的忽明忽暗，神秘的传奇由此变得那么可笑，语言与人际关联问题由此引人深思。古堡挂满了一个女人的画像，她或是古斯特伯爵心慕之人，出身苏格兰贵族，是个哑巴，但并非其妻，美国和苏格兰，中国作家与他们在独特空间相遇，诸多异质文化在这个特定空间相遇，人的流动与文化隔阂意味毕现。老约翰与儿子关系僵化，却又为见到儿子想方设法不惜坐牢，异质的美国文化由此接通了人间相通的父子情感。神秘的海外古堡被中国人识破，幽暗空间与语言被跨文化的情感照亮，世界其实没有那么神秘或可怕，只要你勇敢走进。"中国与世界"由此在空间与语言探索的意义上得以重构。

语言确实是极为有效而重要的跨文化沟通工具，《去波恩》对此多有会心言说。留学生小魏与小周、欧洲女孩李安雅家族、李安雅与高歌，三对关系看似独立却又有内在相关性。身处法兰克福的小魏与小周，有着浓郁的怀乡恋国情怀，"我"的到来给他们带来了"母语"的特殊慰藉，英语交流的被迫与紧张此时得到释放。而长着欧洲人面孔的混血女孩李安雅，却能说流利的汉语。她念兹在兹的是北京四合院，语言背后所潜藏着的生活意识得以彰显，但这种生活意识又全然不同于小魏和小周，只是随性的喜欢，而非心底深处的寄托。李安雅的男友是中国人高歌，语言与之相通，情感上却不能接受她"满世界跑"的想法，语言背后的巨大文化差异毕现。语言之问、国族之别、民族个性的多元审视，透过几个人物形象得以深度呈现，中国与世界的沟通交流是语言问题吗？是又不是，徐则臣以短篇小说从多元视角追问着这些深刻的问题。

从《耶路撒冷》《王城如海》到《北上》，徐则臣始终以现实主义的本土故事正面强攻着浩大的"世界"，回应着中国与世界、传统与现代的这些问题，也由此获得了应有的文学地位。而这些"海外传奇"系列小说，以传奇勾连起世界视野中的本土文化，不同层面的传奇虚构营造出值得细嚼慢品的审美空白，借由轻骑兵式的短小叙事，将带有中国古典文化色彩的传奇与海外异质文化空间进行有效拼合，借助录像机、面具、猴子、手稿、塔罗牌、画像、城堡这些叙事元素（直至更为本质的语言），不断赋予小说文体更为强劲的思想力，让中国"传奇"走向并接通了"世界"，"传奇"叙事也进而成为与世界相通的本土文学文化动能。在此意义上，徐则臣的"海外传奇"系列小说，让中国不断回应、链接着世界，"世界"也由此走进看似老旧的中国"传奇"，成为观照新时代文学、观照当下人心与社会的不可忽视的必要视角。

附录 散文与海外电邮

21世纪中国所遭遇的正是一种全球现实，世界早已不是远方，世界就在我们这代人的眼前，就在我们的脚下，我们几乎每天都要和它正面相遇。徐则臣很早就以敏锐的视角，借由小说对这一全球现实进行了张望打探，《耶路撒冷》《王城如海》《北上》更是直接将在地化的世界搬到我们面前。这种全球在地的社会境遇和生活现实，冲击了不同代际的中国人。笔者也因工作原因，或学习需要，跑过不少国家。2011年，笔者赴美访学停留三个多月，存下三段小文字将，美国小镇空间、书法海外旅行、美国行事风格等等内容，悉数记录。这些非学术研究的琐屑文字，与徐则臣的世界经验、小说的世界表意，显然有其内在互通性。而笔者早年与徐则臣海外相关电邮四封，则是我们这代人与世界关联的原真痕迹，并携带着个人和时代的共同体温，现一并呈现如下。

1.小镇，在那边

从上海经洛杉矶，到休斯敦，整整飞了十五六个小时，忽睡忽醒，不知昼夜，云端飘过的时间已无知觉，踏上美国的土地便被疲惫扰得难有丝毫兴奋和激动。出休斯敦机场，还没来得及瞅几眼这座美国大城市的夜空，便被车子拉着往一个叫亨茨维尔的小镇去了。

是小镇，德克萨斯州亨茨维尔小镇，这是我们要停留三个月的美国大学所在地。没有先验的美国小镇概念，可资对照的是中国小镇，闹腾喧闹，市井气、烟火味十足，还有动不动几万乃至十数万人口。而大学所在，必须是鳞次栉比的大楼、挨挨挤挤的人群，再怎么也得是县级市规模的小城市吧，否则，怎么着也对不起大学生，对不起知识渊博、学富五车的教授。

汽车穿越繁忙的四十五号公路，一个个在夜晚闪烁着高亮光芒的汽车销售店显示了美国的公路文化，我们毫无察觉，已经穿越了伍德兰德等几座小镇。午夜时分，车子斜插进黑黢黢森林遮掩下的道路，沿路都是门前亮着一盏灯的低矮建筑，终于停在一栋两层小公寓前。小镇亨茨维尔，我们到了。

此后，我不止一次地向国内朋友描述亨茨维尔。这是典型的美国南方小镇，一所大学和六七座监狱构成了小镇主体，也是小镇异乎寻常或特色之所在。东西向的大道是小镇主干道，与之垂直南北依次分布着一街到十几街。市中心在镇子北部，银行酒吧商店餐饮等店铺多集中于此，监狱和墓地则在不远处，南部是大学校园，居民房子似乎少见。日常街道几乎很少看见多少人，那些小商小贩、老少居民都到哪儿去了？到了周末，除了地上逡巡着注视你的松鼠、空中啸叫的乌鸦，甚至校园里也看不见活动的影子。只有萨姆休斯顿将军的雕像孤独站在那里。

可并非如此,作为这个小镇的当然主体,校园里的喧闹与盛大又完全出乎意料。911纪念活动那天,图书馆前广场上挤得满满当当,礼炮和士兵,市长和校长,市民和学生,让我们看见了美国式的热闹与喧嚣。橄榄球赛前的Tailgate party就是个巨大的狂欢节,高矮胖瘦不一的乐队成员和技艺高超的啦啦队员将场面搞得像个嘉年华,许多学院和部门都有专门的服务摊点,摆满了饮料、食品。各家老爷车停在体育场边上,宣告着节日的盛大与狂喜。还有个周末,我和乌鸦松鼠一起沿着大学干道散步,意外发现好多穿着运动服的老老少少、男男女女,走到体育馆边上,才知原来是小镇的长跑比赛。这么些活动,无一不与大学有着关系,小镇和大学显然已经融为一体。

不得不隆重地说一下市中心。几家店铺零零落落散布在两条交叉的街道上,如果点上支烟,南北东西转悠着,会发现这里有一座老旧电影院、两家银行、三四个杂货店、五六个古玩店、七八家酒吧。有几栋建筑门前严肃地立着块牌子,介绍着一百多年前德州的历史与这座建筑的渊源,让你不由肃然。转过身,你就看见这家德州人酒吧,始于1936年;那家珠宝店,起于1893年。转完了,坐在古玩店门口花丛中,阳光热烈地斜射过来,此时,你尽可以慢慢地吸剩下的半支烟,看看无比湛蓝的天,你恍惚觉得,这里的钟摆还晃悠在19世纪,福克纳小说里的人物就在边上望着你。

同行的朋友说，这小镇太小了，大学怎么放这里。我说不清，那该是美国人一百多年前的事。我有所了解的是，数千个邮票般的小镇粘贴在广袤的美国土地上，从南到北，自东往西，像亨茨维尔一样，大学、教堂，还有四散的房子，按照购买者的意愿随意散落在小镇周围，每座小镇就此形成了自己的独特风貌。亨茨维尔是历史名镇，一百多年前曾经建立德克萨斯共和国的休斯顿将军的故居、纪念馆都在这儿，酒吧和古玩店是这里的特色。

　　即将回国前，我们应邀前往德克萨斯A&M大学访问。沿着75号公路，穿过浩大的牧场和诸多小镇，抵达这个美国校园面积最大、曾经诞生过几位诺贝尔奖得主的著名大学，它依然在一座小镇上，那是一座依旧孤单寂寥的小镇。

　　小镇是美国独特文化之所在，起初，我们不曾领略得到，只为它人少寂静辽阔而倍觉孤单无趣。当早起晨跑，在镇子边森林里尽情呼吸新鲜空气时，你才发现，这么多居民和他们的房子就睡在森林中间。转眼十月，大小节日繁多起来，数万居民和他们手作的形色各异的商品涌进市中心的狭窄街道，烤肉、冰淇淋、啤酒、摇滚、舞蹈、游行、花车、老爷车、老人、少妇、青年、孩子，花花绿绿、热热闹闹，可以让你对小镇的孤单与寂寞有了别样理解。不得不说，你见到的是一个疯狂的美国小镇，舞台上，摇滚乐队尽情地放歌，那些日常仿佛隐身的老老少少，喝着啤酒啃着鸡块，与台上乐手一起欢腾雀跃着。

　　这就是小镇，美国西部的小镇。

2.书法旅行在德州

要在德克萨斯小镇待上整整三个月,想起来不免感觉空落寂寥,那种孤独难熬可以想象。于是,我的大旅行箱里除了撑满衣物用品,还特别塞进几支毛笔、一瓶一得阁和少许宣纸。我想,写字或是排解寂寞最恰切的方法,也可将日常虽感兴趣但甚少操弄的书法,顺便捯饬捯饬。

抵美后,日常听课也是有限,除与朋友同事聚会出行,有大把时间可以安顿,那些毛笔、墨汁也就有了用武之地。好多个无法安然入睡的夜晚,便取出笔墨,写毛笔字,在点线纵横中体味一种叫作中国文化的东西。练笔的纸是学校公共场所无人问津的废弃报纸,满是英文和生动的异国图片。米芾们的词句顺着笔墨在其上流动,空间与时间静默无言,浓烈的文化反差扑面而来。

按照我的学术兴趣,美国校方给我安排了合作老师,一位艺术设计专业的韩国裔女教授。居中联系的李老师,之前已向她介绍了我。到达不久,我即前往拜访,她听说我带了毛笔墨汁,很是感兴趣。两次见面后,她和我商量,要我做个讲座、搞个书法展,再面向艺术系学生组织个书法工作坊,让这些几乎绝少了解中国的德克萨斯州土著,这些大约有着西部牛仔性情的美国人,感受一下中国艺术,从软笔黑墨中去认知中国传统审美,认真体验一下异域文化。这未尝不是文化交流的最佳方式,我当然同意。

乐意去做这些,特别是展览和工作坊,并非我字写得多好,而或是胆子有点大,且写过几篇书法相关小文章,略知点书法文化状况,并且在跨越太平洋的飞机上,恰巧看到报纸专门谈及要加强书法教育的问题。我以为,把书法看作中国文化核心基因之一,大约是不太离谱的。我就想,这些平时只知Bruce Lee、Jackie Chan的美国西部不同种族的孩子,让他们拿毛笔写写画画,看看他们到底能玩出什么花样。那软软的笔触,在四处晕染的宣纸上如何运行,运行中又要营造出怎样氛围,如何费心力让柔软的笔触点拨出中国文化,我很想试试。毕竟,习惯圆珠笔、英文字母的他们,甚少会如此琢磨书写之道的。

于是,商定时间,学生们申请了经费,制作了海报,一切都差不多了,下面就是我的活儿了。先是展览,校方部门很关心,大概少有类似展览,对场地及相应时间等都做了较好安排。几位在美读书的中国孩子很热心,联系学校部门,配置了水果、糕点、饮品等餐盘。一上午安排布置,光线打在尺幅不一、纸张有别的毛笔字上,倒也别有其味,中国文化的淡淡氛围就此弥漫在美国西部小镇。展厅、餐厅靠得很近,午间人流比较集中,饭前饭后,零零星星不同肤色的学生们聚拢而来,有东南亚、非洲等留学生,更多的是德州本地学生,校方部门及我的语言教师也专门过来捧场。这些洋人,好奇自己姓名的中国模样,于是我就在打印纸上一一写出。是的,于他们而言,这些东西确实是隔的,线条意味在哪里,为啥费劲用这样的笔墨。这个话题太深入而冗长,我只能略略解说,不管听没听懂,反正他们看到了。

看只是起点，如何让他们上手操作，让洋孩子们去感受并演绎毛笔与宣纸之关系，这才是重点。不久，工作坊日期临近，我正愁毛笔、宣纸怎么解决时，合作老师说，亚马逊网站上可以买到，她已全部搞定。我知道英文称毛笔为 Writing Brush，但宣纸是啥呢，好奇地查到了这种叫 Rice Paper 的中国物什。据说西方人最早接触宣纸时，并不清楚其质料，见颜色如稻米，便如此命名了。毛笔、刷子。宣纸、大米。这就是东西语境、文化认知的巨大差异。不管这些，我关心的是美国宣纸出墨效果到底如何，这些西部牛仔的后裔又会在上面涂出什么样的内容。

没想到，来工作坊的人数还真不少。男男女女，专业与肤色皆各异，加上几位老师怕有五六十人。时间只有一个半小时，我只能大致讲解毛笔性能、握笔姿势等。我觉得不能按咱们套路来，在硬笔、英文字母的语境中，得找到恰当的互动方式，得让他们知道，毛笔不是刷子，要亲手去把握毛笔笔性，找到起码的书写感觉。于是，我先让他们在旧报纸上画圆圈和横竖线条，画粗细长短不同的线条。如此十多分钟，便放手让他们纵情在宣纸上驰骋了。在不同肤色中穿行停留，我端详着他们信马由缰的笔迹，审视着那些刷出来的黑色线条，着实见出难以言表的审美意味，那些粗细长短的线条别有格调，让你想起艺术家徐冰的天书，想起书写工具与文字内涵之间的张力关系。不得不说，毛笔与洋人，宣纸与字母，英文与汉字，二者确实隔阂很深，但如果彼此介入，倒也可以互生些意外之趣味。

时间很快过去。毛笔、宣纸和书法，就这样穿洋越海，在德克萨斯小镇上小小旅行了一番。走出阔大的工作室，我和韩国裔老师一起去餐厅吃饭。来自东亚的她，对书法显然是了解的，所以这个工作坊大约也别有深意吧。依旧是美国西部的小镇天空，小松鼠仍在路边树林里跳跃穿行，依旧是咖啡、可乐、麦片、酸奶、汉堡包，但我们可能还是我们。

对了，还有那个与中国艺术有关的讲座。我精心准备了英文讲稿，还配置了不少图片，结果只有稀稀拉拉不到十位外国听众，其中还有捧场的语言老师。

真有点小尴尬，但我还是讲得兴高采烈。毕竟，书法和中国艺术，于德州牛仔们，于西洋社会，终究是有隔膜的。所以，文化交流，其路甚远，我们理当尽力而为。

3.早起的鸟儿

十月底，我们计划去纽约华盛顿一线旅行。联系好一切，发现从亨茨维尔到休斯敦这段一百多公里的路实在不好走。六点前必须从亨茨维尔出发，公共汽车倒来倒去，时间很难赶上，其他车辆似也很难找，无奈，向友好单位教育学院求援。几天后，在邮件中，我被告知要与国际项目办公室联系，他们会安排人送我们去机场。

我便去国际项目办公室，刚进门，办公室小厅里坐着熟悉的Pat，边上是其他几位老师。刚寒暄完，Pat便向我发火，谁安排去的纽约,谁对活动负责,国际项目办公室没有人。第一次领教生气的美国人,平时温文尔雅也快言快语的老太太板着面孔,让我心里颇不是滋味。一番解释后,事情悬在了那里。

后来,不断沟通交流后,他们的头儿Porter告诉我,办公室秘书Carlin会在当天早晨送我们去休斯敦机场。

见过办公室秘书好多次,但始终记不得其名字。该有些年纪了吧,短发,略胖,有家庭妇女一样的身形和面容。每次见她似乎总坐在办公室小厅里,安排来访者与办公室人员见面、会谈等,每次询问我要见的Porter或Pat,她总忠实地告知他们的去向及时间,礼貌地将我送走。我认为,她几乎没有语气,总是平平淡淡。当然这也是一种语气,平实、谦和,称职的工作情绪。

美国西部的太阳总是慵懒,凌晨五点半,天依然黑黑一派。Carlin准时出现在约定地点,送我们去机场。想起那天Pat生气的情形,我代表大家向她郑重表示了歉意,毕竟这是工作之外的任务。她要开车四十分钟,从家里到学校,换上学校大车,再来载我们,可以想象要起得多早,而美国人素来的公私分明更让我们心里不安。在我的致歉中,她的语气一如既往地平实、谦和。她淡淡地说,大家都不愿意来,我是早起的鸟儿,我来送你们,祝你们纽约旅行愉快。

早起的鸟儿,让我想起勤劳的中国人,想起菜场里起早摆摊设点的菜农,想起街道勤劳的环卫工,还有幼年记忆中早起忙碌的父母。可这是凌晨时分的美国,一板一眼的许多美国人还在睡眠中。九点上班，还有许多好觉可以睡呢，谁愿意起这么早呢。

想不到，回国时，我们订的航班八点多起飞，又得早早从亨茨维尔赶往休斯敦。而且几乎每人拖着两个大箱子，行李就得一辆车，也就意味着，要有两个司机，凌晨四点多必须出发。这是很现实的问题，早起的鸟儿又会是谁呢？

和国际项目办公室几次沟通联系后，头儿Porter和年轻的语言学院主管James送我们去机场。Porter五十岁了，身材高大，典型的美国人吧，刚从山西、重庆返美，二十多年前就访问过中国，算是中国通。因为友好学校的工作需要，我们时常交流，我发现他有着来自东方文化的机智，也难怪，他有个日本妻子。James则年纪不大，留着半长头发，轻言慢语，字句清楚，总觉得是从英伦半岛来的，像个绅士，做起事却有着美国人独特的职业伦理。

行前一晚，Porter开着一个大Van将我们大堆行李装上车，他住休斯敦和亨茨维尔之间，第二天直接从那里赶往机场。四点多，松鼠和乌鸦都还在酣睡，我们从在美国的最后一个夜晚爬起，James也赶到住处，待我们上车，他严肃地要求我们扣上安全带，之后便安静地开着车子。夜灯照耀着45号公路，两边黑黢黢的松林也许涛声阵阵，我们带着些睡意，恍恍惚惚地跟着这只早起的美国鸟儿，沿着州际公路往休斯敦前进。

慢慢地，天终于亮了起来，绕过高架，车子停在候机楼前，头儿Porter正将行李从Van上一件件往下搬。还是那么高大的块头，带着微笑。我们和他挥手告别，也和美国告别。

4.海外电邮节录

2009年4月7日

则臣好,

看了《长途》,仿佛和你一起在船上晃悠,发现里面有咱们去年夏天在里运河一带转悠所见的码头,看来你的田野调查还是起到很大作用的。

《长途》可以说是你对"花街"、"运河"系列的新开拓,小说展开在运河上,依然有水的韵味,或者说是南方气息,而人物不再有原来的老旧气,是现代的,这可以说是一种新尝试。叔叔这个人物在小说中没有多少动作行为出现,也没有多少对话或者事件来衬托,但有秦来作为背景呼应,也有作为叙述人在叙述长途中的林林总总,特别展现出现代人的生活与内心的冲突。

小说在形式上双线展开,是极好的尝试,可以说是你对原有叙事方式的一种突破,或许正是由于是新的叙述手法,好像会让人觉得叔叔形象有些不太丰满,显得稍微单薄了些。

这个小说不像花街那样有历史的模糊感,运河在现实中清晰起来,读来似乎与花街有些隔,但这显然是你在不断地挑战自己,作为写作了多年的小说家,自我突破确实是难得的。

此外,我觉得,个别细节有待斟酌,比如货车超车时车速很难到150公里/小时,车上装货,加上车体本身很重,能有120公里/小时已经非常了不得。

周日出去散步，沿着盐河走，这是与运河相交的一条河流，也是我上次和你说的闻到白糖气味的河流，这条河是明清时的运盐要道，通往黄海的，淮安目前要把它打造成出海新通道，现在上面船只繁忙，我觉得你可以在"运河""花街"系列外在盐河上做些新开拓。随手拍了些照片，发你看看。

我只是信口说说，权且一笑！

到美国还好邮件往来吧？

一切好。

徽昭

2009年4月7日

老兄好，

邮件收到，谢谢就不说了。下次去淮安一定得把盐河看看，那感觉比运河要现代一点，可以把它挪到运河去。

你对《长途》的批评我很认同，有些硬伤，像车速等，我的确是不了解，惭愧惭愧。这在运河的题材上有了一点突破，但还是不够，我在想办法将步子迈得再大一点。我感兴趣的倒是小说形式上的一点改变，这种拼贴的形式我头一次用，而且水陆两道互文式的前进很好玩。你觉得叔叔的形象有些单薄，其实陆路上每一个司机都是叔叔，他在讲故事中不断暗示但又不敢挑明，因为他既胆怯又负罪，一直要忏悔。这个我再想想，本来想写得更长一点，但实在找不到更多的东西支撑，所有关于运河两岸的风景和事件都是虚构的，幸亏上次我们在里运河边问了船家一些问题，那点见识才让我写这个东西时心里踏实了一点。田野调查很有用处哈。

我在美国上网方便，他们给了我一个办公室，配有电脑。到时候网上再联系。

则臣

2011年9月10日

则臣好，

孩子的事确实大意不得，父母的责任感就这样来了。所以有了自己的孩子，才能真正体会父母不易哈。

这几天渐渐适应了，睡眠也不错，就是大把时间，反而觉得整天没事干，懒惰起来，人便空虚得很。

这是一个小镇，比较典型的美国南方，林木很多，每天都是晴晴朗朗，就是十分干燥，据说好久没下雨了，前几天德州北部还发大火，烧了不少房子。

访谈你看着整，随心即可，我觉得应该有话可说，这里面东西越想越多，最近看了一些书，感触蛮多的，就是懒于下笔。

中秋快乐！

徽昭

2011年9月10日

老兄好，

　　我们一直很谨慎，应该没啥问题。

　　别着急，先慢慢适应了环境，干劲儿自然就出来了。我觉得在外面，看世界比看书写书更重要，没必要把书房挪到地球那边去。如果精神好，最好能写比较详细的日记，过若干时间后回头看，你会发现收获比当初写的时候更大。

　　安静的环境好，我现在就希望能到一个小镇上去生活。现在忙乱的生活，当然不只是带孩子一件事，平常的很多事其实完全是浪费时间，但你的确没有时间去动脑子，我们一生中的很多时间都不得不浪费在不动脑子的事情上。能有安静的时间和环境动动脑子想一想，是多美好的事啊。

　　访谈我尽快，放心。

　　中秋将至，你只能一个人过了，一个人也要把月饼吃好。哈，节日快乐。

则臣

第二章　形象之辨

一、谜团女性：性别意识与审美设定

　　2018年，学者张莉组织了一个新锐男作家性别观调查，调查问卷首个问题是："在书写女性形象时，你遇到的最大困难是性别吗？你在创作中会有意克服自己的'男性意识'吗？你如何理解文学创作中的两性关系？"回答该问题时，徐则臣首先指认女人成为"她自己"的重要性，这是其阐释性别意识、书写女性形象的前提。谈及女性形象塑造，他认为要"既谨慎如何体贴人物，挖掘出人物内心，又要谨慎自己的'男性意识'别坏事"，同时认为，"基于对人性和性别的宽阔理解，以及对众生平等的基本尊重"，应"谨慎地处理作品中的两性关系"。[①]徐则臣的回答中规中矩，有着与年龄、历练相匹配的毫不偏狭的独立认知，那么，我们是否可以从其性别意识出发，搜寻徐则臣小说中不同女性形象的闪烁面影，

---

① 张莉：《当代六十位新锐男作家的性别观调查》，《中国现代文学研究丛刊》，2019(2)。

探讨其小说女性形象与其性别意识或叙事表意的不同关系？或可由此发现性别意识与作家创作的隐秘关联。

1.女性形象与谜团女性的意义

早期徐则臣引起关注的多是一些直面现实的中短篇小说，如《啊，北京》《三人行》《我们在北京相遇》《逆时针》《西夏》《跑步穿过中关村》等，均是对都市外来年轻人生存现状的"北漂"生活记录，小说中洋溢着扑面而来的现实主义气质。实际上，"花街""故乡"等系列小说，虽然以迷离的意象营造拉开了与现实的距离，但也不难从字里行间感受到时代对这条街巷、对故乡所施加的无处不在的影响——水上航运已然衰落，公路运输取而代之；"城市像大兵压境"，一寸寸地侵蚀着原本属于乡镇的地理空间；打工潮的兴起，则使花街与故乡逐渐空心化，以至于"一天到晚难得见几个男人在走路"。

与这种对现实或远或近的表达相适应，在徐则臣笔下，女性形象多少都能够体现出与现代女性命运相关的时代特质，她们的行为动机、性格塑造乃至人物命运，无不与现代社会紧密相连。如《居延》中的女主人公从"千里寻夫"到独立迈入社会的历程，堪称现代女性自我觉醒的典型范本，四处散发着徐则臣所言"成为她自己"的现代女性特质；《逆时针》中，一心只想为儿子儿媳多出点力的老庞，则让我们在年轻的"北漂"群体外，看到一群老年女性的"北漂"，并不复杂的故事中呈现出老年女性特殊的命运趋向;《飞蝗》中性格急躁的火嫂,身处物质生活日趋凋敝的乡村,为了向欠钱不还的工厂老板讨债,竟不惜以死相逼;《南方和枪》中,郑青蓝也面临着到南方去追求物质生活抑或留在花街与"爱人"厮守的两难抉择。这些女性形象大多迎头撞上了我们每天都要遭遇的日常生活、时代和社会,在现实生活的抵抗中寻找挣扎,努力成为"她自己",成为自我命运的主宰者。这些女性形象闪耀着现实生活的多重面影,呈现出"五四"后一百年来女性命运自我抗争的当下意义。在这些女性身上,可以看到现代视域下女性应有的命运状态,也是徐则臣在性别观调查问卷中谈及的女人成为"她自己"的一种代表。可以说,徐则臣早期小说塑造的这些女性既是现代性别政治的正确表达,也是男性作家正面应对性别现实的有效书写,即将女性作为社会、文化、自然复合作用的产物进行表达呈现。

不过,在徐则臣早期小说中,还有值得关注的另一类谜团女性形象。她们在小说中的身份、行动与动机,基本上是从现实生活中抽离出来的,甚至与日常逻辑保持着一定距离。时代所施加给她们的影响,在小说中是模糊的、被弱化的。她们在小说中的面貌、行动,往往通过纯粹的男性视角来对照式地呈现,进而使我们从她们身上得以窥见某些值得深思的性别审美特质、一种高度的符号性。这些谜团女性形象似乎溢出了前述徐则臣性别意识表达的边界,徐则臣"体贴(女性)人物,挖掘出(女性)人物内心"、保持"男性意识"谨慎的性别观的特点,在这些带有谜团性质的女性形象上,似乎有些疏离。

与《居延》《逆时针》《飞蝗》等彰显现代特质的女性形象不同,这些谜团女性身份多模糊而神秘,且总不免要和男人发生情感或欲望关联。我们无疑应当将这一点摆在人物形象要素中的核心位置,因为无论是去时代化的背景设置、反常理的情节安排,还是刻意加以限制的叙述视角,作家都是为了凸显女性身上的种种"未知"元素而服务的。而且,抛开身份的神秘不谈,单是两性在自然生理(以及与之相关的社会文化)层面上的差异,就已经构成了某种特殊的叙事空白。这种叙事空白在20世纪80年代格非、马原等先锋小说中较为常见,但徐则臣特意将这些空白安放到女性形象身上,其实包含着特殊的性别意识与审美指向。

在"男女有别"的双性视域下,"永远划分着人们生理差别的是男女两性。正因为还没有人能亲身体会过两性的差别,我们对于这差别的认识,总是间接的;所能说的差别多少只限于表面的。在实际生活中,谁都会感觉到异性的隔膜,但是差别的内容却永远是个猜想,无法领会"[①]。性别的差异由此成为欲望启动的内在动力,也是自然状态的人的应有性别反应。正是这种不可知,不知道、不了解、不清楚、无法预测,才产生张扬力比多的性别欲望。反之,对于太过了解的东西,人们大多很难产生欲望,故而家庭婚姻中的男女两性往往失却了欲望。正因此,徐则臣对于女性形

---

① 费孝通:《乡土中国》,江苏,江苏文艺出版社,2017:52页。

象进行谜样的身份与行为设置，这对于读者，尤其是男性读者而言，无疑是格外具有魅力的叙事操作，徐则臣早期设定的这些谜团女性便具有性别意识、审美设定的多向解读价值。

2.性别视野中的高棉形象

《梅雨》是具有谜团女性代表性的一个故事。故事展开的空间在花街，花街的迷离幻境与梅雨叙事背景构成了女性人物谜团的多重意义。女主人公高棉，"在雨季的前一天来到花街，梅雨快结束的时候死了"，神秘地到来、神秘地死去，来和去的原因都语焉不详，在懵懂少年"我"的眼中，密布着深深的谜团。高棉这一神秘、美丽、充满未知的角色，却成为"我"生命中意义非凡的过客，使"我"至今仍记忆犹新，尽管关于她的身世，"我知道的不比十四岁时多一点"。懵懂少年的情欲、青春由此呈现出对女性性别认知迷茫朦胧的性别意义，男人性别意识的起点由此延展开来，不妨说这其实是对男人成长的一种镜像式书写。

花街，操皮肉生意的女人聚居的地方，四处弥漫着情色与欲望气息，而梅雨时节，大概是最适合用来展开这个故事的时间了。狭长幽深的街道，永远笼罩在淡淡的、迷蒙的水边的雾气里；墙面布满苔痕，坑洼不平的青石板路上汪着水；而"雨没完没了"，在时间和空间上同时无限铺陈开去，以至于"全世界都是湿的"，抑或说，世界不过是花街的外延。空气潮湿而沉重，闷热的蒸汽在人们周身暗流涌动，被汗水浸透了的衣衫黏糊糊地贴在身上——

男女情欲仿佛被转换成了可视可感的事物，在空气中恣意流动。为情与欲的本能所驱使的男男女女，就这样在满溢着浓郁人间烟火味的舞台上，上演着一出出男女情爱戏码。徐则臣设定的这一叙事空间和时间嵌入了南方叙事的阴性特质，有着类似苏童的南方幽暗朦胧意味，却是少年男性性别意识萌动的起点，与女性形象高棉谜般的出现和离去相适应，从而具有男女双性对话与认知的丰富意义。

高棉的形象，从"我"口中梦呓般地娓娓道来，有着梦一般的诗意，也与个人的记忆纠缠不清。"我"在那时还只是个十几岁的大男孩，情窦初开、春心萌动，似乎已明白许多事理，可是不明白的东西更多。正当"我"陷入这个年龄特有的烦恼而不能自拔之际，高棉和梅雨一起，走下码头、进入花街，"我"的内心便被这个陌生的女人所占据了。对年长异性表现出的难以言说的迷恋，这无疑同样是这个年龄所特有的心理现象——"我"迷恋她日光下透明的右耳朵，迷恋她身上幽幽的玉兰花香气，迷恋她布满阳光的脸颊的那个柔和的弧度；一想到她也是来花街找钱的，"我就莫名其妙地难过"……可是，对于这个曾一度占据"我"生活的中心的女人，"我"所知道的也不过如此，甚至于连她的名字，也可能不过是"一个代号"罢了。"我"对高棉的这些暧昧不清的行动与心理实际上已经将女性性别对象化，不妨说高棉其实是一面镜子，作为性别对象映照出"我"的男性身份，激发出"我"的男性意识，也是"我"成为男人的必要观照对象。正是这个女人的出现启动了"我"对女性的认知,使"我"知道自身性别。

少年情怀总是诗,这种莫名的爱恋在成年人眼中或许可笑。可有时,男人不过也就是长大了些的男孩罢了;当他们痴迷于某位异性,进而产生某种占有欲时,和"为情所困"的少年之"我"并无二致,表现出来的都是某种相同的性别意识和原始情欲。谜一般的高棉和梅雨、花街、"我"构成了叙事内在的审美链条,也是一种性别认知链条,可以看出,早年徐则臣将男性成长置于梅雨和高棉双重暧昧迷蒙的场景中,这种朦胧不妨说是男性性别意识形成的特定语境,可见男性性别意识的来源正在这种朦胧不可说破中。对于男人来说,这个女性是谁已经不重要,只是"我"这个少年性别启蒙的道具而已。在此视角下,徐则臣早期的女性意识可以看出内在的性别观念生长性。

不仅限于此。接近尾声时,"我"偶然发现了父亲与高棉的暧昧关系。尽管这一点"我"至今仍然无法确知,当时"我"对这一切也只是懵懂,但这件事显然使"我"在潜意识里感到了巨大的受挫,对父亲充满了敌意,从此"不愿意和他多搭茬";父子间实质上形成了某种潜在的竞争关系,作为孩子的"我"自然处于相对弱势的地位,也由此具有了男人成长的动力。两男一女的叙事模式在这里搭建起男性性别认知的新框架,父亲的存在成为少年男人自我成就的障碍,这如何是好?西方文化中男人(父亲)与男人(儿子)之间的竞争关系由此展开。

高棉死去似乎是应有结局,然而小说对高棉为何执意寻死又故意语焉不详。是因为难以忍受的病痛，还是另有隐情？这已经无关紧要，都不过是围绕高棉的众多疑团中的一个。重要的是，高棉来取药的事，成了我们两人最后的、共同的秘密，"我"跟谁也没说，既没有告诉父亲，也没有阻止高棉，任由她赴死。或许在潜意识层面，"我"把这当作对父亲的一种惩罚、一种攻击、一种报复，甚至是完成了某种程度上的"弑父"，是日后以其他男性作为对手、展开对女性的争夺和占有的"繁衍竞争"的第一场预演。所谓"死亡打败了她，同时打败了我的父亲"，其实不妨解读为"我打败了我的父亲"——"我"成功地使那个向来梳着"一丝不乱的分头"的父亲，变得"如此没章法"，以至于"颓败地蹲在尸体旁边"。正因此，与高棉有关的一切，才在"我"的精神世界成长中具有里程碑意义，正是高棉这个谜团女性使"我"认知与建构了男性意识。

不妨说，作为女性的高棉其实是一个性别符号，她包藏在谜团外衣下的另一个名字，就是男性对于女性最原初、本能的情欲，昭示了女性身份之一，就是男性不断征服和占有的对象、是他们行为动机最深层而持久的原动力。高棉这样的女性形象，可以看作男性自我意识中潜在的欲望对象，即男性性别意识中天然储藏着对女性的征服欲望，即便他只是一个少年。这样来看，女性似乎是成就（使男人成为）男人的生物本能对象，这样的叙事认知显然内在契合了古希腊神话所营造的男性性别意识，也是父权意识的内在呈现。宙斯成为宙斯也是以对父权先天的仇恨为前提的，

"弑父"由此具有男性性别意识正当性。

高棉死后不久,梅雨季结束了,"我"生命的一个阶段也随之流失。她的房子里住进了别的女人,她的坟头被荒草淹没,甚至连墓碑上的名字也已消失殆尽,她好像从来没有在这个世界上存在过。无论生前身后,高棉都是"我"遇到的一个没有答案的谜题。有多少未知,就有多少压抑在记忆深处的情感,被一并埋葬,无法释怀;太阳可以在满世界洒满轰轰烈烈的光亮,却不可能温暖到这冰冷刺骨的青春疼痛,少年成为男人正是由此开始的。或许,关于高棉这个女人,我们可以确定的只有一点:这确乎是"只跟我一个人有关"的故事,是最私人的男人记忆,它无法被复制、被分享、被解答。徐则臣也以此书写了男性成长经历上的性别认知,不妨说这也是徐则臣由自我出发的一种经验式书写,与其后年岁、阅历增长后宏阔高远的《耶路撒冷》《王城如海》《北上》等长篇小说中的性别书写形成了遥远的距离,却有着属于徐则臣的男性性别认知与自我建构的独特意义。

3.其他谜团女性的性别意义

类似高棉这样身份成谜的女性形象,在徐则臣早期小说中并不鲜见。如《长途》中的秦来,其最主要的女性形象魅力,就来自倏忽不定的身份。叔叔陈子归为什么要好心搭载这个"素不相识"的女服装店老板?她长得颇有几分姿色,却为何腿上落有残疾?她为什么总是一副拒人于千里之外的冷峻神情?直到故事结尾,关于她身份的悬念，才从陈子归口中得到了貌似合理的解释——那也只是难以证实的一种可能性罢了；究竟是确有其事还是误会巧合，完全取决于作为读者的你是否愿意相信。然而可以确定的是，陈子归余下的日子，无疑都将在面对秦来的自我救赎中获得意义。《长途》中徐则臣将女性形象设定为男人陈子归自我救赎的表征对象，女性形象的潜在意义其实是另外一种被征服，也是另外一种对男人的成就，不妨说，在性别意义上，女服装店老板秦来与高棉一样，是成就男人的重要动力。

《罗拉快跑》中，那位年轻漂亮的女乘客，遇到在长途客车上做乘务员的普普通通的大龄男青年罗拉，竟出人意料频频向他示好，一时间气氛暧昧。如此超乎常理，以至于罗拉感到难以置信，难道真是"桃花运"来了吗？这种"超现实"的意味贯穿始终。然而梦境有多美妙，幻灭就有多痛苦。临近尾声，情节急转直下：这位神秘的漂亮女孩连招呼都不打，径直下车离开；罗拉鼓起勇气追上前去，发现对方竟是一个离家出走的精神病患者。荒谬意味在这里达到了顶峰：长达十一个小时的美妙旅程，像没有结局的春梦，了无痕迹；汹涌澎湃的情欲如同潮水，瞬间袭来又瞬间退去，只留下一摊沙砾般贫瘠的现实。这样的情节设置如同张爱玲经典短篇小说《封锁》，也是男人与女人之间，或男人对女人的性别观照，两性之间的纠缠呈现出撕扯不清的暧昧语境。不同的是，张爱玲《封锁》所写的男女情欲有着女性视角的锐利切割，徐则臣则在男性视野中营造出情感的荒谬，但二者的性别意识也都内在呼应了两性彼此观望与认知的独特意味。

值得注意的是《西夏》，这篇小说格外重视通过与日常生活逻辑的疏离，来制造神秘化的谜团女性。故事的发展，简直就像"天上掉下个林妹妹"：漂亮的哑女西夏，没头没脑地就被"我"领回家、没头没脑地赖在"我"家洗衣做饭不走了，最后没头没脑地和"我"成为爱人。幸福如此猝不及防，不能不让人心生疑惑：西夏会不会只是"我"幻想中的产物？如果不是，那她到底是什么来路？可是，就像在上述几部作品中布下的种种谜团一样，从一开始，徐则臣便没想过要给读者确定无疑的答案，这不过是作者设定的一个叙事空白。而且，"真相"又是什么，它真的那么重要吗？正如"我"所想的那样，"如果生活能够就这么平静美好，真相对'我'又有多大意义呢？"如果不为"未知"保留一席之地，将一切都暴露在"真实"之下，人与人之间的情感还一定能够存在吗？这是故事叙事空白中流露出的深刻反思，这种反思具有性别认知的独特意义。

也许，徐则臣只是想要借助西夏的存在，向我们证明现代精神世界的真实境况——归根结底，我们活在这个世界上，所希求的究竟是什么呢？是物质和财富，还是知识与洞察？是肉体的享乐，还是语言的交流？也许都是，也许都不是。不过，从《西夏》故事里，不难看到徐则臣给出的答案：一种最简单的情感需求，这种情感诉求是男人、女人之间简单的性别慰藉。人类的心灵有时实在是太过脆弱了，好像只有通过异性的介入，紧紧依靠，凭着异性的情感取暖,才可熬过漫长而寂寥的凛冬寒夜。正如"我",一个年近三十的单身京漂,所求无非是简单不过的心安;而在西夏神秘到来之前,"我"从未如此审视过作为男人的内心所求。女人西夏寄托着男人深厚的情感渴望和对美好生活的向往。西夏其实也只是一个性别符号,是对应于男人"我"的温婉女性,是给予男人日常温暖的洗衣做饭的女性。语言的交流、事实的真相,并没有那么重要,毋宁说,女性神秘的身份,反而成为两人情感关系的保障。这是一个现代的都市童话,纵使短暂,想必也使读者感受到了片刻的温暖。

与高棉、秦来、女乘客不同,西夏这样的谜团女性不再是疏离、外在于男性的性别对象,不再是短暂与男性往来交织的女人,而是与"我"食宿相伴、朝夕相处的家庭女性,这个女人照顾"我"的日常起居,成为家的意义象征。这样的女性具有日常生活对应的女性性别特质,徐则臣将之设定为来历不明者,表面看是要审视男女情感可以走多远,深层则寄托着对男女情感的追问,或者说对现实男女情感的质疑,质疑的终点其实就是给男人一个家。值得注意的是,与高棉、秦来、女乘客等成就男性的女性形象不同,西夏给了男人一个家,这是男人能够走得更远的女性性别意义吗?或许这也是徐则臣性别意识中更为深层的家庭回归趋向。从娜拉到《伤逝》中的子君,独立女性的路可以走多远?在西夏身上,我们不免要审视,没有家庭,社会发展、男女生存的意义到底在哪里?而如果只有家庭,像西夏这样的女性又能有多少价值，难道只是成为成就"我"这个男人的附庸？

可以看出，在徐则臣早期小说中，谜团女性形象的审美书写有着特殊的性别指向与解读意义。从高棉、秦来、女乘客，到西夏，徐则臣将之设定为成就男人的特定对象，进而对这些身份模糊、行动不定的女性进行了保有审美距离的特殊书写。谜团女性背后是早期徐则臣将女性审美对象化的一种策略，其意义首先在于徐则臣的女性意识中包含着尊重女性，但潜意识中又将女性作为成就男人的动力。在西夏身上则更为复杂，对现实男女情感的追问质疑中，又暗设了男人、女人共同的家庭归宿。这些中短篇小说中，不同的谜团女性书写既表明早期徐则臣性别意识的特定指向，也与中短篇小说的艺术特性有关。中短篇小说中，高棉、秦来、西夏等谜团女性可以营造出一种叙事空白，规避了现实主义明白显豁的叙事意味，内在接续了80年代先锋小说的审美路向，并将之丰富，因此具有21世纪小说叙事美学的开拓意义。

与中短篇小说不同，近年徐则臣长篇小说中书写了诸多面目清晰的女性形象，她们不再是早期中短篇小说谜团女性的单一审美对象。如《王城如海》中的罗冬雨、祁好，《耶路撒冷》中的秦福小；特别是《北上》塑造了不同身份、性格的女性形象，既有温婉亲切的传统女性秦如玉，也有执着情感、沉默少语的马思艺，更有现代晚婚、追求自我的独立女性孙宴临，还有执着于个体世界的胡静也等。这些性格、面目、处境不同的女性形象，与时代、社会，与男性形象构成恰当有效的呼应，是自然、文化与社会多元作用下的女性应有的丰富面貌，显示出徐则臣在女性形象塑造上更为宏阔的视野，也表明长篇小说这种文体将历史与现实相融汇的审美深度。不过，细细探究，在秦如玉、马思艺身上，还依稀可见西夏的影子，这或许是因为作家性别意识中对女性抱有温婉阴柔的特定审美理想。不管怎么说，早期徐则臣小说的谜团女性形象塑造，可以看出徐则臣潜意识中从性别视角对人类情感与欲望的本体探讨，也有叙事美学留白的审美意义。

二、知识分子：出走与理想主义

《夜火车》塑造了出身底层的年轻知识分子陈木年，这个年轻知识分子没有良好的社会出身，父母仅是小城市里的小市民。或许正因如此，陈木年有着执着的"漂泊"意识和难以妥协的质疑精神。面对自身情感、思想与社会现实的不断冲撞，陈木年无法妥帖安置自我内心，无数次地寻求"出走"。一次次的出走使陈木年反观自身生活，也令他更加需要"出走"来安慰自己的生命与灵魂。在陈木年的形象中，可以看到与郁达夫、茅盾、巴金、路遥、张贤亮、贾平凹、阎真、葛红兵等笔下知识分子形象的相似性，这些作家笔下的知识分子也不断出走，带着某种既定的目标，或革命，或欲望，总有着归宿般的"远方"在诱惑着他们。从20世纪初就开始"出走"的现代知识分子们，仿佛都预设了一个"目标"性的归途。这些知识分子与徐则臣笔下的陈木年形成了鲜明对比。陈木年的意义在于，他最终没有回头，直接走向黑暗或光明的远方。或者,对于乡土大变革时期的中国,这是中国知识分子应有的决绝"出走"态度,唯此才可以实现知识分子的反省与独立。

1.陈木年与知识分子的出走

苏联学者伊·谢·科恩认为,当大学生向哲学教授提出觉得自己有时不存在的困惑时,感到了荒唐和难为情,这或者是他"感到自己没有什么情感体验,觉得自己陷入了麻木不仁的状态?或者是他感到自己不能做主,总是受人摆布?或者不是情感上的问题,而是意识到自己的生活不充实,无所作为和没有意义?"[1]这或许是知识分子一种强烈的自我意识。作为年轻知识分子,首先显示强烈的自我意识,由此对现实产生强烈批判,进而对存在产生难以抑制的悲观,这种悲观情感或是对现实的诸多无奈,或是对生活压抑下的不甘。

陈木年,徐则臣长篇小说《夜火车》的主人公,这位学业成绩优异、颇受老师欣赏的大学生,和伊·谢·科恩所说的大学生一样,有着较为强烈的暗含悲观的自我意识。大学快结束时,陈木年准备实践酝酿已久的乘夜火车出走的计划。在寻求父亲支持未果的情况下,他以一句河边杀人的谎言骗到了父母支持的出逃经费。在夜火车出行的21天里,陈木年获得了"自由舒展的生活的实现"以及"置身于陌生地方的新鲜感受",但又因此遭受了更为

---

[1] [苏]伊·谢·科恩:《自我论——个人与个人自我意识》,佟景韩等译,北京,三联书店,1986:11—12页。

沉重的人生磨难。返校后,他受到警察和校方不断盘问,学校扣发了他的毕业证书、学位证书,他到后勤做了一名临时工。此后四年,他一直被人轻视,不敢爱自己想爱的人,随时都被盘问有没有杀人。所幸背后还有看好并支持他的老教授沈镜白,以及孤独的花房老人许如竹、发疯的画家金小异、青梅竹马的女友秦可、顺应时势的同学魏鸣伴其左右。在对现实的不断质疑拷问中,他一直想爱难爱的女友秦可开始和得志的同学魏鸣走得很近。与沈镜白有过节并一直坚守清白的曾经的教授、现在的花工许如竹去世了,陈木年也终于取得毕业证书、学位证书,但这对他已没有意义。一个可悲而出乎意料的现实是,老教授沈镜白的关心只是因为要将他作为自己未竟学术事业继承者的设计。沈镜白要让他经受重重磨难,设计了扣发毕业证书四年的现实悲剧。随后,他得知沈镜白和女学生发生性关系以及自己是被沈镜白设计后,懊恼之夜,他又看到魏鸣强暴女友秦可,遂失手杀死魏鸣,乘上夜火车,开始了也许是不归路的永远出走。

陈木年的出走浸透着骨子里的悲观,这种悲观背后是自我与现实的大不和谐。不和谐首先源于陈木年透彻的自我意识与执着的理想主义,理想主义强烈地冲撞着现实,使他的理想永远地"理想",始终无法抵达现实,也埋下了不断出走的伏笔。第一次出走是大学毕业前,陈木年想乘夜火车出走,这种想法也许与理想主义无关,只是一个青年对外界执着的探究欲,是类似毕业旅行一般的对远方的期待,是成长世界的打开。但这种出走却不得不铤而走险，陈木年以一句谎言为永远的出走埋下伏笔。我们可以指认，陈木年是因其自我意识与现实生活不和谐导致其悲观，但这种悲观却并不失之于绝望。随后四年，受尽各色人等的轻视与不屑，陈木年并未消沉，在沈镜白给予的学术前景中，他压抑而努力地学习、生活着，沈镜白成为支撑陈木年的最后一根稻草。当这根稻草倒下时，陈木年永远的出走便成为必然。

陈木年具有知识分子的良好素质。本科毕业时，"成绩不错，尤其专业，学问已经有点样子，文章写得也漂亮"。因此被学术大家看好，保送研究生。按沈镜白的设计，他"把精力分阶段地集中在一本本书和一篇篇论文上"，具有了成为一名优秀学者的潜质和能力。他也极度自尊，官僚的后勤处长弟弟以轻视的口吻嘲笑时，他果断转身而去；面对秦可施与的爱和身体，他又有所退缩。他对现实抱着清醒的质疑，始终不对现实妥协。花房里寂寞劳动的物理老师许如竹是陈木年一生的影子，受到现实打击的许如竹甘于在花房里孤独劳动，他们都不会"成为权贵的朋友，也不会为赢得官方的荣衔。这的的确确是一种寂寞的处境，但是总比凑在一起漠然处世的状况要好"[1]。

当徐则臣以"悲观、出走和理想主义"作为长篇小说《夜火车》的前言标题，我们就不难理解这部长篇小说的指向所在。浏览徐则臣的一系列小说，几乎都涉及出走主题，长篇小说《水边书》

---

[1] ［美］爱德华·W·萨义德：《知识分子论》，单德兴译，北京，三联书店，2002：8页。

第二章 形象之辨　　71

中的陈小多，毅然离开父母，跑村串巷，踏上了求侠问武的远游路，归来时，风尘催促着他的成长；《这些年我一直在路上》中喜爱远行的男人；《长途》中一直不断出走的"我"和叔叔。这些小说主题无不以"出走"为主，透出徐则臣对"出走"与"悲观"、"理想主义"三者的心理或哲学关联的发掘。悲观、出走和理想主义三个词干脆利落，在热闹喧嚣的21世纪透着一股贴切而冰冷的光。这三个词是解读陈木年的关键所在，也可以认为是解读20世纪以来中国知识分子内心与现实的重要关键词。

由陈木年出发，我们放大到整个中国现代知识分子，他们的前身可以说是古代文人、士大夫。文人、士大夫是中国古代知识分子，在"达"时可以"兼济天下"，"穷"时还尚且能"独善其身"。当迈进21世纪，商品经济潮水般冲进了中国，许多人为名利权欲忙碌，原本清高孤傲的文人、士大夫便跌落凡尘。在物欲横流、权力利益为上的现代社会，以中国古代文人、士大夫为前身的知识分子，几乎丧失了独善其身的可能性。古代文人尚有"终南捷径"可走，到山里做个隐者，可是在21世纪的中国，哪里还有宁静的土地。所以陈木年寄身高校之中，期待可以在沈镜白开辟的学术之路上独善其身，却不知，自己竟然成为沈镜白设计的一个学术棋子。

对于中国现代知识分子而言，悲观源于知识分子自身与现实无法妥协的一种尴尬情绪。郁达夫《沉沦》中的"零余者"形象有着无尽的个人精神困境，透着对人生与现实的悲观情绪。茅盾《动摇》中的知识分子方罗兰、《蚀》中的小资产阶级知识分子都在动摇、妥协之中透着对现实的悲观。巴金《家》中的觉慧执着地离开家庭，出走到革命洪流中。这一代知识分子既有摆脱旧道德、旧传统的主观愿望，也有在时代大潮下不得不顺势顺时而动的现实情境。当有出走可能时，他们闻风而动，既对自身命运进行了突围，也顺应了时代风潮，于是，"出走"便成为20世纪初叶一代中国知识分子宿命般的状态，成为现代知识分子叙事中的一个独特主题。无论是否归来，"出走"都是现代小说较为普遍的叙事主题，即便归来，也是为了更好地出走。譬如《故乡》中"我"出走归来后，最终依然要"出走"，走向永远的漂泊。可以说，20世纪中国知识分子就是在不停"出走"，通过"出走"，他们看到外面的世界；通过"出走"，他们得以重新回望身后的土地与家园，得以观照自身。"出走"衍生"悲观"，20世纪初中国现代知识分子的"出走"与"悲观"中，掺杂着无法言明的理想主义。因此，也可以说，理想主义是中国现代知识分子身上必然包含的面向，中国现代小说大多数主人公是在理想主义情绪下出走的，或者是出走之后悲观地归来。

新时期以来，小说中的知识分子形象也无不与"出走"产生着千丝万缕的联系。《人生》中高加林脱离乡村、追求现代生活的"出走"，他在城乡之间往返徘徊，注定了乡村知识分子的"悲观"。还有张贤亮的《绿化树》、贾平凹的《废都》等，他们对性的释放与追寻可以被看作一种肉体上的出走，也都与现实情境中的悲观有着某种潜在联系。阎真《沧浪之水》中的池大为、葛红兵《沙床》里的诸葛,他们则以独特方式与权力和性共同勾连起来,把悲观、出走和理想主义书写在了21世纪以来的小说中。但陈木年的悲观、出走与理想主义和池大为、诸葛有着本质不同。

《沧浪之水》中,池大为走上工作岗位便面临着一种不可遏制的悲观情绪。小说开篇《中国历代文化名人肖像》中的屈原、司马迁、陶渊明、李白等历史名人无疑都是古代士大夫精英代表,前代名人的言行成为池大为准备一生恪守的信仰。大学生池大为来到省卫生厅大院,开始时,他有着知识分子的清高,"不屑"和一些人计较,他要信守知识分子的理想,坚守"独立的高贵"而"宁肯孤独"。渐渐地,他"天天坐在办公桌旁",和大家一样都要寻找"眼前的一线光"。现实逼迫下,池大为终于低头就范,从自己内心"出走",主动和权力接触,最终成为省卫生厅厅长。阎真以池大为形象祭奠了中国知识分子理想主义的死亡。但成功后,池大为的悲观始终没有消失,反而更为强烈,《中国历代文化名人肖像》也在池大为的孤独中化为灰烬。所以,池大为悲观中依然有浓重的理想主义色彩,从知识分子形象上来看,似乎和陈木年有着相当的同质性,但陈木年始终没有妥协,而是执着地在黑夜里出走,在个人内心世界中勇敢地遨游,在此意义上,陈木年的理想主义更为强烈。

《沙床》中,诸葛生活在物质化、现代化程度最高的大都市上海,作为大学教师,他和诸多女性有着复杂的性爱关系。小说呈现的生活细节和场景完全西方化:牛奶面包、莫扎特钢琴曲、裸体派对、酒杯里的柠檬、浴缸啤酒等。同时，作者还竭力以西方思想资源灌注到叙事文本中，不时闪现的"我主"作为圣哲在背后发言并掺杂诸多的思想话语，使小说主题脱离了中国本土语境。这样的知识分子，也是悲观的，如小说所言，现实是"你无能为力，你不能改变'你将被生活耗尽'这样一个事实"，似乎整个中国知识分子的自我意识都陷于萨特所言的"徒劳的繁忙"中，因此诸葛有无尽的悲观，他的释放方式便是在形形色色的女性中周旋，理想主义在这里已经完全堕落。陈木年显然与诸葛这样几乎完全西化的知识分子不同，他仍属于传统知识分子，仍然恪守传统人格的基本要素。

21世纪起，中国知识分子悲观或激昂、出走或躲进小楼、理想主义或现实主义的背影已经渐渐远去。大众文化在现代化、城市化浪潮中正成为大多数人无法逃避的现实语境。这些文化新语境影响着知识分子，知识分子可不可以继续悲观、出走，将理想主义进行到底呢？《夜火车》中的陈木年勇敢地站在了21世纪中国现代化、大众化的风口浪尖，他遗世独立的姿势为21世纪知识分子画了一个漂亮的逗号。

2.自我意识与出走理由

西方学界对知识分子有着独特界定。葛兰西认为知识分子应该具有"一种反对的精神，而不是调适的精神，因为知识分子生活的浪漫、兴趣及挑战在于对现况提出异议，面对为乏人代表的弱势团体奋斗的不公平处境"[1]。西方知识分子的生存环境与中国有着本质区别，但作为一种现代身份界定，知识分子有着某种共通的宗教立场下的文化意识，即作为知识代言者、传递者，他们必须要有公正立场，要对社会正义负责，无论中西，这可以说是一种基本的知识分子取向。不过，对中国知识分子而言，他们需要承受现实的巨大压力。陈木年遭受了许多奚落与冷眼，还有家庭内外无法言明的隐形压力。实际上，陈木年还有源于高校体制的强大话语霸权，那就是，沈镜白与陈木年都同样是厕身高校、被高校利用的体制内知识分子，他们都无法逃脱这个时代赋予的知识分子强烈的悲观理念，他们无法像西方知识分子那样，可以"对现况提出异议"，陈木年的出走也注定是实践理想的最佳途径。

陈木年可以被认为是有着强烈自我意识的新知识分子，主要是他对现实抱有强烈的理想主义。理想主义往往与浪漫、自由、独立相联系。陈木年从小就有自由浪漫的理想，"从小就想满世界晃荡"，就是"想出去走走"，这种理想既是一代知识分子源于年轻心态的出门远行、突破自我、超越现实的一种情怀，也是对理想的永不放弃的追逐，"满世界晃荡"中，知识分子舒展了身心，也看到了世界的各种面向。于是陈木年三次乘坐夜火车出走，第一次是以谎言骗取父母金钱获得了身心舒展，第二次在和秦可、金小异、魏鸣去看火车时独自扒上火车出走。这两次浪漫自由的

---

[1] ［美］爱德华·W.萨义德：《知识分子论》，单德兴译，北京，三联书店，2002：7页。

理想主义实践受到了现实生活持续的讥讽嘲笑，最终在失手杀死强暴秦可的同学魏鸣后，陈木年踏上夜火车，这次他"不得不远走了，也许想回都不能再回来了。或者永远都回不来了"。

陈木年的种种出走可以说是对当下现实的一种突围。陈木年自幼就有的这种"满世界晃荡"的想法，其实每个人心底都会有。我们生活中总有这样那样的不如意，总有不同烦扰，出走无疑是对原有生活的突围，也可以说是独特的自我放逐方式。不同的是，陈木年带有强烈的理想主义色彩，这种理想主义色彩在小说中得到了有效呈现。徐则臣对三次夜火车出走的描写强化了浪漫理想状态，提升了小说的诗意与韵味。对夜火车出走的描绘弥漫着生活的诗意，火车破开黑夜的镜头宛如一幅铺陈在眼帘的画面，使读者不由在这种图景中升华了内心的情绪。也可以说，夜火车就是僭越现实的一种生活方式，陈木年为我们僭越现实提供了一种摹本。

生活压力无形而庞大，大多时候，我们不得不屈服于现实。正如陈木年所说："其实工作本身没所谓。就是觉得压抑，整个生活一片迷茫。"陈木年的压抑是现代化过程中，知识分子普遍无力感的另一种呈现方式，无力约略等同于压抑、迷茫，这可以说是中国知识分子较为普遍的生活状态，在此意义上，陈木年代表了大多数知识分子的生活状态。这种无力状态不只陈木年有，吴玄《陌生人》中的何开来身上也有，但是何开来是社会的"空心人"[①]。

[①] 社会学对不知道自己要做什么，不知道未来理想是什么，不知道自己的价值在哪里，什么事也不想做，无理想也无追求的一类人的一种概括。

尽管何开来也算知识分子，有悲观情绪，但他从来就没有过追求，什么都无所谓。因此陈木年打动读者的地方就在于，他有着不可遏制的理想主义，包括出走飘荡，包括爱情。青梅竹马的秦可与他的爱情是无比神圣的，他甚至也将其作为宗教一般来爱护，爱情成为他的理想，于是，面对秦可施与的肉体，他选择了放弃。

往更深层次审视，"出走"也可说是知识分子理想主义的流亡。这种流亡源于强烈的自我意识对现实生活的放逐，是与习以为常的生活秩序的一种对立。陈木年需要将自己与日常生活做一个了断，需要以出走对从知识分子转而为花工的许如竹做一个交代。许如竹教授忍受学校各种不公，守着爱人过着简单安静的生活，早年与沈镜白的过节都成为过眼云烟。许如竹是理想幻灭后的悲观，这种悲观透出老一辈知识分子的忍辱负重，是一代人的心结，包括沈镜白对故人陆雨禾的念念不忘、许如竹和沈镜白的种种过节，到陈木年这里都化为一场理想主义的流亡与放逐。

值得深思的是，当下小说中的知识分子们，他们还愿不愿意自我放逐，能否在权力、金钱的对立中坚守理想。《桃李》（张者著）中，学院知识分子大多已成为欲望的吞噬物；《沧浪之水》（阎真著）中，池大为在坚守中退却，转身走进权力的游戏场；《沙床》（葛红兵著）中的诸葛，也在性爱和消费主义潮流下游戏。可以说，当下小说中的知识分子普遍缺少一种执着的理想主义。所以，徐则臣《夜火车》中的陈木年让我们眼前一亮，让我们看到了不甘于游戏现实与人生的一代知识分子凉到骨头里的执着和对自我操守的坚强捍卫。陈木年并非如同西方知识分子"总是处于孤寂与结盟之间"[①],而是把孤独进行到底。作为新一代知识分子,陈木年显示出新的时代面向,在上述知识分子形象系列中,陈木年具有自己内在的独特气质,这种气质来自中国传统知识分子的自尊、执着、坚强及永远的抵抗。

3.知识分子的归来或陈木年的意义

如果说陈木年的出走是知识分子对现实的突围,或者是理想主义的放逐,那么我们不得不看到,20世纪以来,中国现代知识分子出走的方式、路径、目的有着诸多差异,正如知识分子前面可以冠上许多修饰词,如学院知识分子、公共知识分子、技术知识分子,不同界限中的知识分子有着细微区别,中国现代知识分子也在"出走"路途上有着相应差异。一个关键问题是,他们出走之后还要不要归来、如何归来、归来如何,这或许是中国知识分子要切身思索的命题。

就"出走"而言,"五四"至今,中国知识分子始终都在"出走"之中,而且还将继续"出走"。许纪霖认为儒家道德理想在晚清就开始慢慢破灭,或许,在现代性冲击下的中国,这种破灭是一种必然。传统文化与道统遭遇现代西方文化疾风暴雨式的洗礼,知识分子顺应历史做出抉择既是一种现实策略,也是中国现代进程

---

① [美]爱德华·W·萨义德:《知识分子论》,单德兴译,北京,三联书店,2002:25页。

的必要抉择。这种选择可以被指认为是中国知识分子从传统中的"出走",出走到西方现代文化中。在20世纪中国社会文化演变中,出生并成长于传统中国的士大夫(知识分子)"出走",也可以说是为了"归来"。由于与传统割舍不断的关系,更由于"出走"的西方现代文化浸淫,现代知识分子将西方诸多现代理念本土化,产生出许多源自中国而又超越于当下的现代思想。现代中国知识分子的一个期待是,通过"出走"获得武器,回归时能够直面现实。因此,直面20世纪初中国社会与文化现实的知识分子,面对革命、民主、科学等思潮,掀起了一轮轮出走式的文化革命。

  不过,我们仍应质疑的是,在现代知识分子种种"出走"和"归来"中,他们是否能够坚守自我恒定的文化取向。回溯知识分子思想史,激进与保守两种潮流一直并行着。现代知识分子坚守自我的路途上遍布荆棘,甚至陷入现代性的可能异化中。文化取向的摇摆是中国现代知识分子出走不归的重要原因,20世纪各种文化思潮动荡,知识分子眼花缭乱,难以确定自己的文化与思想认同,这一文化情境逼迫他们不得不永远出走,甚至于异化。钱钟书《围城》中的方鸿渐就是一个典型,甚至是中国知识分子现代性异化的开始。20世纪前半叶,中国知识分子在"出走"西方并归来的路途中,有着对现实考量做出的诸种抉择,其中未免没有对现实的妥协。除却极少的小说形象是永不妥协的知识分子,更多的知识分子时常会有身份的摇摆,他们很难说是萨义德所称道的西方意义上的"知识分子"。

80年代是中国知识分子的另一个青春期，这一时期，中国知识分子也在出走，他们的出走方向也在西方。这些知识分子不同于中国现代知识分子的是，他们归来的方式有着大不相同的境况，他们在80年代普遍受到了国家重用，也能够发出自己的声音，这种声音是在对"文革"历史的质疑中发出来的。张贤亮《牧马人》《男人的一半是女人》都以知识分子形象为人称道，但由于意识形态限制或作家自身局限，这些知识分子多妥协于现实，也难有坚定的理想主义和为理想而献身的实践。整个80年代，中国知识分子都处于意识形态与国家召唤下的青春期，但也暗设了对20世纪末可能陷于市场经济的迷茫。当1992年市场经济加速，面对商品经济大潮的冲击，知识分子被边缘化，逐渐沦为和街头小贩一样的平民，教授开始经商，大学成为不可避免的商场。知识分子的理想和自我意识共同丧失，也许他们有过悲观，有过对现实的质疑，但事实是，他们始终无法坚守住自我。

当贾平凹《废都》成为坊间热点时，一种颓废的知识分子情绪便开始弥漫中国。《废都》中，我们无法寻觅到知识分子所应具有的反思能力，更不要说，基于反思之后的实践了。《废都》中，知识分子从道德和责任中不断"出走"，经商开画廊，游戏女人间，强烈的迷茫失意，更多的是对商品与消费的认同。再到《桃李》《沧浪之水》《沙床》，知识分子在学院、权力游戏中放纵自己，可以说是知识分子整体的"出走"而"不归"。他们似乎不再质疑现实、坚守自我，反而更多见的是对现实的妥协、对消费的认同、对困难的规避。或者说，这些知识分子的出走是以丧失理想主义为代价的。因此，中国近六十年来小说中知识分子出走的结局是令人质疑的。尽管他们内心也有悲观，但他们缺乏自我反思、质疑与革命。这些知识分子形象与20世纪前五十年小说中的知识分子形象有着某种联系，根本基点或可以说是中国现代性的压抑。

《夜火车》中，陈木年出走了，年轻一代知识分子质疑了现实，并未对现实妥协；守护了爱情、学术的理想之光，并没有放纵自我；在茫茫黑夜中出走，并不知道何时归来。这种不归或许是年轻一代知识分子对当下发出的呼唤，或者是一种对归来的茫茫期待。这是中国知识分子自我意识中的大问题，他们什么时候归来、如何归来，读者应该在心中不断质问反思。如果陈木年的"出走"有某种启示，那就是知识分子需要不断对自我进行革命，在自我不断的质疑中摆脱现实种种牵绊和窠臼，对未来并不盲目乐观，对现实永不妥协，对自我的卑微毫不迁就，能够勇敢地走出自我，投入广阔的生活中，由此实现中国知识分子的价值。这应该是中国知识分子，尤其是年轻一代知识分子的唯一使命。

附录 徐则臣硕士论文摘要

文学以感性文字建构形象，表达世界认知，不同类型的小说形象往往寄寓着作家对时代与社会的特定认知，可以说是作家世界观与社会意识的内在体现。徐则臣塑造了繁多的文学形象，除前文论及的女性形象、知识分子形象，更有赢得广泛关注的走街串巷的假证制造者，还有晚清至今穿梭于运河之上的各色人等。这些不同人物形象在徐则臣的文字中奔波行走，也在人与事的碰撞中，还原了20世纪以来中国社会无可估量的巨大变迁，更是徐则臣美学的独特呈现，值得从不同视角深入阐释。如果上溯徐则臣小说形象塑造的来源，则其硕士学位论文应是不可忽视的重要起点，这篇学位论文对世纪之交小说中的父亲形象进行了细致爬梳，现节选摘要，附录在此。

徐则臣硕士学位论文摘要

标题：通往救赎之路——世纪之交"父亲"想象的新变化

在新时期以来的小说中，关于"父亲"的想象有一个比较清晰的脉络。先是张承志、张炜的"父亲"想象，他们笔下的"父亲"主要是精神引导者的形象，更多的具有抽象意义上的象征符码作用。到先锋小说家的作品里，"父亲"则成了被"审"和"弑"的对象，莫言、洪峰开启了"自暴家丑"的先河，率先将"父亲/父辈"暴露在太阳底下，其后，余华则以长篇小说《在细雨中呼喊》，将"父亲"彻底送到了"敌人"的队伍里，成为被颠覆和打倒的对象，"父亲"的神坛因之陷落。然后是20世纪90年代，以"新生代"作家为主，重新对"父亲"作了属于这一个特定时代的想象，他们把"父亲"从意识形态的背景下解放出来，让他们回归到平凡的欲望的肉身，"父亲"们在这批作品里开始了作为"人"的日常生活，这方面代表的作品主要有朱文的《我爱美元》、吴玄的《西

第二章　形象之辨　83

地》，以及莫言的《野骡子》等。最后是本论文着力论述的部分，即世纪之交的"父亲"想象。

从20世纪90年代中后期到21世纪初几年中，出现了一批以"父亲"为描述对象的小说，包括电影。比如小说家须一瓜的小说《海瓜子，薄壳的海瓜子》、徐静蕾导演的电影《我和爸爸》、东西的小说《我们的父亲》、艾伟的小说《寻父记》、墨白的小说《父亲的黄昏》、魏微的小说《寻父记》等。在这些文学艺术作品中，体现了相近乃至相同的"父亲"想象：对"父亲"的宽容、怜悯和理解，并且显示了不同程度的忏悔和救赎意识，甚至于不乏将"父亲"神圣化的努力。这是新时期以来的"父亲"想象的新动向，也是"父亲"想象发展的必然结果：从抽象的象征符码到感性的、具体的"人"；从高高在上的"精神之父"到回到大地上的欲望的肉身；从被仰视到被俯视到被平视，及至重新出现了被仰视的趋势。而这种仰视的"父亲"想象，却是有别于张承志、张炜等人的想象，它根源于作家和这个时代对"父亲"意义的重新发现，寄托了不同程度的忏悔和救赎的愿望，并为之努力。

北京大学硕士研究生学位论文，2005年5月

指导老师：曹文轩教授

来源：中国知网

第三章 意象书写

一、意象诗学与小说的可能

"象"是中国传统文化中的重要审美概念，曾对庞德等西方学者产生了较大影响。所以，"研究中国叙事文学，必须把意象以及意象叙事的方式作为基本命题之一，进行正面而深入的剖析，才能贴切地发现中国文学有别于其他民族文学的神采之所在、重要特征之所在"[①]。这里的叙事文学主要指中国古典小说，在古典小说中，以空间与物为重要表征的意象，往往具有丰厚的审美意涵。由古典小说出发，延及现代小说，"意象"及"意象叙事"扩大了中国现代小说理论的边界。我们看到，新时期以来，不少从"意象"角度对现代小说做了较为深入的发掘，呈现了本土文学叙事的"意象"诗学。作为解读现代小说的一把钥匙，"意象"范畴及其诗学特征对现代中国小说也产生了积极的影响。我们或许可以意

---

① 杨义：《中国叙事学》，北京，人民出版社，1997：289页。

象为理论支点，对中国现代小说进行不同打探，进而还原中国小说本土审美及其世界性关联的复合面向。

1."意象"及小说意象诗学

"意象"范畴产生于中国古代，是中国传统"象"思维的核心所在。《系辞·上》开篇就说"在天成象，在地成形，变化见矣"。这里的"象"乃是可以看见但遥不可及的日月星辰，由之而见天地变化。所以，《易经》之"象"，既是万物所感知的外在表象，也是无法直接触摸的无形符号，进而成为人类世界认知与表意的中介。庄子认为："语之所贵者，意也，意有所随。意之所随者，不可言传也，而世因贵言传书。——夫形色名声果不足以得彼之情，则知者不言，言者不知，而世岂识之哉！"[1]庄子以"象"逆"意"，乃是对书及语言的不信任。庄子言、意问题之论，"是从人的更为普遍直接的语言经验出发，说明语言之外尚有一些东西为语言所不能传达"[2]。庄子"不可言传"的"意之所随者"，是指万物本源及难以言说的"道"。其后，王弼对"言、象、意"做了辨析："夫象者，出意者也。言者，明象者也。尽意莫若象，尽象莫若言。言生于象，固可寻言以观象；象生于意，故可寻象以观意。"[3]重申了"意"的本体内涵，由"言"抵"象"，进而由"象"达"意"。

---

[1] [清]王先谦:《庄子集解》，北京，中华书局，1987：121页。
[2] 郭英德:《中国古典文学研究史》，北京，中华书局，1995：35页。
[3] 楼宇烈校释:《王弼集校释》，北京，中华书局，1980：609页。

王弼确定"意"的本源性地位,以"言"与"象"沟通"意"与"道"。由此可见,中国传统象思维中,"象"是内心之"意"与上天之"道"的审美中介。

刘勰进一步阐发意象意涵,"是以陶钧文思,贵在虚静,疏瀹五藏,澡雪精神。积学以储宝,酌理以富才,研阅以穷照,驯致以(怿)绎辞。然后使玄解之宰,寻声律而定墨;独照之匠,窥意象而运斤"①。刘勰将"意"与"象"合一,强化了创作主体心中之"意"与"象"的内在关联。及至唐代,"意象"开始大量介入诗歌批评。王昌龄强调诗歌的"意""象"与"言""意"的交融,他批评诗歌"有象无意"或"言"而无"意"的弊端,认为:"若空言物色,则虽好而无味。"②司空图则提出"象外之象""景外之景"的观点:"象外之象,景外之景,岂容易可谈哉。"③将"象"和"景"分为两个层面,一是可望之"象"或"景",其次是可望而不可即的"象外之象""景外之景","象"的审美认知进一步深化,"象"不再只是表面可见可感之物,而具有丰富的延展意义。

由中国传统审美"意象"范畴出发,我们看到,传统中国诗学中,"意象"指创作主体和世界万物感应交汇,从而形成审美中介性的"象",而"象"的获得与创作主体的"志气"陶养有极大关系,因此,传统美学更多强调创作主体的身心修养。由这一传

---

① 周振甫:《文心雕龙译注》,北京,人民文学出版社,1981:295页。
② 王利器:《文镜秘府论校注》,北京,中国社会科学出版社,1983:288页。
③ 肖占鹏:《隋唐五代文艺理论汇编评注》,天津,南开大学出版社,2002:1207页。

统范畴出发，文艺研究界对"意象"进行了诸多关注与阐释，叶朗、彭修银、汪耀进、王泽龙、胡雪冈、夏之放[1]等，既有考古式的文学阐释，也有开拓学术疆土的大胆界定。欧美学界也注意到中国传统"意象"审美的价值，从西方文化视角对之做了现代阐发，庞德、韦勒克、沃伦[2]等均有自己专属的"意象"阐释。应该说，"意象"范畴的重新征用是世界文学理论研究的需要，也是中国古代文论对世界文学的独特贡献。

作为一个现代审美范畴，"意象"已成为一种有效的艺术思维及文本阐释方式。20世纪以来，西方文化思潮不断冲击中国，作为潜在思维与文化"无意识"，"意"与"象"互动咬合，现代中国作家所欲表达的"意"与文学之"象"的沟通呼应，成为一种现代审美思维模式。这种"象"带有随类赋形的文化特征，可以散发更多的意蕴。应该说，传统语境中的"意象"是中国文化情境所生发的具有多重阐释意蕴的审美范畴。和诗歌一样，小说的艺术媒介也是语言，作为形式，小说表意之"象"就具有特定意味。也就是说，作家生活体验积淀而成的内心之"意"与"象"落到语言中，形成了文本媒介的现代"意象"。读者阅读文本，就转化为由个体生活与文化认知而来的再造"意象"。也就是说，"意象"

---

[1] 叶朗提出"美在意象"命题，以之强化中国审美文化的现代意义，汪耀进、夏之放等则早在20世纪80年代即对"意象"做了较多研究与探讨，并以专著对之做了深入阐释。

[2] 庞德是西方意象派诗歌的代表人，他提出"一个意象是在瞬间里表现智慧和情感的复合体"，将意象视为一个复杂内心世界的有机整体。韦勒克、沃伦则将"意象"范畴扩大到文本层面的"诗歌结构的组成部分"，实现了由创作主体到客体的有效转移。

有作家内心意象、文本媒介意象，以及读者感受的再造意象这三重"意象"。

意象诗学作为一种传统存在，理应对中国式现代小说创作产生积极影响。因此，传统意象诗学或许可以激活中国本土小说理论。我们可依据意象在小说中承担的叙事或文化功能做出界定和分类，比如动象、静象、事象、物象、潜象、实象、自然意象、文化意象、身体意象等，由此可以细致解析意象诗学之于现代中国小说美学的意义。由于小说叙事起点多集中于空间和人、物，因此空间、物和人等，是小说意象诗学的重要阐发点，也可以说是现代小说意蕴生成的审美焦点，承载了作家的思想表意。所谓作家书写的一块邮票大小的地方，正是作为意象的空间所产生的独有魅力，空间意象体现的独特文化价值，既具有现实世界指涉的象征意义，也体现了小说面向世界的民族意识。人与物是小说叙事的主要动力，人及其行动相关的物，共同构成小说人与物的复合意象。有意味的审美空间、人与不同物有效结合起来，达成不同的审美运动，或是现代小说意象审美创造的一种可能。

2. "意蕴"与徐则臣小说意象

作为一种文化存在，小说意象诗学的文本阐释空间很大。笔者以徐则臣小说为例，对意象诗学在年轻作家中的运用情况试做文本解读。学界一般认为徐则臣是学院派作家，"学院派"指作家对学院知识体系中的文学理论、历史的谙熟。徐则臣曾在大学讲

第三章　意象书写　89

授美学课程，有着中文系本科、硕士研究生的学院履历。他并不拒绝学院派的评价，尽管现在游离在学院体制外，但论读书之丰、涉猎范围之广，许多同代作家未必在其上。对21世纪中国文学而言，"学院派"立场建立在对古今中西多元知识系统了解的基础上。正是在文学知识系统了解、比较的基础上，徐则臣对什么是好的中国小说、现代中国小说的基本立场、中国小说的未来形成了相对独立的观点。

徐则臣随笔集《把大师挂在嘴上》第三辑"一个人的乌托邦"，代表了徐则臣以小说建构"文学乌托邦"的宏大野心，也是他对中国式好小说的一种宣言。他认为，"世界文学是一个巨大的坐标系，每一个国家、民族和个体的创作都分属于一个具体而微的点——你的坐标""是民族的也是世界的，然后才越是民族的越是世界的"。①面对这样的坐标系，他指出，"最好的小说要以实写虚，经典皆如此"。他理想的小说是"意蕴复杂多解，能够张开形而上的翅膀飞起来"。②从词源上看，"意蕴"指内在的意义，"复杂多解"的"意蕴"与"象外之象、景外之景"的"意象"有着不言自明的美学关联。在徐则臣的表达中，可以发现这样一种显而易见的因果关系，即：通过世界文学坐标系的定位，徐则臣潜在认同了传统中国"意象"诗学对现代中国小说的价值。

---

① 徐则臣：《在世界文学的坐标中写作——在"中日青年作家论坛"上的发言》，载《把大师挂在嘴上》，上海，上海文艺出版社，2011：235页。
② 徐则臣：《零距离想象世界》，载《把大师挂在嘴上》，上海，上海文艺出版社，2011：220页。

以传统"意象"诗学解读其小说文本，或许可以实证徐则臣的文学乌托邦意识。短篇小说一般篇制短小，艺术性要求较高，形制与传统趣味比较切近，容易以意象诗学渗透创造。在短小的叙述篇幅中，空间、人和物等属于核心意象，可以显现小说无穷的文化与哲学意蕴，集中展现小说家的思想、情趣、技巧。徐则臣早期的"花街""谜团"系列多是中短篇，透过这些文本，或许可以看出其小说意象运用的实际情况。

徐则臣曾多次提及对历史、考古的浓厚兴趣，因此，其小说文本时常展现一种带有个人体温的历史，早期"花街"系列小说中的空间意象多沾染着历史的风尘味。比如《花街》中"杂货铺""花街""老榆树底下""修鞋摊子""豆腐店"；《失声》中的"石码头""肉摊""老槐树""石板路"；《鸭子是怎样飞上天的》中的"乌龙河""柳树底下""石埠桥"；《弃婴·奔马》中的"松树""沙堆顶""小葫芦街""五斗渠"；《养蜂场旅馆》中的"左山""旅馆房间"等地点，既是人物行动相关的审美意象，也是人物活动的实在空间，这些空间意象饱含着浓厚的历史气息，背后是前现代文化的底色，与其"京漂"系列小说的都市文化空间截然不同。我们可以想象，枯藤、老树、小桥、流水等古典意象与徐则臣小说有着异曲同工的意义，这些古典意味的前现代意象显示出作家对历史与前现代生活的某种认同，或者是穿越历史的某种渴望，并与人物行动相互交织，建构出丰厚的审美意蕴。借由古典意象，徐则臣"花街"系列小说与历史文化产生了有机联系，触动了读者的传统心理认同，小说由此沾染上了风尘仆仆的历史文化气息。

与历史相伴，这些空间意象弥漫着生活气息，它们是作家日常生活积淀下来的感性认知，是作家想传递的无限延伸的带有传统意味的审美所指。这些前现代气息浓郁的空间意象，贯穿于徐则臣早期小说文本，对爱情、遗忘、命运等诸多主题的展开形成有效的推进。"花街"中老默与麻婆相互守望的爱情及其悲悯和老旧的"石板路"一样，"花街"的繁"花"及其惹眼的风云让人叹惋；赶鸭子的小艾在河边与"我"轻松戏耍，陌生人来临，世界便为之改变；"松树下"的"坟堆"边，"我们"追过田鸡，看到如玉的弃婴。过些年后，消失的"坟堆"边，如玉在轻松说笑。"石板路"的陈旧与麻婆的昏老、河岸边的轻松与坐在桌边吃着鸭肉的讶异、坟堆与轻松说笑的如玉，都是不同的人与物、空间交互生成的审美意象，由此构成前现代生活的对冲关系，使故事有了腾飞的可能。这样的空间意象便可以说是"象外之象"，不同空间意象的架构，潜藏着意象为核心的语言机制，以及徐则臣对命运的深入思考。可以说，"象"中有"意"、"意"中味"象"，审美体验由此生发更多的思想意蕴，故事主题与语言表意构成了统一的心理接受体系，提升了徐则臣小说对历史、人性及命运思考的深度。

作为叙事艺术，小说人物既是故事推进的主要动力，也是故事意蕴承托的载体，意象化的人物命名体现了作家特定的审美意识。小说人物命名从来不是随意的，往往寄寓着创作主体独特的审美所指，暗含着某种宿命般的寓意，凝集了作家对人物命运、小说主题、审美意涵的诸多思考。从意象角度而言，人物姓名即一种审美意象的建构，人物以名字构成意象化存在，兼有小说审美能指与所指的双重功能，从而与故事推进形成呼应关系。如曹雪芹《红楼梦》的人物姓名集中体现了人物与其命运的关联。同样，徐则臣小说的人物与其姓名都有某种内在关联，姓名背后包含着人物性格、命运等诸多审美指向。"老默"是修鞋匠，一生默默陪伴在麻婆身边，远远地，隔着距离审视着麻婆的生活。屠夫名叫"冯大力"，大力失手为自己的命运买了单。追赶田鸡的是没有意义的配角"马小毛"，而"如玉"则是弃婴的母亲，这些人物的名字之间，审美反差毕现。《西夏》中那位仿佛天外飞仙般的女子"西夏"，曾经的西夏王朝已经杳无踪迹，正如小说中的西夏，不知其所从来，名字由此勾连起历史和现实。《啊，北京》中曾经热爱北京的"边红旗"最终漂泊在北京，边缘化的"红旗"意味着人物命运之悲催。这些姓名是小说被读者感知的第一意象，他们以姓名的方式及其性格、命运、爱情与不同故事相关联。姓名由此构成了与主题相关的意象趣味，和小说的空间意象勾连交映。这些人物命名是作家主体经验与历史省思后的感应交汇，进而生成的审美意象，人物作为动线的小说元素，因其独特的姓名意象，而独立、丰满，具有承担小说审美之丰富意蕴的可能。

中短篇小说中，故事空间展开相对较小，作为审美意象的空间与人得到了较为集中的展示，不同空间和人、物意象相映成趣，构成了自足的审美意蕴。不同意象的运用，使得故事的文化意味更为丰赡，容易让读者产生心理认同，小说家的审美趣味、文化取向与传统中国文化达成共通。无论主动或被动，作为学院出身的作家，徐则臣古今中外会通的知识结构中都有意象诗学的无形底色。其短篇小说集中体现出对意象诗学的自觉运用，显示出年轻作家对中国古典美学的隐在承续，可以说是中国作家对西方小说艺术的有效回应，或是中国思想文化主体对西方现代小说的积极应对。

长篇小说中，徐则臣也同样注意以意象诗学进行小说架构，这些意象除了承担独特的叙事功能，在人物性格及审美取向上也有一定的抒情意义。《午夜之门》中，徐则臣以模糊的历史意识对空间和人物进行命名，如"青石街""左山镇""茴香""花椒""沉禾""红歌"等，既是日常习见之物，也有出乎意料的作料名称，小说由此生发出无限的古典意趣。《夜火车》中，"出走"是小说主题，主人公陈木年三次乘夜火车出逃，构成与标题指涉密切相关的意象。小城通火车的夜晚，陈木年追赶火车，"耳朵里灌满了风声和灿烂的阳光，他听到的声音只有火车的汽笛和自己的喘息"。爬上火车，陈木年"不由自主张开双臂，从内心到身体瞬间感到了飞翔的快意。他看到巨大的风裹着阳光像雨一样满天满地地落下来"。此处不再是单一的空间与物的意象，而是画面感十足的动态意象，是长篇小说叙事审美意蕴的核心所在。借由这一动态的意象图景，陈木年释放了现实的压抑，以浓厚的浪漫主义方式对生活进行了突围，是陈木年独特的理想与命运的放逐方式。如此长篇中,动态化的"夜火车"意象承担了抒情功能,是小说故事演进的关键,也扩展了长篇小说的诗意。

长篇小说如何抒情,意象起到了关键作用,不同动态意象的结构、形式、风格与作家主体、审美流变有直接关系,动态意象、空间意象等不同意象的综合运用将强化长篇小说意蕴。从《午夜之门》到《夜火车》,以夜为核心的动态意象可以说是徐则臣长篇小说重要的审美底色。这些不同意象体现了徐则臣的古典趣味,并将这一古典趣味内化到长篇结构中,使得长篇小说的审美风貌为之一变。徐则臣小说中,意象在形式与内容间搭建了恰当的桥梁,年轻一代作家由此与中国古典传统相呼应,达成了小说世界与形而上世界的审美沟通。

3. 现代小说意象运用及其可能

"意象"是中国本土文化生长出的一个审美范畴,经历现代思潮的淘洗,这一范畴所包裹的文化内涵对年轻一代作家产生了积极影响,从而显示出审美认知的中国文化"嫡属性"内质。嫡属性(filiation)是由故土文化所产生的,属于自然和生命领域,与之相对的"隶属性"则通过批判意识和学术研究所表现出来,属于文化和社会。[1]每个作家都有出生成长环境所造成的嫡属性生命文

---

[1] [美]萨义德:《世俗批评》,载《世界·文本·批评家》,李自修译,北京,生活·读书·新知三联书店,2009:25、32页。

化,也有学校与社会教育而形成的隶属性文化。[1]由此可以说,"意象"诗学对中国作家具有嫡属性审美效用,嫡属性语境中的"意象"范畴有其独特的本土审美价值。因此,立足中国文化审视"意象"范畴,较之西方庞德等关注"意象"诗学更有本土意义。不过,研究界多以理论视角处理意象范畴,少有从创作与批评视角的阐发与应用。尤其对小说创作、批评而言,意象理论的征用远小于"象征""现代性""后殖民""女性主义"等西方血统浓厚的理论范畴。

中国古典小说积淀了鲜明的本土化审美,并潜在影响着现代小说叙事。举例来说,中国乡土小说的生成确实离不开现代思想文化的推动,但中国古典意象诗学的影响及其美学推动也是不可忽视的原因。现代意象诗学建构中,新时期寻根小说便以独特的意象书写呈现出反现代的意象诗学特质。李陀认为寻根小说的主要特征是"在现代小说的水平上恢复意象这样一种传统的美学意识,就是使小说的艺术形象从不同的程度上具有意象的性质,就是从意象的营造入手,试图在小说创作中建设一种充满现代意识的中国作风和中国气派"[2]。汪曾祺、韩少功、何立伟、阿城、莫言、郑万隆、贾平凹等寻根文学代表人物,都以意象营造为核心书写了现代语境下的中国生活。寻根文本中,传统文化与生活氛

---

[1] 李徽昭,《当下文学批评问题及其理念思考——以陕西本土文学批评为例》,《社会科学家》,2011(3)。

[2] 李陀:《意象的激流》,《文艺研究》,1986(3)。

围浓郁,"古船""河流""丙崽""红高粱"等诸多携带着乡土特质的意象,无不蕴含着中国古典文化精髓,涵纳着土地的诗意与激情。如果说,"文学有根,文学之根应深植于民族传统文化的土壤里,根不深,则叶难茂"[1],那么"意象诗学"可以说是寻根小说艺术最为有效的审美之"根"。因此,寻根小说意象运用便显示出审美意识的嫡属性特质,韩少功、莫言、贾平凹等作家也才能以其独特的叙述风格在世界文学中占有一席之地。因此,寻根小说是当代中国作家意象审美的有效体现,显示了现代中国文学和世界文学对话的可能,也为徐则臣等70后作家提供了小说创作的隐形资源。

作为一种带有传统文化思想胎记的理论范畴,意象诗学潜在介入了现代小说创作,产生了积极影响,这是现代小说艺术本土化的有效尝试。在中西文化碰撞中成长起来的作家,很难完全规避传统意象诗学的潜在影响。隔着时间审视,先锋小说对传统文化及其审美体系的竭力批判可以说是一种策略,也是没有后劲的风车之战,既无法讨好西方,也难以持久地在中国文学界维持其标新立异的风标。对于20世纪50、60年代出生的贾平凹、莫言、苏童等一批具有世界影响的作家而言,意象等传统审美资源反而是其小说产生世界影响的内在支柱,正如莫言的"红高粱"、苏童的"红灯笼",无不是以意象审美方式打动西方世界。及至徐则

---

[1] 韩少功:《文学的根》,《作家》,1985(4)。

臣等年轻作家，借由古今中西文化思想的吸纳，形成了独立的文化与思想意识，意象诗学反而成为他们文化身份确认的可能方式。实际上，徐则臣"花街"系列、"谜团"系列都是潜在继承了寻根一脉的意象叙事艺术，对意象诗学做了现代运用和有效阐释，使得当下小说焕发出了中国古典文化与思想的曼妙光芒。

21世纪以来，乡土小说的边界逐渐模糊，其主题及艺术呈现日渐在无所不能的城市化浪潮席卷之下四散飘零。[①]底层小说、"京漂"小说、新历史小说、乡下人进城叙事等与新生代作家、70后作家、80后作家等范畴相互混杂，乡土小说的经典面貌已被颠覆得无处藏身。但徐则臣等70后作家以意象诗学的内化运用，使我们看到了当代中国小说美学的新风貌，他们注意到"不可言传"的审美意象之巨大作用，通过对意象之"象外之意"的美学追求，满足了现代中国人对故事之外"道"的审美感受，从而使我们看到了古典意象美学的现代光芒，这或是现代中国小说作为世界文学之一维的可能。

二、食物书写及其文化症候

20世纪以来，现代小说在中国兴起并成为核心文体，便以无所不在的触角打探社会、政治、经济、文化的方方面面，小说家们不由自主驱遣笔墨于衣食住行等各种事物，这些看似叙事表层

[①] 李徽昭：《退隐的乡土与迷茫的现代性——近三十年乡土文学视域下徐则臣的"京漂"小说》，《南京师范大学文学院学报》，2009(2)。

的物质存在，不仅强化了小说人物角色、推动故事演进，也让我们理解人与社会的特定状态，注意思量其背后潜藏的身份体认、社会文化、经济结构、历史意识等诸多问题。其中，食物书写尤为值得关注。在明清时期《金瓶梅》《红楼梦》等小说中，食物以症候性的世俗意味成为小说不断解读的要点。英国女作家安吉拉·卡特的代表作品《霍夫曼博士的魔鬼欲望机器》《新夏娃的激情》等，其食物意象表达着身体权力关系等。[①]近年广受好评的韩国70后作家韩江的《素食者》，也以食物隐喻着精神、肉体的复杂关系。显然，作为人类存在、繁衍最基本的物质必需品，食物或隐或显地影响着个人身心、行动行为、社会关系等，围绕食物的生产生活是古今中西小说叙事值得关注的重要面向。

正因食物对生存细微而宏大的意义，莫言、贾平凹、刘恒、余华等不同代际的小说家给予食物以深切关注与特定书写。陆文夫《美食家》、莫言《丰乳肥臀》、刘恒《狗日的粮食》、阿城《棋王》、余华《许三观卖血记》与《活着》等作品中的食物书写呈现着时代的窘迫以致荒谬，具有深刻的启迪意义。21世纪以来，年轻作家也以不同的食物书写表征着时代、精神、审美等丰富指向。如弋舟《刘晓东》中不断出现的酒、孙频《松林夜宴图》中外公的食物嗜好，食物明显寄寓着生存困惑、精神迷茫等多重意蕴。值得注意的是，徐则臣特别有意味地聚焦不同种类食物，小说主题、

---

① 武田田：《食物、食人、性与权力关系——安杰拉·卡特20世纪70年代小说研究》，《解放军外国语学院学报》，2012(2)。

人物、情节与不同食物形成内在的文化同构，如麻辣烫、水煮鱼等川湘辣味与都市漂泊者的奔腾动向，动物、植物等荤素食物与理想情怀、欲望命运、空间转换等呼应关系，新近长篇《北上》则对主食饮品进行了时代文化、个体命运等对话式的呈现。徐则臣小说的食物书写与莫言、余华等前辈作家形成了文化映照，使食物成为解读其小说的独特符码，也是21世纪以来中国社会文化变迁的症候性呈现。

1.川湘辣味与都市漂泊

早期徐则臣以"京漂"叙事为文学界称道，《啊，北京》《天上人间》《跑步穿过中关村》《西夏》等系列小说淋漓酣畅地刻画了城市漂泊者形象，不仅为徐则臣积攒了最初的文学声誉，也以假证制造者等京漂形象打开了21世纪初中国社会的隐秘角落。彼时"农民工"正逐渐受到关注，由乡而城的漂泊情感、异乡灵魂如何安放，陈子午、边红旗、王一丁等年轻的都市漂泊者都堪称鲜明的时代映照。值得注意的是，"京漂"叙事中，陈子午、边红旗、王一丁们经常游走于路边摊，麻辣烫、水煮鱼等川湘麻辣食物不断闪现，与漂泊者们相形相随，成为这一群体饮食的特定样态。川湘麻辣的食物转换与认同，不仅凸显着年轻的都市漂泊者对沸腾生活的无奈体认，也以味蕾感官刺激潜隐着漂泊境遇的无助情感。

《天上人间》中，表弟陈子午原不吃辣，来北京只想吃有名的东来顺火锅（这一向往隐含着对北京城市的认同，是彼时陈子午食物链的最高端），却未能吃成。在打架后的困顿里，陈子午把"我"买回的"香辣豆腐条、香辣鸡胗、麻辣凤爪、久久鸭脖子""轰轰烈烈"地吃了，转而认为"麻辣的最好吃"。人的口味是很难转换的，但漂泊的酸甜苦辣却让陈子午的味觉适时转换，借由麻辣食物，陈子午的新味觉与漂泊生活达成一致，压力与苦痛都在此消解了。此后，陈子午就与川味麻辣形影不离（也开始与人斗强使狠），无论是为了照顾"我"而买来胡同口小饭店的"麻辣一锅香"，还是和朋友频繁聚于麻辣烫小摊，川味麻辣始终是陈子午等漂泊者的最佳食物。随后，北京姑娘闻敬和陈子午相识于麻辣烫摊。姑娘被陈子午打动，同居后，姑娘能烧"红烧鲫鱼和麻辣鸡胗"，给予漂泊者陈子午以生命归宿。做饭成为北京姑娘闻敬情感转化与确认的饮食行动，而且所做的并非火锅、炸酱面等京味食物，而是适于漂泊者陈子午口味的麻辣鸡胗。

从食物原料来看，"辣椒在明清之际传入中国，沿岭南、贵州流入四川和湖南地区而形成了长江中上游辛辣重区"[1]。不过，应该注意的是，辣椒本就是外来物种，具有适应漂泊流徙的特性。21世纪以来，中国交通跨越发展、人员急速流动、物品交流加快，辣椒以其携带的漂泊基因，从南到北，由乡到城，成为遍布中国大小餐桌的重要食料。于漂泊者而言，浓烈麻辣的重口味食物既是疲惫累乏的肌体重焕精神的资源，也是缓解压力的重要食材。

---

[1] 蓝勇：《中国饮食辛辣口味的地理分布及其成因研究》，《人文地理》，2001(5)。

辣的刺激唤起人物疲惫而漂泊无定的心,勾起在城市继续奋斗的信心,所以,城市漂泊者陈子午不仅改变了不能吃辣(近乎本能)的饮食习惯,而且爱上麻辣,这无疑是川湘麻辣与漂泊者的内在契合。

徐则臣着意强化漂泊者与辣椒的内在契合。《耶路撒冷》中,源于弟弟死亡之痛,秦福小常年漂泊,学会自制泡椒后,泡椒始终是其拿手菜,并成为秦福小孤独漂泊中最好的食物慰藉。三个发小初平阳、易长安、杨杰都喜爱辣椒,因为在北京,"吃不了辣的跟没钱一样,混不下去"。可以说,不是漂泊者选择了川湘辣味,而是川湘辣味适应漂泊者。于漂泊者而言,首先必须管饱;迫于漂泊状态,食物又应便宜;如果前面很难满足,那么加上辣椒重口、刺激感官,一切都可以了。因此,川湘麻辣几乎是漂泊者的唯一食物选项。于是,陈子午、边红旗、周子平们劳累辛苦之后,不断奔走于路边摊的川湘麻辣之间,大老板杨杰也念念不忘秦福小的泡椒。辣椒以特殊的味觉刺激成为漂泊群体食物结构的中心。

麻辣之外,酸辣的水煮鱼是徐则臣"京漂"系列的另一典型食物。《西夏》中西夏和王一丁有高兴事就去吃水煮鱼,《啊,北京》里一明、沙袖、边红旗们常以水煮鱼为奢侈聚会的主角。当酸辣鱼片进入身体,劳累奔波的心灵和身体便足以同时得到慰藉。边红旗是徐则臣塑造的典型形象,这一形象与水煮鱼形成了别有意味的互动。北京女人沈丹的拿手菜是水煮鱼,水煮鱼是鱼和水的煎熬,是男人、女人关系的隐喻,也是食物与人的关系。边红旗认为自己"离不开水煮鱼,离不开北京了,三天见不着心里就空荡荡的,水煮鱼可是丹丹的拿手绝活,离不开呀"。错综复杂的文化与现实隐喻汇集在酸辣的水煮鱼中,水煮鱼显示出别有意味的审美象征性。因为北京女人沈丹,漂泊者边红旗最爱水煮鱼,沈丹的水煮鱼更是天下一绝。所以"非典"期间边红旗归乡,总是梦见"一盆盆总也吃不尽的水煮鱼"。婚外情人(北京女人)、食物和人由此形成同构。按照孔子"食色性也"的论断,鱼水之喻、酸辣滋味,以及沈丹与水煮鱼,显示出漂泊男人边红旗的尴尬、无奈与不堪。

徐则臣特别赋予川湘麻辣食物以文化意味。《王城如海》的小戏剧《城市启示录》中,海归教授称呼夫人、孩子为两位外国人,要让他们尝尝川菜馆的水煮鱼。国内、国际的身份裂隙与食物认同形成反差,水煮鱼沉淀为教授的味蕾记忆,也是这个国家的记忆,所以他感慨:"我拿不出国籍、护照,我也在其中。我从未离开过。"虽着墨不多,但水煮鱼恰是海外漂泊的味蕾记忆原点。而对小说主人公余松坡而言,水煮鱼能够给予他的不是刺激而是冷静,在雾霾充斥的城市里,焦虑成为主导情绪,水煮鱼的味道反而能让他获得片刻安宁与归属感,同时对自己的过往进行反思。

从麻辣烫到水煮鱼,川湘辣味食物与都市漂泊达成了文化审美的内在同构。徐则臣并非简单书写食物,而以世俗食物营造了特定的现实主义意味,寄寓着由饮食生发的审美意识与思想内涵。就现实而言,目前"在年轻一辈人中间,食辛辣的比重开始加大。

同时，由于地方菜系内部的发展，川菜辛辣度有增加的趋势"[1]。这个世界正变得越来越麻辣、越来越沸腾，因此，麻辣烫、水煮鱼在徐则臣漂泊系列小说中频繁跳出，都市漂泊的年轻灵魂们无比迷恋它们，却在迷恋中隐含着现实生活的暧昧难言，如何麻、如何辣，21世纪沸腾的中国不断给予你的刺激与思索。漂泊者的饮食不再为饥饿束缚，不再像余华、莫言、刘恒等小说中的人物一般困顿不择食，也不像"花街"系列安定居住者恬淡安闲的饮食，而具有特殊的年轻人远离故乡、走向世界的激烈跳腾意味。在这个意义上，徐则臣的川湘辣味食物书写，显示出在世俗、写日常的现实超越，呼应着21世纪中国经济社会变革的巨大现实，生发出别有意味的文化象征性。

2.动物肉食的理想欲望

从饮食结构来说，动物肉食与植物素食是食物的两个大类。中国传统文化中，肉类主要是权力拥有者享用的食物，故有"肉食者鄙"说，肉食者由此与底层人群对立。就饮食文化来看，"肉食，以高质量和高集中度的蛋白质，较小体积就可以代替大量植物性食物，在所有的食物中鹤立鸡群，备受青睐"[2]。现代观念中，随着社会经济发展，肉食逐渐成为当代中国饮食结构中的支柱。但从

---

[1] 蓝勇：《中国饮食辛辣口味的地理分布及其成因研究》，《人文地理》，2001(5)。
[2] 杨明华：《饮食人类学视野下的肉消费与文化生产》，《扬州大学烹饪学报》，2014(1)。

权力视角来说，哪些人食肉、食哪一类肉、食多少肉，也是社会与时代变化的重要症候，肉食因此与经济状况、等级地位密切相关。如余华《许三观卖血记》中，许三观空口说烧肉，引得孩子们垂涎欲滴，显然就是食物匮乏、肉食诱惑的时代征兆。徐则臣也从不同视角书写了动物肉食，但与余华不同，21世纪中国经济飞跃发展，猪牛羊等动物肉食已进入寻常百姓家，年轻一代作家不再关注能不能吃肉，而是聚焦于吃哪一类肉、如何吃这些肉，关注肉食与人类情感欲望、理想命运的内在纠缠，揭示动物肉食对人类特殊的文化意涵，让我们看到肉食塑造出的味觉经验与文化、群体、年龄、性格等的映照，以及肉食寄寓的欲望、理想等特定意味。

《如果大雪封门》中，期待大雪封门而在北京放鸽子的南方人林慧聪，没想到结识的伙伴竟是偷吃他鸽子的人。作为小说的核心意象，在文化意义上，鸽子象征着和平；于南方人林慧聪来说，鸽子是居留北京、看到大雪封门的工具，也是理想的升腾与飞翔。而在漂泊北京的行健、米箩眼中，鸽子不存在丝毫的附加意义，只是传统饮食所称的大补食物，是异乡寒冬的物质慰藉，于是鸽子肉的口腹之欲、美味诱惑超越一切。叙述者"我"初吃鸽子，"从吃到的细细的鸽子脖还有喝到的鸽子汤里得出结论，胜过鸡汤起码两倍。天冷了，鸽子身上聚满了脂肪和肉"。口腹中的鸽子肉突破了日常习见的猪牛羊肉，在食物链条上，稀有、少见的鸽子肉驯化了"我"的味觉认知，鸽子一类的肉食由此在叙事逻辑上与林慧聪的理想形成内在悖反。此后林慧聪来同住后，行健、米箩依旧投杀鸽子，林慧聪则哀叹鸽子失去后理想的渺淡。行健、米箩为了缥缈的女人欲望情感，还偷偷将鸽子送给女人，鸽子一类的肉食形成耐人寻味的欲望链条。小说中，友好的林慧聪初见行健、米箩就带来一只鸡，鸡和鸽子形成悖反的两种食物。日常化的鸡肉食物或许难再温暖漂泊者行健、米箩的异化内心，他们并不珍惜同住友情，反而以寄托友情的鸽子为女人献祭。鸽子意象掺混着复杂的理想、欲望，从轻盈飞翔、盘中珍馐，再到女人口腹，小小鸽子承载着丰沛的审美与道德意涵。

徐则臣还将非同一般的动物纳入小说食物谱系，使叙事意涵走向特定的审美意境。比如老鼠，是人类食物结构中的异类，少有人吃，吃老鼠的人也难免令人心生恐惧以至厌恶，但为表现特定人物，徐则臣书写了爱吃老鼠肉的小说形象。《紫米》中，为蓝家看守米库的沉禾爱吃老鼠，并欺骗诱导孤苦伶仃的木头吃了老鼠肉。二人看守米库，为能经常吃到老鼠，就"用晶莹的紫米喂饱它们"。阴险的沉禾最终夺回了管家的位置。随后，沉禾与木头吃到了三太太带的鸭脖子，及至高级的紫米熨。沉禾在与三太太发生暧昧关系后又娶了蓝家小姐。从开篇吃老鼠肉开始，沉禾阴险狠毒而又忍辱负重的形象即呈现在读者的眼前。守着米库而喜吃老鼠，徐则臣特意设置悖反性的食物习惯，让食物系统不受待见的老鼠为沉禾所爱，并在其后的叙事架构中凸显沉禾的暴虐与残忍，与爱吃老鼠肉的饮食习惯形成内在一致，人物性格与故事主题由此完成呼应。

一般而言，猪牛羊、鱼虾蟹是生活常见肉食，但小说家为了故事主题、情节提炼等需要，常会设定特殊的动物肉食类型，让人物性格在食物链条上印证自己。如前述鸽子、老鼠等动物，当这些动物进入食物链条时，往往暗示着小说叙事与人物行动的特定趋向。《苍声》中，为营救被批斗而困顿的何校长，父亲杀死自家的狗，端上狗肉偷偷送给何老头，狗肉成为动乱年代的情感寄托与良心见证。《成人礼》中，行健一厢情愿的爱情发生在驴肉火烧店，为追求女人，行健每天吃两次驴肉火烧。驴子这样带着执拗性格的动物成为行健的食物，也成为他追逐情感的见证，都市漂泊与暧昧情感混杂在驴肉火烧中。与之相反，《耶路撒冷》中，开头初平阳一早跳下火车，遇到运河渔人老何，老何慷慨地为初平阳做鱼汤，还说做过白大雁汤给初平阳父亲喝。老何强调这些都是"绿色"的，原生态的鱼和大雁映照着动物与人类居住的关系，凸显初平阳回到家乡的特殊情感，与"京漂"小说的都市漂泊形成对比。不同动物肉食与人物行动、故事主题等，形成鲜明映照。

在动物肉食书写上，徐则臣能注意人物理想情感的独特呈现。前述鸽子、老鼠、驴肉等肉食，寄寓着小说主人公的情感或理想境遇，以动物肉食来处理人物内在心理动向，看似叙事表层的食物书写，往往可以品味体察到人物的理想和情感欲望等更深层次的意蕴。反向来看，对动物肉食的拒绝，则表明人物性格心理的内敛与欲望的克制。如《耶路撒冷》中的成功人士杨杰，深知"穷人一天到晚把肉挂在嘴上",进而习惯吃素,"肠胃和其他器官是回到了二三十年前",后来但凡吃肉"那些肉里仿佛伸出了小手,挠他的胃,直犯恶心",显示着时代语境与商业成功人士对动物肉食的反向认知,揭示了成功人士杨杰的欲望克制,所以他对秦福小能止于泡椒。

3. 植物素食与民间温情

正如《耶路撒冷》中杨杰身上所呈现的,植物素食与动物肉食是迥然不同的饮食习惯,肉食、素食饮食习惯背后,既有生活习俗的原因,也是现代意识推动下的文化行为。成功人士杨杰,在经济自由、吃所能吃、吃所想吃之后,却退而求素,不仅与前述京漂们区别开来,也与《耶路撒冷》中爱吃红烧肉的外乡人景侉子明显不同。杨杰由此达成饮食习惯的转向,在吃素后"身心静下来"。徐则臣特意书写了小说人物的素食转向,隐含着社会文化或生活时尚的新症候,即21世纪以来,中国人的食物结构、饮食习惯发生了巨大变化,素食不仅成为富裕中产的时尚,还隐约改变了一些人的精神生活。杨杰食素后开始趋近佛教,水晶生意也转向佛教小挂件等,昭示着植物素食与人的本性、生命本源的深度关联。素食多与佛教相关。佛教以慈悲为怀,慈悲对象及于所有生命,包括大小动物,所以倡导素食,以生慈悲之心。是故,《耶路撒冷》中杨杰习惯食素,不断帮助朋友,其饮食与信仰因果关系昭然。

一般而言，素食要么是宗教因素，要么是贫困买不起肉。21世纪起，随着中西文化交流加速，肥胖等健康问题凸显，一部分人因身体健康、保护生态环境等原因食素。但根本上，在传统小农经济、乡土社会沉淀的影响下，植物素食多隐含着田园牧歌式的温暖情愫，这在《诗经》《楚辞》中以麦黍、香草为代表的植物序列上十分明显，折射出农耕文明的传统意味。早年小说中，徐则臣特别钟爱以植物命名主人公。如《石码头》中的茴香、花椒、白皮、木鱼，《紫米》中的沉禾，《午夜之门》的水竹、铁豆子、五谷，《北京西郊故事集》中的米箩，《逆时针》中的小米，《花街》的紫米，《奔马》的黄豆芽，《古代的黄昏》的紫英，《苍声》中的韭菜、大米、木鱼，《失声》中的青禾等。植物意象往往与被命名的人物性别、命运、性格息息相关，如《午夜之门》中，花椒就是泼辣率性的女性，《苍声》中的韭菜则是被几个男生戏弄的傻姑娘，这既接续了中国传统花草植物隐喻传统，也为叙事营造出别样的意味。

正是对植物与大地具体而微的关注，书写植物素食时，徐则臣特别嵌入了质朴素淡而深刻的民间情感。《花街》中，修鞋的老默，摆好摊子后即到蓝麻子豆腐店吃一碗豆腐脑，不说话的麻婆知道老默喜爱豆腐脑里多放香菜。老默死后，麻婆与老默的情感纠葛凸显，老默在花街默默守望麻婆的生活。见证麻婆流落经历的祖母透露，麻婆也爱吃豆腐脑。素朴的豆腐脑既是老默和麻婆过往生活的见证，也是老默始终难忘的味觉记忆，简单的男女情感就这样融入到了一碗豆腐脑当中。小说有意无意书写了豆腐，却塑造了麻婆和老默彼此牵挂的情感认同，豆腐脑不只是食物，还是过往共同的味觉经历，在此意义上，豆腐脑已化身为乡土质朴坚贞的情感符号。《水边书》中，陈小多妈妈听信偏方，说豆腐脑放花椒能治偏头痛，也隐约传导植物素食对人伦日常的潜在影响，与《花街》的豆腐脑有类似的文化意味，引导着读者体味世俗生活的特有韵味。

徐则臣还注意书写槐树花等花草素食，从而有机关联着人物的性格行动。早期"花街"系列中，徐则臣总要在沿河岸边别有意味地设置一些槐树，让主人公将槐树花作为一种食物。如《午夜之门》《镜子与刀》《水边书》等小说，主人公总爱爬到槐树上，以俯视视角观看隐秘的行动，而槐树花总会出现在手掌中、嘴巴里。《午夜之门》第一部《石码头》中，木鱼爬上院子里老槐树上"顺手捋了一串槐树花塞进嘴里"，时常"满口花香"。与叔叔继女茴香相识、生活后，茴香总说想吃槐花，并认为槐花是石码头最好的两样东西之一，还让木鱼闻她吃过槐花后的嘴。民间文化中，槐树代表着婚姻等深层意蕴，即"作为社树的文化意蕴"[1]，槐树的巨大树荫即"怀"音的相通，喻示着特定的情感导向。木鱼与茴香都喜爱槐树花，槐树花的味觉就这样沉淀为共同的情感，既是食物也是植物的槐树花，确认了隐秘的男女情感，所以到第四部《水边书》，茴香和木鱼经历磨难最终重逢，情感终得圆满。作为文学

---

[1] 吴昌林、郑依依：《从"槐"字语源探析看〈南柯记〉"槐树"文化意蕴》，载《东华理工大学学报》，2021(2)。

叙事元素，食物槐花以符号化方式投射出丰富的情感意味。

　　与游牧民族养殖、狩猎等日常饮食明显不同，中国以农耕文明、悠远的乡土文化为本。植物素食颇为常见，并寄托相应的审美情感。如李渔《闲情偶寄·饮馔部》便说："饮食之道，脍不如肉，肉不如蔬，亦以其渐近自然也。"其包含着对植物贴近自然本源的农耕文化认同。徐则臣书写了不同类型与状态下的植物素食，前述豆腐、槐树花都以叙事元素潜在导引着故事发展，呼应着民间情感。此外，作品中还以植物素食与城市语境反差来强化故事氛围。《六耳猕猴》中，在电子城西装革履上班的冯年不敢吃"我"买的烤山芋，"我"转手送给冯年的女同事。结尾冯年辞职回家，女同事再次提及烤山芋好吃。乡土食物烤山芋，城市上班族冯年却不敢也不能吃，烤山芋承担了故乡乡土的象征意义，隐含着饮食语境的内在对冲。面对隐含社会结构体系的不同植物素食，城乡不同人群做出了自觉回应，植物素食由此以叙事动态方式传导出人与物、乡土与城市、当下与未来的多重关系。

　　4.主食、饮品的时空对话

　　所谓主食，即可以即时满足肌体功能的米面制品等，饮品则指茶水、咖啡、酒水等。在时空区隔下，主食与饮品具有相对稳定性，"有条件的情景之中是可以作为族群认同的一种符号"[1]。例

---

[1] 徐新建、王明珂等：《饮食文化与族群边界——关于饮食人类学的对话》，《广西民族学院学报》，2005(6)。

如，中国南方爱吃米，北方喜食面，都爱喝茶、喝白酒，欧美则习惯面包、咖啡、葡萄酒等，主食饮品的文化差异昭然。不过，随着中国汇入世界体系，主食饮品交流往来频繁，主食饮品的选择食用便显示特殊的时空对话与交流意义。徐则臣特别注意米面主食、酒水饮品的这一特殊面向，注意以主食饮品书写推动人物性格发展与故事情节演进。

长篇小说《北上》中有许多食物书写，以不同食物折射地域与时代风情，喻示着历史风云的变迁，如无锡小笼包、扬州千层油糕和翡翠烧卖、高邮米酒和小炒肉等，最有意味的是淮安长鱼面。1901年，谢平遥在淮安递交辞呈前特地吃了两碗长鱼面，就此告别觥筹交错的官场，告别旧王朝，步入运河漂泊的新生活。2014年，谢望和在淮安小饭馆也吃了碗长鱼面，回忆有关祖先谢平遥的描述，之后就投入电视节目《大河谭》。长鱼面并非主人公随便吃的主食，而是叙事发展与思想呈现的内在动力。长鱼面建构了跨越历史、见证运河的祖孙对话，暗示了几代人对于运河文化的传承，起到了潜伏铺垫的作用。时空流动中，徐则臣以相对恒定的主食隐喻运河的不变。"食物是一个有机系统，有机地融入它所属的某种类型的文明之中"[①]，无论时代如何变换、运河如何奔腾，作为饮食核心的主食始终难变。历史风云皆在一碗面中，时空对

[①] R Barthes, "Toward a Psychosociology of Contemporary Food Consumption," in Counihan C, Esterik P V. Food and Culture: A Reader. 3rd ed. New York: Routledge, 2013, p.29, 转引自祁和平、袁洪庚：《食物与文化身份认同——〈裸体吃中餐〉中华裔美国人的文化焦虑》，《兰州大学学报》，2021(2)。

话意味毕现。

系列长篇《午夜之门》第二部《紫米》凸显了主食紫米，并设定以紫米为原料的养生方式"紫米熨"，可谓别出机杼。小说中，幼年木鱼最初的紫米记忆，是端午节婆婆买紫米包粽子，觉得晶莹透亮的紫米真好吃。到蓝家米库后，木鱼听闻中药汤与紫米熬制给贵客烫脚的紫米熨，便向往着尝尝，结果苦不堪言，香醇的紫米味完全被药味淹没。作为主食的紫米本系果腹之物，木鱼贫困的幼年才觉得香味诱人。豪奢的紫米熨则是地位权力的象征，紫米丧失了食物功能，而具有反讽意味。在木鱼习惯了老鼠肉食的饮食习惯里，紫米已丧失了其食用本源意味。结尾红歌要给木鱼做一顿紫米饭，与开头木鱼回忆紫米粽子形成呼应，温暖、香醇的食粮才得以回归。

源于植物的地域生态影响，茶叶与咖啡有着鲜明的国家边界，地缘差异形成饮品认同的区隔。由古至今，东西方茶叶交易形成了茶马古道、海上丝绸之路等，其背后的国家族群边界尤为明显，茶叶与咖啡饮用中蕴含着特殊的文化认同。作为表现运河与中国百年风云的长篇小说，《北上》特别书写了茶叶与咖啡，以饮品之轻微穿越文化认同之重大。意大利人小波罗喜爱茶叶，寄托着对中国文化的好奇与喜爱。行船运河，"小波罗坐在船头甲板上，一张方桌，一把竹椅，迎风喝茶"。碧螺春、普洱茶各种茶叶尽皆品用，一边喝还一边学中国人模样说"通了（透了），通了（透了）"，惬意之情状与其对运河之好感好奇相互映照。

第三章 意象书写 113

与茶叶相映照的是咖啡。小波罗让邵常来煮咖啡，邵常来觉得这好像是一门多么艰深的技艺，其背后正是饮品的国族文化认同，咖啡这样的外国饮品与清末中国社会反差毕现。邵常来初次偷尝，咖啡的苦涩滋味让其咽不下又舍不得吐出来，还对孙过程说："不就是个中药汤嘛，叫什么咖啡！"味觉口感是族群认同、文化身份建构的起点，老旧中国的邵常来以味蕾感官体察着新异的西方文化。在其想象里，咖啡变成中药汤，缓慢地流淌到胃里，苦一寸一寸地变成了香。中西文化不断通过邵常来的味蕾进行着对话，他追问，"为什么非得在开始的苦和最后的香之间建立联系呢"。作为文化差异最典型的地域性食物，茶叶、咖啡超越了国家民族的边界，汇聚到运河小船上，东方与西方借由食物饮品进行了恰切对话。

以带有地域性的长鱼面、茶叶、咖啡等饮食书写，来传导叙事主题的文化对话，不仅拓展了小说主题意蕴，而且借由表层化的日常生活呈现，强化了叙事场域的多元内涵，跨文化食物因此显示出了丰富的能指。《耶路撒冷》中，假证团伙头目易长安逃亡途中，与女友分别前，狂欢般度过五星级酒店的最后之夜。狂欢的起点就是饮食，他们在房间吃晚餐，"有上好的法国普罗旺斯的葡萄酒，有林惠惠喜欢的芥末三文鱼、烤秋刀鱼、松仁玉米、枇杷虾、酸辣藕带，有小林爱吃的东坡肉、双层肚丝、荷包青椒、清蒸鲩鱼"。中西荟萃、中日混杂、荤素全有，假证的暴利豪财支撑着亡命之徒的口腹享受，饕餮食物所掩饰的正是对未来的极大恐惧。这样的食物书写具有相当的心理溯源性，中外豪奢美食给予他们的并非安定的享受，反而加深了精神恐惧，主食饮品等书写由此承担了特定的叙事功能。

　　罗兰·巴特曾以结构主义视角将饮食视为一个文化系统，若从文学视角审视食物及相关系统，则其"隐含的意义明确显现出来"，可以"发现存在于表层交流之下的深层结构"[①]。徐则臣不同主题、类型的小说均对食物进行了贴合故事、人物、情节的书写呈现，川湘辣味、荤素食物、主食饮品既承担不同叙事功能，也表征时代文化的内在结构，喻示着人物性格、个体群体状态的不同幻变。徐则臣小说的食物书写，既与莫言《丰乳肥臀》、刘恒《狗日的粮食》以及余华《活着》《许三观卖血记》等前辈作家的饥饿叙事区别开来，也与韩国作家韩江《素食者》、孙频《松林夜宴图》等年轻作家不同隐喻的食物书写相互映照，进而与之共同搭建起食物表征的权力关系、社会变迁、精神意识等宏观文化结构，成为小说主题与叙事建构不可忽视的对象。

　　由于整个人类生活都"围绕着追求营养这个目标在社会中发展而成"[②]，食物以隐形的文化密码表征着社会与个体、群体等不同意识。小说的食物书写背后由此隐藏着诸多文化的潜文本，它们承

[①] 祁和平、袁洪庚：《食物与文化身份认同——〈裸体吃中餐〉中华裔美国人的文化焦虑》，《兰州大学学报》，2021(2)。

[②] Carton A. Food//Berkshire Encyclopedia of World History. William McNeill, ed. Great Barrington: Berkshire Publishing, 2005, p.757–763. 转引自祁和平、袁洪庚：《食物与文化身份认同——〈裸体吃中餐〉中华裔美国人的文化焦虑》，《兰州大学学报》2021(2)。

担着叙事交流功能，以习焉不察的方式导引指示着叙事发展，隐形塑造着不同的社会文化与精神认知，传达着经济社会的巨大变迁。因此，小说的食物书写看似闲笔，但类似徐则臣等诸多有心有为的小说家，总会在其间暗暗镶嵌审美与文化意味的珍珠，食物从而以物的方式见证小说家的审美层次与思想质地，显示其特定的叙事语法。是故，对小说食物书写挖掘探究，不仅可以揭示社会、时代的内在变化，而且在文学审美、叙事结构等方面也极富深意。或可以说，小说的食物书写是一个新的文学社会学课题，期待更多学者能关注不同叙事文本的食物书写，关注我们生存的物质基点。

三、船意象及其哲学意蕴

当下交通工具当中，船几乎已被排除在大众出行工具选项，更多以"风景"的形式存在。正因此，作为河流中缓慢移动的前现代交通工具，船有着汽车、高铁、摩托车等现代交通机械所不具备的审美特质，代表着慢与舒缓流动的古典性。中国现当代小说中出现了诸多别有意味的船意象，从早年沈从文《边城》中老船夫所守渡船、汪曾祺《受戒》结尾载着明海和小英子远去的小舟，到苏童长篇小说《河岸》中的各种船只，这些船只与急速奔腾的现代生活构成了别有意味的反差，小说中的河流与船只呈现出浪漫叙事与命运追问的特殊意味，与中国古代绘画与诗歌中的船只形成值得探究的审美关联。我们可以从不同视角进行爬梳探究，聚焦这一不太为人注意的交通工具，发掘现代小说物象书写的特定意涵，从而还原别一向度的现代生活。

当下作家中，徐则臣是对船只物象聚焦呈现最为突出的作家，从早期"花街""故乡"系列，到声誉远播的长篇《耶路撒冷》和《北上》，再到正在书写的"鹤顶侦探"系列，人与世界的关系或远或近，不同类型的船只也随之与城乡大地构成特定的审美关联。缓慢而迟滞的运河中，大小不同、类型多样的船只成为各种人物腾挪活动的逼仄空间，并与个体命运、国族未来、现代生活形成纠结复杂的多元关系，由此成为理解徐则臣小说人物形象、主题内涵与审美意蕴的关键。以徐则臣小说中"船"为关注对象，从现代和传统映照、古典浪漫寄意、现代传奇审美等三个角度展开爬梳探究，或可揭示徐则臣花街与运河书写中别有意味的审美面向。

1.动态抵达，现代与传统的映照

20世纪以来，受现代意识传导的影响，伴随加速的城市化进程，中国人的生命经历、生活观念、审美意识，较之传统中国社会发生了巨大变化。缓慢生活中的传统自然物、手工技术物，逐渐被模式化、快速化的机械技术物所改变，我们日益远离与自然共生同在的生活状态。与之相伴，大地上亘古千百年、如同血脉一般的河流也逐渐退隐生活一隅，曾经承担重要交通功能的运河、舟楫等物，迅速被庞大疾速便捷的现代机械所改变。直观可感的现实是，改革开放四十多年来，铁路、高速公路等已完全改变了现代中国的时空格局，自20世纪80年代末中国首条高速公路通车运营起，动车、高铁、汽车与大型路桥日益成为现代中国的日常，由此营造出别有意味的现代观念，新就是先进，快就是现代，这些所谓的现代观念已经成为当下中国相当普遍的存在。

毋庸讳言，改革开放四十多年显而易见的成果就是现代交通工具的巨大变革。文学具有敏感的生活触角，早在1982年，铁凝即以《哦，香雪》书写了颇具现代魅影的火车进入小山村的故事，这一文学书写明确传导着改革中国以火车作为现代生活表征的特定意识，隐含着对大型机械交通工具的现代崇拜。确实如此，火车铁路、汽车路桥等现代交通工具对中国社会的影响是多方面的，作为工业革命的产物，现代交通工具不仅提升生产力，尤为重要之处在于，传统生活、慢与旧的交通工具，作为落后的象征逐渐被淘汰，新的时空、新的生活观念由此被重新建构。遭逢火车的香雪，显然将放弃原本缓慢的生活和作息，而逐渐趋求一种现代机械所塑造的快的现代生活。

在此形势下，作为极富古典意趣的船，似乎被现代生活所抛弃，不再如同20世纪初的中国，鲁迅（《故乡》《社戏》等多有描写）、周作人（《乌篷船》等散文名篇皆有呈现）、叶圣陶（《多收了三五斗》中有所书写）等笔下，船还代表着传统时代的丰富内涵。21世纪的中国变革中，相对于动车、高铁、汽车等现代大型交通工具，缓慢迟滞的船与河流，已然与之构成了反差性的存在，二者形成了一种时空审美上的悖反。于是，河流、船，即意味着慢、舒缓、陈旧等前现代观念，便是一种审美上的逆反。在此语境中，我们看到，徐则臣着力书写这一所谓现代审美的悖逆面，对船只与河流进行了不同层面、多元化的深度呈现，并与汽车、铁路等进行深度关联。徐则臣一系列小说中，船以独具审美性的物象映照着故事的深层意蕴，既有对旧时代的古典抚慰，也因火车汽车的对照，显出急速现代性中缓慢、迟滞、悠远的可贵，于是，时代的敏感、审美的深度、现代的审问，便集中在徐则臣小说的一系列"船"意象中。

在《北上》《耶路撒冷》《回乡记》《长途》等小说中，船的物象书写呈现出与现代性的深度关系，如《北上》中，贯穿始终的邵星池一家的船。在祖辈的交通工具序列中，船只承担着极为重要的交通功能，具有不可取代的意义，而到了邵家后代所生活的时代，急速变革的现代社会似乎已经将船只的交通功能完全忘却，邵星池们尽管也在船上举办婚礼，却始终游移于船只所营构的生活之外，最终船只能沦为缓慢的时代印记。《耶路撒冷》开头即火车穿过黑夜的场景，别有现代意味的火车成为初平阳坐老何的船进入花街的铺垫，船只与火车恰恰成为两个时代、两个空间的对照，也是小说具有丰厚蕴藉意味之审美意涵的衬托。《回乡记》中，仅在记忆中出现的船以及《长途》中叔叔驾驶的慢船，都有着与汽车等现代交通的对应关系，徐则臣以此力求映照出现代与古典的双重意涵。

现代社会讲求时间的精准度，火车时刻表总是不等人，而在船上，这些时间都被模糊了，一趟船航行的时间少则一两天，多则半月一月，早年运河北上一次的时间更久，徐则臣笔下的船民已经习惯了这种缓慢迟滞、带有传统向度的水上生活。徐则臣讲究物象书写，其小说中诸多物象均有值得深思的特定意蕴，如《西夏》中的树洞、《王城如海》中频繁出现的二胡曲等。在船只这样具有前现代手工物时代特质的物象上，徐则臣力图赋予一种迟缓时间感的非理性化，并与现代交通工具形成映照。绵延几百上千公里的运河上，几十分钟、几个小时的航行显得那么微不足道，它们大多是以天为时间单位的。《北上》中，老夏下午就开始寻找可以靠岸过夜的码头，并在夜晚来临前不与任何一艘船只为敌。标准化、理性化的现代时间观念似乎已不适用，船与船民都少因时间而感到焦虑。《耶路撒冷》中，初平阳放弃火车而偶遇划船的老何，老何一边回忆过往生活，一边表达着对御码头改变的不满，亦即对慢生活的追忆。老何不知划了多久才把初平阳送到，因为他在划船时从没有想过快点把人送过去。运河大变后，老何也不妥协，只在风光带干了两天就去世了，驾驶小船的老何与现代社会的矛盾永远难以解决，而老何的儿子却愿意在河上骑着水蹦子兜售日用杂货，船只及其建构的前现代生活便成为时代的鲜明映照。《水边书》《人间烟火》，乃至徐则臣几乎所有"花街"系列小说，都要营造一种别有意味的缓慢生活，这种缓慢沿着传统的时间轨道滑行，与迅捷、求变的现代生活交相映照。花街上，人与船这种前现代交通工具相互依存，诸多主人公摇船而去、坐船而来，船只是花街与故乡的标配，他们的生活作息与船息息相关，码头卖粮、花街点灯者都要按船民时间作息安排。现代化的交通工具重塑了人们的时间意识，但花街与故乡的人们，还是遵循着传统社会的自然时间，过着悠闲自得的前现代生活。尽管小说不时书写着汽车、火车，在现代性的"巨浪"中，徐则臣就是如此执拗地以船只之慢审问着人的内心。

与船只物象书写相对照，徐则臣也书写了火车、汽车等现代交通工具。《夜火车》中，主人公陈木年始终向往坐火车远行，深夜里火车带着陈木年穿越大地的意象呈现别有意趣，投射出徐则臣对速度与远方的另一种向往。别有意味的文本是《长途》，"我"跟随叔叔行船，听闻并见证着叔叔的故事。叔叔此前开卡车，却最终选择船，因为船够慢，慢到足以让他感觉到真真切切的生活。早年的卡车尽情飞驰，发生意外后，他终于意识到，船上"生活"是一种幸福，"跑船的一路水道，比岸上好看一百二十五倍"。作为现代机械，汽车具有极大的流动性和快捷性，使人产生了特定的现代时空感和流浪感，但迅捷的交通工具也让生活失去真切感，只能看清大致轮廓，也意味着现代生活失去了真切感。于是，《长途》中叔叔的选择毋宁说就是对于缓慢的、面向自我内心生活的追寻。

与船只的老旧姿态相呼应，徐则臣还特别以船只的淘汰叩问着时代。《北上》《水边书》中，船不断被现代社会所淘汰，秉义、老何两人，都喜欢船只，喜欢水。从前芦苇荡中的小木船已经消失了，取而代之的是观光船，我们看见花街人的挣扎，世世代代的船民对于一艘船的热爱，靠着船发家，依着船生活，直至将船只移交给下一代。与陆地上汽车火车相比，船只显然是慢的，船与汽车火车似乎是截然对立的两种交通工具、两种难以调解的生活矛盾。于是时代转换中，后代们面对汽车、火车的飞速而过，他们的小船，究竟还能够在什么样的意义上存在，这是船只书写所具有的特别深意。

现代火车、汽车逐渐改变了前现代的生活与经验方式，缓慢传统的船舶被抛弃，现代交通机械急速奔驰，带来新的生活感知经验，建构出现代生活的新体验。正如徐则臣所言："我肯定没能力让船速变快，但我可以重新考虑，为什么非得跟飞机和火车比速度？我开的是船……一个东西有一个的特点，有局限性的同时也自有它的优势，我要做的不应该是一棍子打死，而是要在正视局限性的前提下，发扬和扩展它的优势。"[①]在现代和古典的矛盾之间，是否存在着一种对立与统一的可能，徐则臣船的物象书写意义恰恰就在这里。与运河相伴，徐则臣小说中的船只书写，对我们的时代形成特定的审美追问，这是船只物象书写所具有的难得深意。

2.穷源溯流，空间流动的审美建构

船与河流密切相关，在时间意义上，河流内在隐含着一种缓慢悠远的古典意识。路易·加迪从欧洲石头城堡空间视角对中国河流视野中的时间意识进行了阐发，他认为，时常在水上扁舟中

---

① 徐则臣：《北上》，北京，北京十月文艺出版社，2018。

寄身的中国人，其时间意识与欧洲明显不同，[①]具有与河流大地密切相关的审美特质。如同子在川上所感叹的，逝者如斯夫，反映了时间的基本特征：流逝性及不可逆性。[②]于是，作为古代最重要的交通工具，船只建构出特别带有传统时间意味的审美空间，这一审美空间以缓慢方式和大地原野河流发生关系，在古典意义上回应了生存生活的本质问题。由此来看，在21世纪机械与速度叠加的时代，小说对河流与船只的描写就具有古典审美与浪漫寄意的复合内涵。如徐则臣诸多小说中的船，不只是呈现其简单的交通运输功能，以实现地理和时间跨越，更为切要之处在于，这一相对缓慢的带有古典时间性的交通工具，以密闭船舱空间的流动，从古典的他者视角，寄托着一种安静的、穷流溯源性的审美内涵，从而与中国古诗词中的诸多意境接续起来。

《北上》中，小波罗坐船从无锡北上，船是故事行进的空间道具，也是观察中国的一种视角。一百多年前，一个外国人泛舟经由运河穿越中国，这只船上的中西文化、生活样态就具有文化观照与审美沉思意味。于是，小波罗坐在船上品中国茶，临河御风，老旧文人的气息贯穿在运河之上，沉淀的中国文人审美由此在一个外国人身上得以深切呈现。不仅如此，这只小船是审视中国社会的特定透镜，小波罗在船上不断与过往中国人打招呼，见识了

---

① ［法］路易·加迪等：《文化与时间》，郑乐平等译，浙江，浙江人民出版社，1988。
② 丁贤勇：《新式交通与生活中的时间：以近代江南为例》，《史林》，2005(4)。

河流上中国生活的日常，穿行中国南北的小船便具有丰厚的跨文化审视意味，也是与20世纪重视速度效率的现代性相对的他者。后半段，作为时代巨变中的传统物象，船只则被指认为落伍的时代弃物，成为一种情感寄托，如秉义执意要在船上为儿子举行婚礼，作为一个住家船，典型船民秉义一辈子和船脱不了关系，船只就化为传统情感的寄托物，成为时代大潮中老一辈人内化的审美对象。

因此，徐则臣笔下的船并非单纯的交通工具，而是一个带有多元意味、他者化的审美能指系统。《北上》中，徐则臣不是要简单表现船只的交通工具取向，而是特意将百年来中国社会文化的巨变落实到船只上，由此建构一个他者化的具有原点位置的古典视角，来观望中国的百年观念变革，船只便具有穷源溯流的审美意涵。如果把参与空间结构的船视为独特物象，那么，船既指所处船舱，也指运河这一头到那一端的道路，更可认为是由传统到现代社会的时间勾连。船由此从一种移动的封闭空间，凸显了现代和古典的时代难题。于是，《北上》中大小不同的船与运河、与大地街区勾画出此岸与彼岸互动交织的多重世界，徐则臣以船和河流的双向流动，带着读者走向彼岸的理想世界。流动具有时间性意涵，船只的流动具有时间、空间交汇的多重实践性，《北上》中的船只物象渗透着百年中国的社会风云，其实是以文学对时间、空间多重流动性的回应，船只就具有个体空间建构及中国社会百年变革审视的复合审美作用。

如果对徐则臣早前的船只书写进行打探，可以发现，《北上》中以船只物象观照中国的叙事设定其实是有渊源的。在早年"花街""故乡"系列小说中，就有不同视角的船只物象出现，船只物象成为徐则臣小说非常耐人寻味的审美建构。如《失声》开头即两个少年在石码头上看船和大水，紧接着叙述了姚丹与冯大力的情感故事，人事命运的浮沉一如其后时常浮现的船只，故事深意、隐含的花街与船只构成审美关联。《人间烟火》中，人物生死与船的关系，借由"我"这个在运河对面的石码头饭店老板儿子的视角进行描写，"我"面对着来来往往的船只，对船上大小事件了如指掌。船成为串联人物悲欢离合的重要线索，是小说主题延展的审美载体。《午夜之门》第四部分，小船、大船，各种船只与人物行动交相关联，故事有了一个虚幻而又实在的背景，船只营构出迷蒙而又悲怆的故事空间，但又超越了实在空间，而蕴含着老旧时代的多重面影，投射出对个体命运的深切追问与思索。不只如此，《我们的老海》等谜团叙事中，船只也是故事颇有意涵的物象，海上船只来回之间，第三者男人与一对夫妻的再遇，悲怆的丈夫因救第三者死去，情感救赎与漂泊的船形成审美映照，审美深意毕现。而在《耶路撒冷》中，初平阳放弃火车坐船回家，随后引出御码头、老何和运河观光带，船民的视角不断浮现，当下与远方、此刻与未来，都由船只开启，到世界去的人物故事与船只构成极具深意的文化对照。

小说家很难离开空间物象去叙写与呈现一个故事，于是，不

第三章　意象书写　125

同物象的择取、物象在何处出现，就显示出作家特别的审美功力。徐则臣小说总是在时空不断变化中，以极富意涵的物象勾连社会背景、人物命运、情节变化，各种不同物象接连展现在读者面前，命运、情节、形象等也由此不断转换。一般而言，船的视觉体验与古典性密切相关，慢行的船让你能够看清具体的景色而不是现代呼啸而过的远景。船的运动和运河本身的流动相互碰撞，形成一种古典缓慢的双重流动。在此意义上，我们看到，现代作家也多借由船只书写寄寓古典淳朴又美好的情感。沈从文用诗化笔触描绘了沅水流域、洞庭湖、茶峒等地各种船只，对以船为生者的情感和生活进行描写，《边城》《长河》《湘行散记》《丈夫》等，集中表现了沈从文的美学追求。张炜的《古船》，也以船为核心进行叙事，被埋进地底几百年的古船，就是张炜对当代社会道路的思考。徐则臣诸多作品中，船的意象频频出现，所借取的正是船的古典审美、慢时代的文化特质，漂浮的船、流动的水，不仅跨越地理抵达彼岸，更是与现代生活相对的重要的古典符号，是极具中国文化特质的审美意象。

  由古及今，人类总是逐水而居，以求生存，船与河流密切相关，也与要抵达的岸深度关联，有船才能越河而抵达彼岸。船只的审美书写中，还隐含着深切的生存哲学，小说的船只物象从而具有特定的哲学指向。因此，徐则臣诸多小说对船的物象取用就具有生存与命运审视的内在意义。无论是"花街""运河"，还是其"京漂"系列，小说中的船都饱含深意。20世纪以来，一代人如同大小类型不一的船只一般，出走故乡，向更广阔的世界延伸。于是，就在或隐或显之间，船只物象生发着深度的哲学意涵。徐则臣笔下各种类型的船，不是沈从文那样倾向于自然山水、反映底层生存状态的船，而是浮动游荡的理想与现实之间的冷静省思，具有特定的生存本源性意义。

3.船"过"现代，当下叙事如何传奇

从早期以"花街""故乡"介入小说创作起，到当下诸多不同题材与类型的叙事，徐则臣似乎总是对河流、船只给予不同关注，显示出其审美上在古典与现代之间的张力性把握。正因与河流无法避免的关系，徐则臣小说中出现了不同类型与状态的船只，这些船也堪称其小说叙事别有辨识度的审美物象，或是汽车、火车等现代机械交通工具的映照式存在，力图要展现一种慢的生存状态，又或以船上生活相对自在的古典审美来传递缓慢自由的主题意涵。可以发现，在二十年余的写作中，徐则臣从一个独具审美辨识度的视角，以多年厚积厚发的多元小说叙事，营造出一个由船（与河流）重新审视辨析现代文明的新向度。21世纪的中国，究竟如何现代，在船只与河流的飘荡中，在火车与河流的映照里，都蕴含着徐则臣独有的文化思考。

对于徐则臣而言，在沈从文等名家之后，似乎船只与河流书写也是颇有难度的。可是，文学的魅力恰恰在于叙事的突破，也在于作家审美与思想边界的拓展。于是，我们看到，在常规的船只与河流书写外，徐则臣短篇小说"鹤顶侦探"系列，从传奇视角对不同船只进行了别样呈现，从而有别于以往那种简单的现代矛盾与流动空间设定。"鹤顶侦探"叙事中，徐则臣挖掘出摩托艇、赌博船、抢劫小艇等机械快船新的意涵，这些机械快船与早年"花街""故乡"系列中缓慢自足的船舶命运明显不同，故事架构颇有传奇性，人物也迥异于早前的街巷市井形象，而是跃出日常生活界限的边缘人物，新的人物形象与赌博船、摩托艇具有边缘化或现代机械特质的物象相互依存，见出徐则臣在叙事上的审美新突破。

"鹤顶侦探"叙事可以追溯到徐则臣早前的小说《河盗》。《河盗》中，陈子归和李木石都先后遇到过河盗，河盗的标配就是摩托艇这一现代机械驱动的轻捷小船，这种船只与徐则臣早期小说中老旧缓慢的帆船或机动运输船不同，大马力的机械呼应着21世纪科技的发展，也是转入现代社会的新标志。于是开大型机动船的李木石因赌博被盗后，走上了乘摩托艇在河流上晃悠的自由生活。这篇小说中的摩托艇包含着李木石对自由自在生活的向往，其中赌博与偷盗情节隐含着某种传奇性。与这一早期小说相似，"鹤顶侦探"小说集中书写了一系列偷盗赌博等带有传奇色彩的故事，这些故事中，摩托艇这一现代大马力机械小艇不断出现，轻捷疾驰的飞艇具有飞跃超拔的特征，为故事的传奇性奠定了基础。如《船越走越慢》中，辅警别大伟驾驶的摩托艇尾部画了个杜蕾斯的商标，为别大伟离奇失踪营构出一种神秘氛围。除此之外，几篇小说中，警察办案也多驾驶摩托艇。摩托艇显示出别样的现代特质，是现代机械技术的产物，也是侦探系列传奇营造所必需的船舶意象，摩托艇的传奇性与前述花街故乡叙事中的帆船、大型运输船等形成鲜明对照，寄托着徐则臣对现代性的此在追问。

"鹤顶侦探"系列小说还有赌博船等各种边缘化的船只物象书写，与摩托艇交相呼应。《丁字路口》提及了船上赌博事，地点在小鬼汊，"小鬼汊——敢进去的人不多，能出来的更少，绕晕了正常，绕死了也不意外"，小鬼汊本身给办案增加了难度，也因各种船而倍添神奇。《船越走越慢》中，惊险的抓赌经历和场面描写，把我们带入一个神秘而又充满传奇的运河中。赌船让小鬼汊变幻莫测而充满传奇。表面上，传奇在于别子的神奇失踪，内在呼应的叙事物象则是老鳖家锈迹斑驳的铁皮小船，是老鳖总说船越走越慢了，大伟他妈在船尾拖着船不让走。《虞公山》开篇就"要从一个鬼魂说起"，盗墓案的源头是吴斌。他从未正面出现过，却是矛盾所在，在船老大眼中他聪明、有才华，跑船屈了才，这样一个永远上不了岸的人让故事蒙上了一层传奇面纱，派出所所长带领我们一步步走向隐秘而又传奇的故事深处。而在《宋骑鹅和他的女人》中，船作为叙事背景，讲述着跑船人的欲望以及警察的息事宁人，投射出人性的追问。

"鹤顶侦探"的几个短篇小说，架构了诸多矛盾与疑问，留出大量空白，家族过往、人鬼之间、离奇情节等非常突出。这些带有侦探性的传奇叙事多设置在河流的幽暗不明处，非一般船只为故事进展提供了特定支撑，强化了读者的阅读期待。中国古代传奇往往以鬼神魔幻介入笔记小说写作，有很多"人鬼情"的传奇色彩，表面看，"鹤顶侦探"系列也有鬼魂这一类的存在，但这些鬼魂或传奇通常隐形于一个现代故事中，同时又设置了河流与船只等迷幻的物象空间，机动船、手摇船、赌船，行驶在地形复杂、芦苇丛生的小鬼汊，赌船"在河上风轻云淡地走，窗帘后头赌得地动山摇"，传奇性十足。诸多故事貌似不合常情，但却合乎精神逻辑和文学常理，依旧有着人性探讨、命运追问等深入的叙事探索，使得小说叙事超越了简单的现实主义审美，以摩托艇、赌博船等介入运河，营造出一种传奇性审美，凸显出徐则臣对于小说与时代的审美新把握，为当下中国小说叙事开拓了新空间。

大大小小、类型多样的船只在徐则臣诸多小说中不断出现，成为观照徐则臣小说重要的物象视角。这些船只，既有处于现代和传统映照中的运输船，也有代表古典他者的浪漫审美的旧式船，更有摩托艇、赌博船等传奇情境中的机械快船、边缘船。徐则臣着眼于船和运河悠远缓慢的流动性，立足现代与传统、古典与当下的复杂关系，在流动中审视人物命运、社会文化、审美情境，以时间快慢、空间远近的对比映照，不断丰富船只物象的审美意蕴，使之参与了故事的发生、发展，构成自足的审美形态，具有多重的叙事能指，看似简单的物象书写由此具有了更为丰厚的意涵。借由船的物象书写，并与其他物象进行着审美互动，河流及更为广阔的大地交织勾连，快与慢，宁静与动荡相互映照，徐则臣的小说迸发出丰富的审美张力，叙事的地理、心理与审美阈限不断扩展，从而超越了可能的精神彼岸。

附录　随笔与新闻通讯

物可以说是人与世界关联的基本起点，由物而至文学物象与审美意象，意象之于中国文学，便有着值得深入探讨的宽阔空间。小说在塑造形象的同时，无不以其社会性面向书写着不同的空间物象，这些物象又构成了文学文本的审美背景，是作家文化视域的重要体现，也以内化于创作思维的意象方式溶于小说文本。徐则臣注重意象营造，以习焉不察的审美思维对食物、船舶等进行了详尽书写，其诸多小说中都有不同物象的丰富呈现，也由此呼应着时代变革，映照着不同人物性格。回到当下现实，则可说，食物与交通堪称现代中国社会变迁最重要的物象表征。笔者将有关素食小随笔附录在后，或可见时代之一斑。而有关交通变革的新闻报道，则以高铁里程、跨江大桥等数据的直观明确，映照着河流与船的慢背景，也让我们回想起上个世纪末，坐渡船跨越长江的悠悠荡荡。

1.素食者说

每聚会，总拒肉食，便不时有问询缘由者。

似乎缘起于七八年前，那时在高校校办做事。单身在职，领导善解人意，关怀有加，陪客吃饭的事就交给我了，中午晚上几乎全在酒店宾馆泡着。酒肉穿肠过，糊涂心中留。年把下来，脑肥肠满，体型渐圆。尽管有时还偶尔狠心要节制，想着要读书、做些有意义的事，却每每不知所终。

某次，一家酒店新装修完毕，老板很客气，邀请办公室一干同事前去品尝。诸多好酒好菜上毕，最后台面菜（相当于唱片中的主打歌、演出中的压轴戏吧）是一道烤乳猪。服务员端上一个巨大盘子，一只似乎活生生的小猪趴在盘子里。肉色十足，看起来极为憨厚。看着看着，滋味难耐，胃里忽然一言难尽。展示一番后，主人拿下去，剖解上盘。每人一个碟子，装着刚才的乳猪肉。看着肥腻的肉们，想着刚才的整只小猪，隐隐的不适感浮上心头。怎么也吃不下去。

说起来，许久以来，就未曾对肉食抱有过好感。幼时乡野，所食主要是豆蔬之类，那些园地浇过水的菜蔬呼应着每个季节，联结着我们和大地。彼时祖父做豆腐卖，小豆腐摊时时出货，豆腐也就是家常便饭了。祖父的邻家则大不同，这个邻家是杀猪卖肉的，于是经常看到，肥猪嚎叫之后，入沸水烫毛，吊起来开膛破肚，地上总是血水脏水四处横流，想想怎么都难适应。后来读高中，住校吃饭皆需人民币强力支撑，我等也只有靠菜蔬填饱肚子。特别是，母亲和外祖母都不喜荤腥，我也似乎遗传这一点，天然疏远着肉香气味，而非有什么慧根。如此算来，幼年肠胃即已适应菜蔬，二者形成了亲密友好的合作关系，这怕是一种自然的肉食排斥状态。

往虚处说，素食生活也是一种生命态度、一种精神状态，是关爱生命的起初本意。我总觉得青菜、大豆、南瓜、茄子，这些植物循环往复在大地上生长，和那些鸡鸭鹅完全不同。那些会叫的生物，都有自己的历程，让它们在非自然状态下死去，或许是人类中心主义对生命的虐杀。鸡啼晨起，唤醒沉睡的人们；犬吠声声，表示对陌生者的关注或友好；空中鸟鸣，滑过天际，装点寂寥的蓝天；还有牛马羊，这些善良的动物给生活带来许多帮助和乐趣。可是，在餐桌上，我们会把它们的血肉一起嗜食干净。

人的肌体需要特别的营养，很多来自大自然，在自然怀抱里，我们享受了那么多馈赠。植物从大地中蓬勃长出，可再生性强，对躯体的有害性也最低。动物的食物链类似于人，且其生长聚集，传播的各种疾病细菌等自不待言。2003年的SARS病毒和曾经蔓延亚洲各地的禽流感就是人类自己种下的苦果。

今天某些所谓的现代生活早已不是满足于吃饱和吃好，而是要吃奇吃怪。宴席档次似乎就是别人没有的东西你敢上、你能上。所以那些穿山甲、猴脑、鹿兽等珍奇异物就变成贵宾餐桌上的饕餮大物。这显然是畸形的食物嗜好，是国人内心的迷失。

据说国人肥胖者数量与日俱增，有研究者已经对人类有些恶劣的饮食习惯颇有微词，还有翔实资料数据列上台面。甚至许多以肉为主的垃圾食品纷纷进驻后发国家，麦当劳、肯德基成为一个城市是否发达的标志之一，可在国外，这些洋快餐是被有识之士拒绝和否定的一类食品，真正的中产阶级绝不会去吃这些东西。记得有位高阶朋友，经常往来国外，他说国外肥胖者多数是贫穷无路者，每天吃鸡肉，有识者的食谱当中，每天的卡路里都是计算好的。与此相反，有位广东朋友，深深为自己瘦弱的身躯苦恼，每天早晚都喝牛奶，期待自己可以早些胖起来，因为某些人认为胖子才是有气势、有实力的人。真是挺有趣的反差。

不过，我的素食也只是相对的，日常还可以接受鱼虾之类水产。我以为这些还可谅解，并且身体也要补充营养，但在真正的素食者那里，对此还是不认可的。有个诗人朋友，清瘦，小个儿，谦和，少言，特别令人感佩。其食素极为讲究，鸡蛋有草鸡蛋、洋鸡蛋之分。我总觉得他诗歌中的那些草木山水，无不弥漫着清洁的气息。

今年春初，带了个美国朋友到南京鸡鸣寺吃素食，这座南北朝起始的名刹，素食名气颇大。往鸡鸣寺去，要经过明朝国子监围墙（现南京市政府办公地），大宅深院，还有高大葱郁法桐，爬上鸡鸣寺山门，进入豁蒙楼，推开窗户，就是台城绝佳风景。数百年明城墙直入眼帘，玄武湖一池春水荡漾，紫金山龙蟠远方。心情不由愉悦起来，想想都很美。六朝烟雨都散尽，素食怕是最息心。

鸡鸣寺虽好，但其素食口味却似有变，总弥漫着商业味道，价格也比肉食似贵许多。想想还是居家素食最好，春夏蔬菜闪耀着天地光华，清水和手交互其间，碧绿菜蔬很是贴合居家心情，自然、轻松、愉快。

执着地喜爱那些新鲜的菜蔬，那些蔬菜在勾兑鲜美的汤汁里散发出田园的美好，积聚了许多清淡素雅的情感。于是，就幻想有朝一日可以有自己的菜园。晨起，踩着露水拔草，晚霞归去，夕阳西下，把瓢浇水。春天种植，秋天收获。冬日晒着暖阳，看菜蔬缓慢生长。在自己的园子里对着秋月饮酒，怀想时间流逝。

可现在，埋首于泥淖里，园子到底在哪里呢？

2006年9月20日夜

2. 江苏交通强省建设跑出"加速度"

……自2019年江苏被列入交通强国建设第一批试点单位，2020年我省印发《交通强国江苏方案》以来，江苏奋力跑出交通强省建设"加速度"，现代综合交通运输体系加快建设，发展水平持续处于全国前列。

稳中求进做强综合实力

……

一流设施方面，江苏交通基础设施规模和效率全国领先。"轨道上的江苏"主骨架基本形成，高铁总里程从"十二五"末全国第14位跃升至全国前列、达到2218公里，设区市全部通动车、12个设区市通高铁，过江通道累计建成18座、在建9座。"水运江苏"建设上，千吨级干线航道里程（2488公里）、港口万吨级以上泊位数（560个）、综合通过能力（26.2亿吨）、年吞吐量（32.4亿吨）、2亿吨大港数（7个）等指标连续多年位居全国第一。公路传统优势不断巩固，高速公路实现"县城通"以及10万人口以上城镇全覆盖，普通国省干线一级公路占比全国最高。运输机场保障能力持续增强，9个运输机场布局全面落地，实现地面交通90分钟车程覆盖全部县（市）。

……

一流服务方面，我省运输服务更加优质高效。"高品质出行圈"加速构建，长三角核心区（沪宁杭）形成"1小时高铁圈"，基本实现省内设区市到南京2小时通达、设区市之间2.5小时通达；"高效快货物流圈"加速构建，重要贸易国家和地区民航通达率达到80%；……城乡区域交通运输协调发展水平提升，基本实现全省镇村公交全覆盖。

科技创新赋能交运发展

……

智慧交通方面，我省建成面向未来的五峰山新一代高速公路、苏锡常南部高速公路太湖智慧隧道、省道342无锡段智慧公路等智慧交通基础设施。水运方面，苏州港太仓港区集装箱四期码头建成全国内河及长江流域首个自动化码头，建成2500公里内河干线航道电子航道图，全国首个内河船舶手机导航系统启用，京杭运河智慧航道、常泰长江智慧大桥、太仓港集装箱堆场智慧港口、综合交通运输数据大脑等4个项目列入交通运输部新基建重点工程。智慧城市交通已实现路况、公交、停车信息实时查询，率先建成智慧路网云控平台、省市县一体化交通综合行政执法系统等。

……

摘自《新华日报》2023年5月31日第2版

3."十三五"时期我市交通运输发展成绩斐然

……"十三五"预计完成交通基础设施投资超622亿元，是"十二五"同期的2.8倍。全市公路总里程达到1.35万公里，二级及以上公路新增250.4公里，占比提升至20.75%，实现了县与县之间通一级公路、县与乡之间二级以上公路全覆盖。高速公路里程达到402公里，京沪高速、长深高速等国家级高速公路贯穿境内，实现县域全部通高速公路……

淮安现有铁路营运里程263.9公里，比"十二五"末增加了163.4公里，徐宿淮盐、连淮扬镇铁路建成通车，宁淮城际铁路开工建设，淮安全面进入高铁时代，区域重要高铁枢纽地位基本确立是"十三五"交通运输发展最重要的成就之一。淮安航道总里程1483公里，三级及以上高等级航道231公里、全省第二，淮安新港二期、淮河出海航道整治工程等重点港航项目建成使用，境内船闸全部达到复线以上，形成经盐河对接连云港港和经大运河、长江直达上海港的两大出海口。淮安机场开通以来，客货运量增长迅速,成为全国支线机场发展样板,一类口岸获批开放,成功迈过百万旅客吞吐量门槛,二期扩建工程建成投入运行,迈入中型机场行列。淮安有轨电车成为行业标杆,产生全国影响,先后吸引了28个省份、130多个城市、近300个批次人员来淮考察学习。一次性建成总里程48公里、总投资165亿元的市区内环高架,建成以城市中轴线淮海路古淮河桥、运河大桥等为代表的一大批重要城市桥梁。

摘自《淮安市交通建设专题》(2020年12月29日淮安市政府网)

第四章　长篇、时代与情感

一、《北上》：长篇艺术及其路向

长篇小说是考量当代文学发展的重要标符，无论陈忠实、莫言、贾平凹，还是阿来、苏童、格非、毕飞宇，及至年轻的70、80后作家，长篇小说都是作家自我确认与文学史认知的重要维度、指标与难题。尤其是70后作家，面对50、60后等前辈作家泰山压顶般的长篇小说成就，如何审视、考量自我的长篇小说写作，在题材、艺术、思想等方面以新的定位，尤为重要。众多70后作家进行了各自不同的探索，其中，徐则臣的长篇小说《北上》尤为引人注目，在题材（运河为主体、个体命运与社会变迁多维缠绕的叙事主题）、艺术形式（多声部呈现，跨艺术比较，丰沛的艺术细节）、思想（家国命运与百年人文历史嬗变等多方面）上进行了中国式长篇小说的新探索，与其《耶路撒冷》《王城如海》等长篇题材与艺术尝试形成了值得思考的文学理路。以《北上》为核心，回溯徐则臣长篇小说创作，可见既有20世纪80年代文学的回响，也有这一代作家思想与审美经验交互作用后的新创造。徐则臣以长篇小说《北上》与世界和历史进行了多重对话，在题材和形式上拓宽了长篇小说的写作版图，值得深入思考与探究。

1.河流、历史与故事之用

《北上》的背景和焦点都是一条河流。河流之于人类、之于文学的意义自不待言，不少文学作品都以河流为背景展开叙事言说。法国杜拉斯《情人》、英国乔治·艾略特《弗洛斯河上的磨坊》等小说都有河流出现。沈从文《边城》、汪曾祺《受戒》等名篇无不以河流为叙事背景。苏童、毕飞宇、格非更在其小说中营造了不同的河流意象。河流成为现代小说主题与艺术呈现的重要载体，是时代演变症候的寄托与象征，有着特殊的思想面向。20世纪80年代张承志《北方的河》，将众多大江大河串联起来，汤汤大河因应80年代寻根文化思潮，生发文化发展变革的内在思考。《北上》多声部叙事、跨艺术比较地呈现一条河流，不是沈从文、汪曾祺小说中的叙事背景，不是苏童、毕飞宇、格非笔下温婉阴郁的南方河流，也不是张承志带着寻根意识去着力显示的文化符号与象征，而是流贯南北、人文汇集的人工运河，是一百多年前意大利兄弟各自沿河北上，所看所闻所亲身经历的跨国家、个人化的中国旧生活，也是当下运河两岸百姓，观望审视与回溯河流、穿越历史的人文对话。

《北上》中，意大利人小波罗（保罗·迪马克）和弟弟费德尔

（费德尔·迪马克，中国名马福德）怀着对前辈旅行家马可·波罗书写的美好中国的期待，先后来到中国。小波罗与同船的谢平遥、邵常来等，费德尔与中国女子秦如玉，从北往南，经历与见识了老中国百姓、官家的诸多苦难，遭遇了个体生命所能遭遇的一切，将前辈马可·波罗带有信仰意味的中国，转化为身体力行、耳闻目见、鲜活生动的日常生活。时间摇摆到当下，意大利兄弟俩一百多年前的同船者、遭遇者，繁衍出各自的后代，从而演化出与河流结缘、行走生活并关注河流的现代故事。与杜拉斯《情人》、沈从文《边城》、汪曾祺《受戒》等小说温婉旖旎的叙事背景不同，《北上》中的运河不仅是故事发生的空间，也是与人物性格命运密切相关的焦点。小波罗沿河北上，运河是他探索中国的起点，也是他死亡归结的终点；费德尔随八国联军坐船攻打北京，与秦如玉结缘运河，并以运河摆渡为生；邵秉义、邵星池父子俩是运河船夫，一生难离河流；谢望和住在运河边上，所做电视节目即运河；孙宴临的摄影艺术始终聚焦运河人家；周海阔收集运河文物、在运河边开旅馆；胡念之是运河考古专家，发掘出家族情感与运河的隐秘关联。这一切行动均与运河息息相关，河流是能指也是所指，是人物命运发展与故事推进的重要力量。

不仅如此，以30万字篇幅书写一条大河，拉开了历史审视与回望的宏大视野，使河流与一百多年的中国历史形成密切的扭结关系。在个体、河流和历史交互关联中，不断彰显其故事性，现代中国史与运河互动共生，散发出长篇小说深远厚重的思想内涵。

《北上》落点于1901年，中国现代转换前夜，漕运开始衰落，征兆着时代巨变的迹象；小波罗行船涉及戊戌变法事件等；谢平遥始终关注与阅读龚自珍；孙过程经历西方教会案件；费德尔参加八国联军战事，西摩尔进攻北京与义和团起事；八里台之战与聂士成之死；抗战中秦如玉被日本人杀害，马福德大灭日本兵；"文革"中，马思艺与孙立心的个人故事；改革开放后邵秉义的商业运输。一百多年与运河变迁和中国命运呼应转折的重大事件几乎皆现于小说，历史及其核心事件由此呈现出与我们脉搏跳动的个体声息，历史事件不再是抽象虚空的概念，而是小波罗、马福德、谢平遥、孙过程、邵秉义、谢望和、孙宴临等性格与命运发展的背景，是人物行动及其命运的驱动力量。

中西不同人物与运河结缘，因运河而发生命运转折。谢平遥与小波罗相遇、过船闸时官员相助、运河行船劫匪与教会案件、马福德与秦如玉大变革中的爱情等，都因有所记录的共识性历史事件而起，这些共识性历史由黯淡的声音和文字内化为小波罗、马福德、秦如玉、谢平遥等的生活日常，并在谢望和、孙宴临、周海阔、马思艺、胡念之等当下故事中得到承接。《北上》中，晚清民国历史被以个体命运的方式重新编辑，成为情节转换的推进器，因此，历史不再是抽象概念与群体事件，而是个人声音的叙述、个体命运的呈现、日常生活的表达。每一个体都生活在大历史之中，大历史也回旋在小波罗、马福德、秦如玉、马思艺、谢望和、周海阔等的日常生活里，《北上》由此穿越历史，成为当下史、个人史。

　　历史是诸多作家腾挪跌宕的重要场域，尤其是80年代即蜚声文坛的前辈作家，源于自身经验与历史关联，都能以不同视角回望书写历史。对于徐则臣等70后作家，则没有历史包袱，历史因此甚少成为叙事焦点，至多是叙事背景、人物命运的模糊来源。如金仁顺的古典题材小说，历史作为背景出现，当下生活经验渗透进小说的古典韵味中。葛亮的家族叙事似有历史浓度，但个体与历史事件的关联、细节的发现，都相对弱化。对"文革"叙事介入相对较深的李浩，在《镜子里的父亲》里，也因父亲形象的执拗表述削弱了历史的厚度。与前辈作家相比，70后作家大抵只是在自我与时代间建筑文学之塔。历史的阙如使得这一代作家既可轻装上阵，也因此缺少文学深度与思想厚度。《北上》却独辟一条弯弯小道，以带有日常视野与个人体温的故事，直面义和团、八国联军侵华、教会案件及抗战等历史事件，将历史的重锤敲击到当下人物命运上，与当下进行了声频众多的对话，从而串联起家国命运和时代变迁，呈现出别一向度的历史。

　　多声部的历史叙事如何生成，无疑得借助故事，故事是历史之为历史、小说之为小说的要义所在。徐则臣知道"故事是小说的肉身"[①]，其实也是历史的肉身；他认为"故事只是小说之'用'，发现、疑难、追问、辩驳、判断、一个人对世界的独特理解、故

[①] 徐则臣：《〈罗坎村〉的意义》，载《把大师挂在嘴上》，上海，上海文艺出版社，2011：85页。

事与现实与人的张力,才是小说之'体',也就是说,小说的真正价值在于,肉身之外非物质化的那个抽象的精神指向"[1]。在理性辨析的基础上,徐则臣感叹了"故事的黄昏"[2],对被故事淹没的小说表达了异议。是故,《北上》聚焦于河流、历史之上的故事便有着特殊的解读价值。

徐则臣早期长篇叙事多关注个体,如《夜火车》的知识分子出走、《午夜之门》的幽暗历史、《水边书》的个体成长。近年长篇小说题材不断拓展,如《耶路撒冷》的罪与罚、归来与出走、《王城如海》海归的新北京故事、《青云谷童话》被毁坏的世外桃源等。与这些长篇故事不同,《北上》中不同人物交叉互动、大小故事交织缠绕,显示了故事广阔驳杂多元之用的新面向。这些故事中,有20世纪初马福德与秦如玉凄婉绝美的跨国爱情,有马福德后代马思艺与丈夫暧昧难言、沟通不畅的特殊婚姻,也有离婚后的谢望和与独立女性孙宴临的现代爱情。三种情感方式各自有着清晰的时代烙印。马福德与秦如玉在八国联军侵华中凄婉绝美的情感,引导出外国人的浪漫情怀在刚开启现代化进程的老中国发芽生长的可能。马思艺虽与胡问鱼自幼相识,却因水利专家入住家中、子女混血面容问题,陷入暧昧难言的情感纠葛,也有着大时代压抑中的人性省思。离婚男人谢望和与独立女性孙宴临则

---

[1] 徐则臣:《〈罗坎村〉的意义》,载《把大师挂在嘴上》,上海,上海文艺出版社,2011:85。
[2] 徐则臣:《小说的边界与故事的黄昏》,载《别用假嗓子说话》,河南,河南文艺出版社,2015:234页。

让开放的现代话语穿梭于新时代爱情中。三段情感故事无不有着历史与时代的多重面影，纵贯其间的情感脉络则具有了历史的温度，情感故事也因此有着面对历史、追问历史的多元指向。此外，谢仰止与谢仰山的家族纠葛、邵秉义父子的渔船生活、小波罗的官府经历，都各自有着丰富的解读空间，昭示着作者属意的故事之用。

河流聚焦的众多人物与故事启迪着历史的不同面向，故事结尾的转换也昭示着徐则臣写作的新起点。《北上》与徐则臣其他小说均有不同，是一种大团圆式结尾，显示着徐则臣写作的某种思想转变，或新的可能。徐则臣一直善于小说"留白"式结尾，无论中短篇或是长篇，都以结尾叙事留白为显。[①]《夜火车》的陈木年在沉沉暗夜中逃离；《水边书》中郑辛如等女儿回家的漫漫期待；《耶路撒冷》的初平阳、秦福小最终在车站各自离开，面对着无尽难知的未来；《王城如海》中罗冬雨被警察铐走。这些长篇小说结尾都有共同的留白意蕴，给读者以遗憾、期待、未知等繁复的思考空间。《北上》则在运河申遗成功的美好消息中终结，宣告着曾经颓废的运河开始走向新未来。这一理想主义的结尾方式或许暗示或预设着运河、个体生活与历史命运出现的新转机，又或是徐则臣思想意识的内在转向，由悲观的理想主义逐渐走向积极的理想主义。

---

① 李徽昭：《绘画留白的现代小说转化及其意义》，《文艺理论研究》，2018(4)。

2. 多声部、跨艺术的比较写作

《北上》对运河题材的历史直面与书写，以小波罗坐船北上为起点铺陈延展而来。这一对兄弟何以来到中国？在中国这样一个异域文化空间，意大利兄弟的命运与观察视角有何不同？这种不同对认识20世纪中国有何意义？这是徐则臣必须解决的问题。将写作对象放到成长经验、生活环境迥然隔离于中国的意大利人身上，首先就确定了写作难度。这一难度的完成在于小说写作方式的探索，亦即小说主人公的异域经验形成了一种间隔作用，使叙述者以文化比较的方式介入20世纪中国，这种写作手法可以说是类似于比较文学的小说写作方式。比较文学倡导"跨文化研究"（跨越东西方异质文化），[①]并形成了一种比较视野的形象学。比较形象学强调他者的意义，"'他者'是群体得以自我界定的必要的衬托体。相反，自我形象则首先是作为他形象的反面呈现出来的"[②]。《北上》建构起两个意大利人的他者形象，以跨越东西方异质文化的比较视域，在20世纪的宏大历史背景中，通过多声部叙述呈现了文化性、日常生活化的京杭大运河，以此解读20世纪中国之变。

《北上》中，作为比较视野的意大利兄弟小波罗、马福德，与谢平遥、邵常来、孙过程、秦如玉等本土出生成长的中国人，互为比较形象。谢平遥以翻译为业，在小波罗身上发现了人的多重

[①] 曹顺庆：《比较文学学科理论发展的三个阶段》，《中国比较文学》，2001(3)。
[②] ［德］狄泽林克：《比较文学形象学》，方维规译，《中国比较文学》，2007(3)。

性。小波罗既对中国好奇，又有着"欧洲人的傲慢和优越感"。在小波罗的马可·波罗式的浪漫中国想象中，运河风物、笔墨方式，以及中国的一切，都令他充满好奇。他给中国人拍照、与船夫聊天、和官员接触，朝夕相处中，深切地感受着"老烟袋味"一般的古老中国。不仅如此，小波罗也毫不掩饰自己的异质性，愿意被中国人观看。小波罗与谢平遥互为他者的小说形象形成了多重文化性，使读者感受到老中国的旧况味。此外，小波罗与马福德兄弟在北上旅程中，过船闸、访教堂、进官府、入妓院、经劫持、遭兵乱、遇平民，与不同中国人碰撞交集，使不同的历史在运河故事中频频发声，充溢着一种跳出中国（意大利人的审视视角）看中国（变革发展的多元性）的文化间隔效果，由文化比较的多声部叙述营造出丰富多元的历史与思想意蕴。

《北上》还以多种叙述人称的比较，营造着多声部的叙事效果。小波罗北上故事以第三人称叙述起笔，谢平遥视角为主。费德尔的故事则以第一人称展开叙述。同样的意大利人视角，却以两种叙述人称展开，前后迥然，形成叙事视角的多声部比较，亦即叙事声部的混声，不仅对读者构成陌生化阅读感觉，也让我们感受到相对多元的中国观。第三人称叙述中的小波罗病死运河，第一人称叙述的费德尔则变成中国化的马福德，繁衍出后代马思艺、胡念之。叙述人称的这种多声部比较与差异，预设着两个外国人在20世纪中国的不同命运。第一人称的马福德故事，隐含着在中国结婚生子的马福德已具有一种主体性的中国文化与身份体

第四章　长篇、时代与情感　147

认,或是中国文化包容性的内在呈现,第三人称的小波罗则与之形成对照映衬。此外还有谢望和视角的第一人称叙事,以及胡念之、马思艺、周海阔等第三人称叙事。总体来看,不同叙事人称即多声部叙事呈现,不同人物个性与命运彼此重叠对照,形成一种叙事视角的内在比较,使意大利人视角的中国与本土视角的中国,使同代人的不同故事,衍生出戏剧性的叙述张力,构成叙事角度上的多声部合奏,激荡出家国命运与历史追问的多重意义空间。

多声部比较式叙事抑制了小说创作中的散漫与情绪冲动,即作者不得不借助意大利主人公视角来审视一个老旧中国,不得不接受远离了中国这个本真写作身份的挑战。徐则臣需要处理好作为故事叙述者的创作主体与两位意大利人带来的异文化的关系,"就知识上而言,这意味着一种观念或经验总是对照着另一种观念和经验,因而使得二者有时以新颖、不可预测的方式出现"[1]。需要作者能够跳出中国来审视中国人,将两种观念经验不断比较,恰当配置、交互运用;需要作者能跳出中国来审视京杭大运河,不断以意大利人的经验来观照京杭大运河及中国。《北上》中,小波罗和马福德经常以意大利的运河感受穿梭审视着眼里所看、耳中所闻的一切,由此审视着一个老旧中国,使这条大河蔓延着无限的文化与历史意蕴。

---

[1] [美]爱德华·W·萨义德:《知识分子论》,单德兴译,北京,生活·读书·新知三联书店,2002:54页。

除了多声部叙述的比较写作,《北上》还引入摄影这一现代工具性艺术与运河历史故事进行对照式处理,形成跨艺术的比较书写。小波罗的摄影行动,孙立心与摄影的"文革"命运,孙宴临的大学摄影课程,郎静山摄影作品的不时介入,谢望和的运河纪录片等情节,使得摄影在小说中不断出现,不仅映照着运河文化与历史,也映照着20世纪中国社会历史的变化发展。摄影是一门依赖技术的艺术行动,"摄影实践的蓬勃兴起构成了当代社会一个具有大众性的文化现实"[①]。小说中,小波罗摄影行动就是大众性摄影,其在运河上下不断摄取的人物、风景安慰了时间流逝所形成的跨国悲伤,也在孙宴临、谢望和等后来者的生活中承担着复活记忆的纪念功能。现代摄影通过即时瞬间的获取,满足个人见证与历史记录的实现。然而对前现代中国而言,这些现代摄影功能是一种意外。小波罗准备给下层民众拍照时,遭遇了不愿被拍的旧中国语境。机器摄取人像与前现代手绘成像形成对比,摄影机器对前现代社会的中国民众是一种恐怖的灵魂摄取者,而非纪念与自我形象认知功能的实现,最后以一位受刑民众以誓死姿态接受拍照为结束。对小波罗而言,摄影则具有旅游休闲的意义,他的拍照行动与前现代中国民众拒斥摄影,构成了文化与思想反差。摄影的早期中国遭遇及其文化反差有着中西不同的工具语境和裂隙,到21世纪已经消弭。当孙宴临对邵秉义父子的渔民生活进行

---

① 朱国华:《阶级习性与中等品位的艺术:布迪厄的摄影观》,《福建论坛》,2016(8)。

记录时，摄影行动双方达成了内在和谐，也由此记录了运河，并引起谢望和关注，生发了一段恋情。作为日常生活记录并艺术化的摄影行动，孙宴临满足了摄影的现代意义，也以现代艺术方式记录了运河，并在现代传播方式中完成其价值。在孙宴临和小波罗的摄影行动之间，则有孙立心因摄影获罪、郎静山摄影获得经典化的另一种遭遇。小说中，摄影成为重要的故事承载物，既有拍照行为，也有照片内容叙述，甚至摄影美学概论，这些摄影行动与运河故事构成了比较性的艺术对照，构成了小说比较式的艺术价值。在此意义上，也可以说摄影艺术在讲述着运河故事，摄影以跨艺术比较方式介入小说叙事，以此推动了《北上》多重意蕴的生成。

《北上》的多声部、跨艺术比较式小说写作形成了叙事新向度，生成了运河历史的丰富性。这种比较式写作在跨文化经历的作家中甚为多见，西方尤胜，如石黑一雄、拉什迪、奈保尔等英国移民文学作家（这个名单可以列很长，诺贝尔文学奖近年也属意于跨文化作家），多以跨文化比较视角审视与书写各自主题，跨文化比较视野是其小说产生广泛国际影响的重要原因。中国作家也有不少，如老舍以跨文化视角进行了众多比较式写作，《二马》即为一例。近些年来，虹影等作家也都在比较视域中展开叙事，形成了独特的文化反差性思考。当下80后、90后作家跨国、跨文化经历逐渐增多，如笛安、张悦然等都曾有较长的海外学习经历，但多声部、跨文化、跨艺术的比较介入式写作相对较少，即使有少量,也主要为中短篇小说,思想冲击力相对较弱。徐则臣《北上》比较介入式的小说写作则在个人跨国经历、西方小说经典研读的基础上[①],强化了这一写作方式,由此追问历史,深化了思想主题的表达。

3.审美与思想的经验共鸣

无论是多声部叙述的跨文化比较,还是摄影艺术介入小说的跨艺术视角,都离不开创作者主体经验的介入,离不开创作者审美与思想经验的主动抉择。经验对于个体成长和艺术发展具有不言而喻的意义。本雅明《经验与贫乏》解读了技术介入现实、直接经验逐渐贫乏的现象;杜威《艺术即经验》则提出了"作为经验的艺术",指出了经验对于自我和对象的意义。经验类型及其来源有诸多区分,有与个体感官相关的日常生活直接经验(可说是感性经验),有与知识教育文化学习相关的间接经验(可说是理念经验)。在直接、间接双重经验获得中,有一种由他文化和他艺术带来的经验冲击的比较性,如国外旅行生活、美术音乐感受等,相对于作家原有语言文化,就是一种比较式的经验获得(可说是比较经验),这是比较式小说写作展开的可能,也是作家写作路径拓展的资源。徐则臣便由早期生活陶冶的直接经验书写(《夜火车》《水边书》等长篇小说为代表)出发,进而在直接与间接经验的比

---

① 徐则臣对西方小说经典研读尤深,在散文集《把大师挂在嘴上》(上海文艺出版社2011年版)中,其对西方众多小说名家进行了解读,可见一斑。

第四章 长篇、时代与情感

较式获得中，通过审美与思想的经验共鸣，创作了多声部、跨艺术比较的长篇小说《北上》。

小说写作起点大多来自直接生活经验（写作冲动的可能）。莫言自陈"80年代的小说，人物、小河都是存在的，故事也可能是作家亲身经历过的"[①]。"亲身经历"的直接生活经验打开了日常生活呈现的大门，是对之前革命理念指导下现实主义模式写作的反叛，也引导了70后等年轻作家的日常生活经验性写作。或正因此，个体成长经验书写是70后作家叙事关注的焦点，无论中短篇还是长篇小说，无论叙事手法是现代主义还是现实主义，日常生活经验都是他们小说书写的重要来源。卫慧的"写作资源不外乎成长经历，读书经历，在上海辗转的经历"[②]；盛可以《北妹》是作家个人打工经历的艺术再造，《道德颂》则是其后城市生活经验的直面；张楚的小县城叙事、鲁敏的东坝故事、李浩的父亲书写，最初都主要是从生活直接经验出发来展开的。徐则臣小说写作同样起步于生活直接经验，《夜火车》中陈木年的故事带有很多徐则臣生活的影子。到《水边书》《耶路撒冷》《王城如海》，故事情节的铺陈、叙事空间的延伸，无不承接着日常生活直接经验的阳光雨露。

然而，日常生活经验是有边界的，"过去的生活资源很快就会

[①] 周罡、莫言：《发现故乡与表现自我——莫言访谈录》，《小说评论》，2002(6)。
[②] 刘涛：《70后六作家论》，《中国现代文学研究丛刊》，2013(12)。

被穷尽掉"①，作家需要从个体直接经验的出走，通过书本、影视等媒介携带的间接性理念经验，将社会生活、历史传统、观念意识等，艺术化地消融到个人审美与思想中，经过艺术处理，与读者产生共鸣，这是当代小说写作应尤其注意的。不少作家对此已有认知，开始将笔触探伸到与日常生活经验有着遥远距离的历史题材上，《北上》便是徐则臣以历史书写走出直接生活经验、挑战自我的开始。

在中国这样一个由《史记》衍生的"史传"传统久远的文化中，历史认知往往是作家思想容量大小的衡定器。80、90年代陈忠实、叶兆言、苏童等一批新历史小说家的出现，便是作家以个人视角对历史的重新架构，激荡着丰沛的思想能量。新历史小说题材来自理念间接经验，和作家直接生活经验保持了一种张力。如何处理历史事件、人物、细节、器物，并将之与当下生活进行勾连穿插，是历史小说写作的难点。新历史小说成功之作大多有丰富的历史细节，陈忠实《白鹿原》对于祠堂翻新、家族仪式、大旱求雨等描写便是典型代表。《北上》也是如此，开篇便描写了大量运河文物遗存，行文中贯穿着运河行船、人文风物诸多细节，烟花柳巷中的雕版、过闸细节、河边教堂、小波罗随身携带的相机、罗盘，这些器件事物不仅携带着丰沛的运河历史文化信息，也是故事推进、审美呈现的重要细节。特别是罗盘与相机，是邵星池、

---

① 周罡、莫言：《发现故乡与表现自我——莫言访谈录》，《小说评论》，2002(6)。

周海阔、孙宴临、谢望和故事展开的凝结点。器物在这里不只是器物呈现与历史标符，也不只是审美需要，而且是叙事发展与思想呈现的内在动力。没有照相机、罗盘，《北上》的历史厚度自然会弱化，故事或也无法行进。

历史事件、人物、细节、器物的经验获得，来自作家对历史遗存的考察、图书文献音像资料的阅读与爬梳勾陈，来自历史事件的思索沉吟及理念经验的艺术化。理念经验艺术化是将历史事件、事物进行艺术吸纳，融化到个体生命与审美思想中，实现了艺术经验的叙事功能再造。创作主体在非直接感官经验的历史事物体察中，对历史事件、事物产生审美与思想共鸣，历史事件、事物由此敲响作家审美创造大门。历史题材小说书写势必要在多重经验共鸣中获得题材、思想与审美资源，才能激活历史，与当下生活产生关联，对读者构成文化艺术冲击，引发读者的审美经验再共鸣。陈忠实便是如此，他曾"查阅了西安周围三个县的县志、地方党史和文史资料，也搞了一些社会调查"[①]，由此《白鹿原》的历史书写才与中国文化、当下生活产生对话和共鸣，才能产生巨大影响。

经验由此成为历史传统、作家创作与读者阅读的关键中介，其核心在于思想与审美的经验共鸣。作家必须不断拓展延伸自我的经验世界，包括理念经验世界（即间接经验，通过不同媒介获

---

① 陈忠实：《关于〈白鹿原〉的答问》，《小说评论》，1993(3)。

得，限制性小）、实感经验世界（即直接经验，个体亲身经历获得，限制性大）。徐则臣深知这一点，为其赢得声誉的"花街""京漂"小说便是直接生活经验与80年代先锋文学理念经验双重作用的结果。徐则臣经营"花街""京漂"小说近二十年，在直接经验、间接经验与艺术想象的共同作用下，"培养出了对运河的专门兴趣，但凡涉及运河的影像、文字、研究乃至道听途说，都要认真地收集和揣摩"[1]。当运河走向写作前台时，徐则臣便"有意识地把京杭大运河从南到北断断续续走了一遍"[2]，并读了与之紧密相关的六七十本书[3]。《北上》中的历史器物、细节、事件，来由正是如此。

经验世界的拓展也与徐则臣近年来频繁参加各种长短期跨国文学活动有密切关系（这是80、90年代新历史小说家少有的）。跨国旅行对徐则臣等70后作家的直接、间接经验构成一种比较式的文化冲击，是徐则臣写出域外生活小说《古斯特城堡》等的重要动因。异域跨文化经验对于作家写作"或多或少隐含了跨越国族、政治、信仰、文化、语言的诉求"[4]，比较式小说写作由此成为可能，也是近些年奈保尔、石黑一雄等诺贝尔文学奖获得者获得广泛声誉的重要原因。《北上》于此有较多呈现，意大利人小波罗沿

---

[1] 徐则臣：《20年来我一点点把运河放进小说里，是时候让大运河当主角了》，《文汇报》，2018年11月22日。
[2] 徐则臣：《20年来我一点点把运河放进小说里，是时候让大运河当主角了》，《文汇报》，2018年11月22日。
[3] 笔者也为徐则臣提供了部分运河相关书籍，并曾一起多次探访运河历史遗存，亲见其为小说写作所做的田野考察活动。
[4] 倪婷婷：《中国现代作家的外语创作与异域经验》，《江苏社会科学》，2014(5)。

运河行走，对运河周边中国人、旧文化构成了什么样的冲击；马福德对秦如玉的现代爱情一定程度上影响了周边人的情爱观念；作为技术工具同时又是叙事推进因素的相机，它所照见的中国人，对于历史有着什么样的隐喻。这些都是作家经验拓展所带来的艺术审美与思想力，是长篇小说必须具备的精神内核，也是当下中国应该严正思考的问题。

徐则臣曾谈及理念间接经验的意义，他认为"必要的理论修养和思辨能力对于作家非常重要——它能让你知道你想干什么，你能干什么，你能干到什么程度。它能让你的作品更宽阔更精深，更清醒地抵达世界的本质"[1]。理念间接经验拓展带来作家理论修养与思辨能力的完善，徐则臣《北上》正是直接、间接经验相互作用，达成经验共鸣后的新创造。他注意到，"这几年的诺贝尔奖得主，大多都兼擅理论，都有自己鲜明独特的看待世界的方式，或者说，都能形成自己的一套美学体系"[2]，因此要"把自己的写作放到大的背景下来考量，在一个大的坐标系中寻找自身写作的可能性"[3]，这个坐标系正是世界与历史，也就是他所说的"在世界文学中写作"。直接、间接等多重经验作用，形成跨文化、跨艺术的复合比较视野，由此方可对自身文化进行正大的审视观照。《北上》

---

[1] 徐则臣：《一个悲观的理想主义者》，载《通往乌托邦的旅程》，北京，昆仑出版社，2013：87页。
[2] 徐则臣：《一个悲观的理想主义者》，载《通往乌托邦的旅程》，北京，昆仑出版社，2013：87页。
[3] 徐则臣：《在世界文学的坐标中写作》，载《别用假嗓子说话》，河南，河南文艺出版社，2015：261—262页。

正是如此,小说中的意大利、相机、威尼斯、运河,义和团事件、八国联军、抗日战争,龚自珍、漕运废止,不是历史的简单复制,而是多种经验作用下的艺术重构,是徐则臣由比较视域出发、面向世界写作的思想投射,由此拓宽了当代长篇小说写作的图景,堪称面向世界文学写作的标杆。

4.局限之外与80年代回响

河流中的历史与历史中的河流,二者相辅相成,在小波罗兄弟及中国运河故事中繁衍漫溢,直接流淌到当下运河两岸百姓人生与日常烟火中。《北上》中,既有沉重的晚清、民国历史,也有沸腾鲜活的当下日常;既有家国命运,也有情爱纠葛、个人生计,运河历史题材和多声部、跨艺术比较介入叙事或将成为徐则臣乃至70后作家的文学新界碑。在21世纪中国文学坐标中,《北上》呈现出的独特文化视野和历史向度,势必改变大家对徐则臣小说固化的陈旧印象。运河题材及多声部、跨艺术比较介入的小说叙事为长篇小说写作带来多少可能?这一题材和形式在文学史中又有什么样的意义?这些都值得我们追问。

从《夜火车》《水边书》,到《耶路撒冷》等系列长篇,"花街""京漂"题材的徐则臣文学形象日益稳固,各种文学奖及研究批评所累积的文学声誉由此固定。"花街""京漂"系列的叙事探索、思想表达,势必构成徐则臣小说的创作局限。徐则臣及70后作家能否超越自我写作与代际局限,使小说创作保持丰沛的思想能量,超越写作题材与形式固化模式呢？面对浩如烟海的小说作品与稳如磐石的中外文学传统，也面对自己苦心建构营造的"花街"与"京漂"世界，徐则臣认为，"你想在别人已经到达的终点上再往前走半步都很难，你想在自己的极限处再往前走半步更难——这个终点和极限既是题材意义上的，也是艺术和思想意义上的"①，经历这番思量，徐则臣迈出了摆脱传统和自我局限的新步伐。

徐则臣一直进行着长篇小说的叙事探索。《夜火车》《午夜之门》《水边书》是其长篇小说写作起步期，小说整体架构中规中矩，青春气象中蕴含着个体对世界的灵魂审视。《夜火车》带有青春写作的元气，结构并不繁复，情节集中紧凑，架构出小城知识青年对爱情和世界特立独行的思考，却也有简化的中篇叙事嫌疑。《水边书》日益加深了徐则臣的花街空间与成长叙事印象。直到《耶路撒冷》，"花街""京漂"题材在此汇流，散文与小说文体的互文、景天赐之死为核心的环状闭合叙事，改变了固有的长篇叙事面貌。徐则臣也自陈，到《耶路撒冷》，多年寻找的长篇小说结构如同点穴般被打开，长篇意识以开放视角建构起来，这种建构是以题材内容为核心的叙事形式认同，形式开始具有与内容相同的价值，长篇小说由此开辟了新路径、营造了新气象。这种路径在随后的小长篇《王城如海》中再度得到印证。《王城如海》以戏剧和小说互动交织，构成叙事张力；结构更紧凑，文本空间弹性容量更宽

---

① 徐则臣：《局限与创造》，载《别用假嗓子说话》，河南，河南文艺出版社，2015：232页。

阔；题材上聚焦世界不同城市，使北京在世界坐标中得以重新确认。在此长篇小说写作脉络上，徐则臣辗转笔墨，以多声部叙述、跨艺术介入的长篇形式呈现运河历史题材，使《北上》成为徐则臣小说自我局限突破的里程碑。

《北上》确认了徐则臣长篇小说题材与形式探索的新可能，这种探索并非凭空而来，其实与80年代文学有着内在的思想与审美呼应，可说是80年代文学在70后作家中的回响与更新。首先是细节描写上对80年代新写实小说的呼应。从《耶路撒冷》《王城如海》到《北上》，尽管古今中外彼此勾连，视角宏阔，但小说的细节化日常生活毫不减弱。无论小波罗行船北上、马福德秦如玉爱情的历史书写，还是马思艺、谢望和、邵星池等当下生活，其细节书写与日常生活呈现都有着80年代末新写实小说的风格，极尽细节之能事。但这种细节又不是用来张扬人生的无聊（如方方《风景》、刘震云《一地鸡毛》般），而是通过细节来承载人的命运与历史，使故事蕴含着多重的文化意义。其次是历史意识上，《北上》有着与陈忠实类似的新历史小说的厚重，在晚清变革、八国联军攻打北京、教会案件、抗日战争等历史书写中，积攒了宽阔浩大的精神沉思与历史追问。最后在叙事结构上深层呼应着"八五"鼎盛时期的先锋小说。《北上》的历史、当下摇摆回环式结构有着马原圈套式叙事、原小说的面影，而在多声部叙事声频与一百多年历史相协调方面，有着李洱《花腔》一般的先锋叙述。因此，无论是第一、第三人称叙述，还是其中穿插的摄影、绘画细节，多声部叙述、跨艺术比较介入的长篇形式提供了与先锋小说相似的复调空间，但显然已从先锋小说过于技术化、故事主题弥散的弊病中走出，《北上》的故事与主题得到了相当的彰显。徐则臣对80年代先锋小说一直保有敬意，他认为"先锋小说绝不是奇技淫巧和拾人牙慧"，只是很多研究者"把内容与形式、体与用割裂开了"[1]。徐则臣的先锋判断背后隐藏着自我的先锋性，也就是从《耶路撒冷》《王城如海》到《北上》一直属意的小说艺术形式探索。这种探索看似并无新意，从马原、苏童、李洱、格非，到李浩，都有诸多先锋叙事实践，但徐则臣的先锋在于，此形式与题材内容建立了互洽性，达成了小说精神体量的庞大、沉重与厚实。就此而言，正是在80、90年代新写实、新历史与先锋小说叙事继承创新基础上（当然不止于此，还有西方小说与现代艺术的吸收融汇），《北上》较好地进行了古今中西不同的时空处理，多声部、比较式写作衍生出丰厚的审美意蕴、繁复的思想意识，显示了长篇小说应有的厚重。

有批评家曾认为，70后写作多是对"日常生活的诗学肯定"，以此实现"对人性与生命的肯定"，因此很少像50、60后作家那样，去"叩问沉重而深邃的历史"[2]。当时或许确实如此，徐则臣等70后作家对日常生活与个体生命的关注，与个人直接经验有着内在相

---

[1] 徐则臣：《一个悲观的理想主义者》，载《通往乌托邦的旅程》，北京，昆仑出版社，2013：84页。
[2] 洪治纲：《代际视野中的"70后"作家群》，《文学评论》，2011(4)。

关性。但当70后步入中年，历史的追问显然成为重要的写作课题，葛亮、金仁顺、李浩等一批作家也在此意义上对历史进行了不同向度的挖掘。然而，需要注意的是，源于直接、间接经验与观念世界的差异，70后作家的历史观与前辈作家迥然不同，其书写历史的资源、看待世界的方式、叙事呈现的角度都应显示这一代作家的独特面向，突出表现在对80年代及西方文学资源的融会贯通，并以之化入个人叙事创造中，形成长篇小说文体的新拓展。《北上》以日常生活书写方式切入历史，以多声部叙述、跨艺术比较视角介入故事，直接、间接经验达成审美与思想共鸣，新写实、新历史、先锋等多种80年代文学资源与西方文学理念经验在此交融贯通，既是80年代文学的回响，也是这一代作家走出80年代、进行新创造的开始。

从文本主题到艺术形式，《北上》有着不同层面的叙事复调，也有着时间与历史的长度、题材与问题的难度、思想与艺术的厚度。从《耶路撒冷》《王城如海》到《北上》，徐则臣一步步、一部部地告别旧的叙事题材，叙事空间向世界、内心和历史不断拓展，叙事形式因材就方、多维实践，这一系列具有探索性的长篇小说写作，既表明徐则臣（及其一代小说家）已具有吸纳古今中西不同资源并化而用之的艺术功力，也显示出他们（以间接理念经验深入、日常直接生活经验生发、多重经验复合作用的文学文本为突出表征）已经是具有了新的美学风貌和主体意识的一代作家。他们不再像前辈作家，不再以人物性格及其命运为叙述动力和主题取向，转而以知识、思想、问题为叙事动力。这一批作家在小说艺术形式与主题上都有一种由个体确认、日常生活体验生发出来的主体意识，他们以此面向世界、介入历史，与前辈作家区别开来，与世界则越来越近。

二、"京漂"：乡土退隐与现代迷茫

1978年，中国改革开放从乡村拉开帷幕，徐则臣这一年出生于苏北乡村。随着改革开放的推进，乡土中国向现代化不断迈进，徐则臣与乡土中国的变革同步成长，因此可以说徐则臣的成长年月也是中国乡土追求现代性变革发展的年月。20世纪90年代，乡土中国现代化、城市化进程加速，民工潮涌现，徐则臣离开乡土，进入中学和大学时期并开始小说写作。新世纪起，做过两年大学教师后，徐则臣到北京读书，乡土经历渐渐成为一块压在心底的背景，学院环境和城市生活赋予其更宽广的视野，大量而丰富的阅读开阔其思想，徐则臣逐渐形成自己的小说理念，并拓展出独具特点的小说天地。作为一位出身乡村、与中国乡土变迁同步成长的青年，在浩荡的北京人流中，接受过北大等名校教育的徐则臣，本应如同鲁迅、台静农或沈从文般，不断反观乡土，写出典型的乡土小说来。但徐则臣塑造的"京漂"系列形象不再是传统的"乡下人"，而是来自乡土，受过一定教育，身份、职业、情感模糊的新形象，这显示出徐则臣小说反"乡土文学"的特征以及审美新价值。透过三十年乡土文学发展轨迹的梳理，或可发现1978

年出生的徐则臣,以"京漂"系列小说展示其对乡土社会与人生介入式的思索,凸显出强烈的时代意识。

1.三十年乡土文学轨迹

20世纪初叶,以"为人生"为口号的文学研究会中坚分子建立了乡土文学的基本模式。[①]乡土文学写作模式的建立,主要是由于中国"乡土"在西方文化冲击下,发生诸多变化,以鲁迅为代表的乡土小说作家对这一变化有了敏锐的发现和思考,并以经受异民族文化(以现代西方文明和思想为主要表征)冲击的思想经验对乡土进行了深刻表述。因此,可以说乡土叙事(文学)实质就是在民族外部力量介入时和民族自身对乡土经验进行修理调整后的一种乡土表述形式。[②]自20世纪20年代中期起,乡土文学成为20世纪中国文学中一股持久的创作潮流,不仅拓宽了新文学的题材,主题上呈现了中国乡土文化与思想变迁,也在小说艺术上丰富发展了现代小说。

20世纪70年代末,文学从政治工具逐渐向文学本体回归,作为民族政治、经济与文化内部自我调整的重要场域,"启蒙"与"田园"化的乡土文学重新成为当时的文学主流。同时,中国知识分子不断向西方文化寻求观照中国乡土的新视角,汪曾祺、高晓声、刘绍棠等"文革"中蒙难的"复出作家"与路遥、韩少功、张炜、

---

① 钱理群等:《中国现代文学三十年》,北京,北京大学出版社,1998:61页。
② 李徽昭:《乡土意识及其身份根源:以高晓声为例》,《文艺理论与批评》,2009(2)。

张承志等"知青作家"成为当时乡土文学的重要写作者。20世纪80年代起直至21世纪以来，贾平凹、莫言、张炜等一批作家立足自己的文学追求，从不同角度展现了乡土变迁引发的身份认同与价值寻求的变化。其后韩少功、阎连科、李锐、孙惠芬、迟子建、铁凝、刘恒等也从不同视域表现出对乡土不自觉的关切。但是，进入20世纪90年代及至21世纪初，现实主义审美逐步弱化，大批作家热衷于将小说散文化，有影响的文学形象越来越少，即使个别较有价值的小说形象也离传统农民越来越远。我们可否指认，这些文学形象的价值追求和身份认同出现了新的变化。截取三十年中的几个乡土人物形象来看，老一辈农民陈奂生（高晓声《陈奂生上城》）还有着强烈而典型的农民特征，进城遭遇了诸多尴尬；高加林（路遥《人生》）已经开始追求城市文明，尽管求之不得，但他依然追索；21世纪，刘高兴（贾平凹《高兴》）和李平（孙惠芬《歇马山庄的两个女人》）身后的乡土逐渐模糊不清，以现代性为表征的城市成为小说叙述的重心。陈奂生、高加林、刘高兴、李平等文学形象显示出20世纪30年代直至60年代出生的几代作家对中国乡土的观照与思索，寄寓了几代作家对改革开放三十年来乡土性中国社会前途的思考。也可见，三十年来，中国现代性的重要策源地与承载处依然是乡土，乡土必然成为作家思考中国现代性问题的重要基点和场域。由此来看，近三十年主要文学形象的乡土特征慢慢减少，他们对农民的身份认同渐渐弱化，价值观和人生目标呈现出对工业化为表征的现代性的向往。由上述文学形象身份认同与人生追求的演变,可以判断近三十年是中国乡土社会迈向现代工业社会的重要阶段,也是文学中的乡土由中心走向边缘的起点。尤其是90年代以来,文学中的乡土逐步被城市回望或疏离,乡土文学的叙事重心也随农民进城逐步向城市、城镇迁移,文学中的乡土逐步退隐,而现代性也在迷茫的实践途中。也可以说,21世纪起,无论是作为一种文学类型还是一种文学思潮,乡土文学的特征已逐渐消弭,批评界提出的"底层文学"或"新左翼文学"或将成为阐释中国当下文学的重要概念。

在此背景下审视徐则臣及其小说,可以折射出近三十年乡土中国变迁与文学演进、作家成长间的隐秘关系。正如徐则臣对70后作家成长环境所体认的,"60后和70后的作家中,大部分都是生长在乡村,逐步走到城市然后生活在这里,中国近些年的城市化进程其实也是作家自身的城市化进程,对城市的考量同样也是对自己的考量"[①]。近三十年中国的乡土变迁是徐则臣这一批70后作家成长的主要背景,这一变迁过程是小说展现出的乡村城市化进程,也是作家自身的"城市化"进程。可以做一个大胆的假设,对于70后而言,陈奂生是祖辈般、高加林和刘高兴则是父辈般、李平是兄弟姐妹一般的文学形象。这一序列下来,可见对于如徐则臣一般的70后作家,他们小说中的人物应该表达的是乡土如何城市化、乡土之上的人们如何在城市化进程中挣扎、找寻和实现的,

---

① 徐则臣:《70后的写作及可能性之一——在韩国外国语大学的演讲》,《山花》,2009(5)。

这一主题应该成为70后作家的主要观测点。

徐则臣正是这样的实践者，按目前批评界的观点，其小说主要覆盖"京漂""故乡""谜团"三个方面。"京漂"系列直面中国乡土现代化进程中人的命运，对乡土变迁中的中国社会现实给予无声的质疑；"故乡"则隐现着对人生悲剧与灵魂安置的深刻思索；"谜团"是对中国式小说的探索，既有西方叙事资源，也有中国形象思维特点，颇具中国式的小说特征。在三十年乡土文学视域下看，"京漂"系列更有时代价值，也是重要考察点。其"京漂"系列塑造的一大批进京求学者、假证制造者、盗版碟倒卖者、假古董贩卖者形象，具有乡土中国变迁中人物身份模糊、迷茫、寻找的典型时代特征，这些人物形象背后的乡土逐渐隐退，他们的生活已经融入北京及不同都市的角落，成为中国现代性进程的主要代言人。

2. 模糊与迷茫的"京漂"形象

70年代末起，中国原本缓慢渐变为主的乡土社会，随着改革开放加速转型，城市化以不同的速度改变着广袤的中国乡土，在较为一致的时间段，前现代、现代和后现代文化并置共存，这使得中国当下乡土社会的现代性具有独特的断代特征，这一特征就是"模糊与迷茫"，即模糊了"传统"和"现代"，迷茫了"现在"和"将来"，处于彷徨、寻找期。在此层面上审视徐则臣小说中的假证制造者、盗版碟贩卖者、假古董贩卖者等"京漂"形象，会发现他们是"模糊与迷茫"的。

徐则臣"京漂"系列小说中的人物有着与中国现代三十年文学中乡土形象截然不同的教育背景，这是他们"模糊与迷茫"的独特前题。1978年至今几十年的改革发展给乡土中国带来了巨大变化，中国农民的受教育程度普遍有了较大提高，教育不仅改变了农民的精神面貌，也给他们见识外面世界增添了壮志与雄心，这是中国社会乡土现代性发展的前提条件。生于1949年前的陈奂生（《陈奂生上城》）没有受过多少教育，也没有见过世面，是典型的老一辈农民。高加林（《人生》）是80年代初读过高中的回乡青年。孙惠芬笔下的李平（《歇马山庄的两个女人》）接受过一定的教育。贾平凹笔下的刘高兴（《高兴》）也是当过兵的文化程度不太高的农民。这些人物都受过初等、中等教育。与上述人物形象相比，徐则臣给我们展示了一批受了更高层次教育、带有乡土退隐痕迹的人物形象。"京漂"系列小说的主人公大多受过大学教育，有自己的理想和抱负。王一丁（《西夏》）是开书店的，应该受过一定教育；敦煌、夏小容、旷山（《跑步穿过中关村》）都接受过中等以上教育，他们对自己从事的职业（贩卖盗版碟）熟悉且有着自己的智慧；边红旗（《啊，北京》）受过高等教育，爱写诗，号称自己是诗人；陈子午（《天上人间》）读的是电大，是高等教育之一种；沙袖（《我们在北京相遇》）来自山东小镇，中师毕业；孟一明（《我们在北京相遇》）一路从乡村出来，在北京读到了博士研究生；"姑父"是在深圳混过、见过世面的浪荡人物；

第四章　长篇、时代与情感　167

小说中频繁出现的"我",多是怀揣理想、从事写作或与文化有关的、漂在北京的乡土子弟。教育本应开启乡土子弟蒙昧不清的视野,应使他们在乡土之上实现理想与价值,但随着从乡土到北京的地理位置挪移,原来所受的教育却几乎可以忽略不计,反促使他们成为模糊与迷茫的从事非法职业的假证制造者、盗版碟贩卖者等。

从乡土来到都市北京,在追逐现代性的过程中,他们的身份逐渐模糊。在当下中国,你很难给他们贴上标签。他们来自乡村或者乡镇,或多或少都有乡村经历或成长背景。他们没有中国传统农民的胎记,他们接受过较高的教育,随着迈进高校门槛,他们已经拥有城镇户口,成为乡下人眼中的"城里人"。当边红旗、沙袖在乡镇为人师表时,他们是乡村精英,是乡村知识分子。但如果混在北京,他们就是为体制所不容的不法分子,原有的乡村精英身份早已消失殆尽,更遑论乡下人眼中的"城市人"身份了。尽管他们也有梦想,但这些梦想多模糊而又清晰,模糊的是不知最终要置身何处,清晰的是他们就是要追求金钱或出人头地。陈子午要到北京混,因为"都说首都的钱好挣,弯弯腰就能捡到",他似乎有明确的目标,要找个北京姑娘结婚,挣够钱留在北京。他们卑微地生活于城市边缘,原有的乡村精英身份在这里沦为警察眼中的不法分子,而在北京人眼中,毋宁说他们都是"农民"。但终究,他们的身份是模糊不清的,介于农民与非农民之间,这一身份凸显出乡土中国现代性进程中的独特性,也是徐则臣对乡土中国现代性的一种不自觉的思考与表意。这一系列身份模糊的文学形象让我们看到，徐则臣对乡土中国变革的阐释是颇为有效的，这些人物形象是中国乡土追逐现代性进程中的必然产物，徐则臣把他们的灵魂、感情展示出来，揭示出他们的尴尬、无奈与雄心壮志。

除却身份模糊，他们在都市从事的职业也介于灰色地带，是非法而模糊、不能浮出地表的职业。假证制造、盗版碟贩卖、假古董倒卖，这些职业在中国社会中，显然是模糊不清的。他们从事的都是国家不允许的非法职业，却有大量的"社会需求"。在中国大多数城市，我们都可以看到这样的"城市牛皮癣"，他们贴遍了中国大小城市的不同角落。这样的职业既"传统"又"现代"，他们可以制作与合法证件一模一样的赝品，印刷制作技术当然是最现代的；盗版碟在中国大多数的城市、乡镇出售；假古董在许多城市都有公开或者暗地里行销。与此对照，边红旗们来北京之前都有正大光明的职业。边红旗是苏北乡镇中学教师、陈子午是县城玻璃厂工人、沙袖是乡镇幼儿园老师。90年代以来，中国经济飞速发展，城市化进程逐步加快，县城及县城以下的乡镇（边红旗、陈子午、沙袖都来自这样的小城镇）变成大城市所需原料和各种资源的集散地。再加上电视制造的大量成功与财富形象、制度性腐败导致企业倒闭、乡镇产业不兴等，让乡镇正当职业难以安抚他们的心灵和生活。小镇中学，边红旗本应所得的正常工资被打折发放，陈子午的县城玻璃厂老板卷钱而逃，他只能和女人们一起刷啤酒瓶子。小城小镇本是中国稳定的乡土社会支撑地，应该是热闹的"清明上河图"，他们在小城、小镇的安逸生活本可以平稳温馨。但随着民工潮席卷全国，加上电视以其无所不及的强力将原有的乡土观念悄悄解构，这些内在与外来的多重原因使得边红旗、陈子午们抛弃本身正当的职业，来到镶嵌着金边的北京追逐梦想，开始了模糊与迷茫的现代性征程。

婚姻与爱情上，这些人物形象也介于爱与情、婚姻与不婚的暧昧不清之间。中国传统乡土观念中，婚姻、家庭是一个人的最好归宿，性是保守、忠一的，现代西方文明则倡导个人自由。乡土向现代性转化中，要改变原有的乡土伦理，开始追逐现代理念，建立自由、平等、民主等新的价值观。徐则臣的"京漂"系列小说多有爱情温暖漂泊者孤独寂寞的灵魂，但这些爱情多呈现出纠缠不清的暧昧。特别是，京漂生活中，性与情已经分离，身体已不再具有忠诚性。边红旗在苏北小镇有自己的妻子，但他又与北京女人沈丹产生爱情，不断发生着诸多身体交集；陈子午和"我"都曾出去买春释放自己；浪荡的"姑父"也与一个女人路玉离保持着情人关系。性在这个时代逐渐开放，连沙袖这样一个保守的来自小镇的女人也难以抑制心底的郁闷而与边红旗产生性关系。乡土现代性进程中，性观念逐渐开放，爱情交往和通婚圈逐渐扩大，在一定意义上，这反映了中国乡土社会的进步与发展，是乡土中国现代性进程中的新节点。但实质上，作为乡土传统下的中国现代性又有自己的独特性，那就是边红旗始终难以走出自己曾经的爱人和家庭。当边红旗入狱，边嫂来到北京时，似乎边红旗应该有所归依了，这实质上也说明，北京终究不属于这些来自乡村、小城、小镇的异乡者。边红旗、陈子午、"姑父"的归宿（死亡或归乡）都是当下中国社会现状的一种有效呈现，这似乎昭示着乡土对现代性的一种反叛，也正是中国独特的乡土现代性。

经过三十年现代性进程，西方文明的"现代"与传统乡土"前现代"间的断裂在小说文本中已经达成诸多妥协，在贾平凹、孙惠芬、吴玄以及其他大批作家的小说文本中都有深刻表述。但这一妥协导致的是文学形象身份认同、价值取向的迷茫与模糊。徐则臣笔下的一系列漂泊在北京的假证制造者、盗版碟贩卖者、假古董倒卖者形象显示出乡土社会现代性转化的典型而深刻的特征。在徐则臣小说中，前现代似乎已逐渐衰微，后现代在悄悄出现，现代还奔跑在路上。边红旗、陈子午们离开了原乡，却没有进入城市。他们来自乡土，受过高等教育，但是已经丧失土地。他们身份不明，没有归宿，他们一直迷茫、模糊、焦虑、困惑。他们似乎面目不清，但又清晰可见。徐则臣塑造的这些漂泊在都市北京的形象显示了中国现代化进程中独特的乡土现代性，确证了中国乡土社会变迁中民众对现代性追求的迷茫、模糊、焦虑、困惑的主要特征。

3. 乡土的退隐或1978年的隐喻

土地与农民有着割舍不断的关系，14、15世纪英国圈地运动使得农民与土地逐渐分离，大大解放了劳动力，促进了英国工业社会的发展，不久就实现了工业革命的加速变革。如同圈地运动后的英国农民一样，徐则臣笔下的人物与土地逐渐疏远，边红旗、陈子午、沙袖们没有了土地，不再是面朝黄土背朝天的典型中国农民。边红旗、陈子午、沙袖们离开土地，不是英国圈地运动中的被动离开，而是接受高等或中等教育后的主动离开。在主动离开土地后，受现代性趋引，他们又抛弃了作为乡村精英的职业，进而到北京（实际是现代性实现的主要标志，即城市化）寻求宏大却又迷茫的理想，他们毋宁说就是乡土中国现代化变迁的所指。在土地问题上，边红旗、陈子午、沙袖们不再像陈奂生、高加林乃至李平，无论如何，都有一块土地在静穆地等待他们的回归，可能乡土再也不是边红旗们的归宿。可以判断，在边红旗、陈子午、沙袖们的视野里，乡土已经逐渐远离他们的生活。

乡土为什么会逐渐远离边红旗、陈子午、沙袖们的视野呢？作为有着敏锐洞察力的70后作家，徐则臣认为："50后作家多年来致力于乡土中国的书写，因为他们半生扎根乡土，即使现在生活在城市，乡土记忆和经验依然占据了他们整个文学思维空间。而60后、70后则是少小时接触了乡土中国，成长的过程则是远离乡土实现城市化的过程。"①一个时代有一个时代之文学,70后作家所遭遇的便是一个"无土时代",这一代作家所置身的乡土剧烈变动的客观环境与前辈作家高晓声、路遥、贾平凹们有着天壤之别。70后出生时,起自农村的改革驱动着现代化、城市化的加速进程,当迈进21世纪,"乡土"的中国社会已经发生了翻天覆地的变化,城市化已成为乡土中国变革不容忽视的重要动力,影响着国家进步与发展,一个纷纷角逐城市、逐渐疏远土地的"大国"正在悄悄崛起。

70后作家及其笔下文学形象疏远乡土的起点在哪里呢?徐则臣出生的1978年不妨指认为是这种起点的一个隐喻。1978年是改革开放起始之年,徐则臣出身于乡土,但注定离开乡土,接受高等教育,进入城市,以自己的写作书写时代。作为70后作家的一个标本,在这样的作家成长之路背后,回望近三十年的乡土文学,我们是否可以判断,对于以徐则臣为代表的70后作家而言,"乡土"已经开始缓慢地退隐乃至终结。

实际上,徐则臣小说中乡土的隐退并不是一个孤例,李师江、魏微、金仁顺、鲁敏等大多有过乡土经历的70后小说家的文本也同样开始疏远乡土。他们也属意在小城镇中建构自己的文学天地,但他们"对宏大话语天然的不敏感性及其消费主义文化的生存氛围导致了其历史形象和精神倾向的暧昧与复杂"。尽管"对小城镇日常生活与人性进行想象与建构成为70年代出生作家鲜明的

---

① 徐则臣:《70后的写作及可能性之———在韩国外国语大学的演讲》,《山花》,2009(5)。

美学特征"，但"从某种意义上讲，他们是尚未发育健全的中产阶级，或可称为新型的市民阶层的代言人"。①可以说，在近三十年的乡土文学视域下，随着乡土中国现代化发展，高晓声、路遥、贾平凹们精心建构起的乡土世界在70后作家这里已经悄悄拐了弯。不仅是70后作家自身城市化或中产化，乡土自身的改变也让70后不愿意回到"伤心之地"。缺水的萝卜辛辣不堪；河流不再，一条大河被填平成为田地；葬礼上的唢呐不再受到欢迎，乡土民众开始热衷于观赏脱衣秀。乡土在他们的小说中已经面目全非，显然已成伤心之地。对于70后作家，乡土如果不退隐，又情何以堪。

面对乡土的颓败，徐则臣没有只限于退隐，反而在这种乡土的"模糊与迷茫"中敏锐触及这一变革中人的身份认同、情感趋向、价值体认等问题，这愈益凸显出其小说的价值。徐则臣认为"中国近些年的城市化进程其实也是作家自身的城市化进程，对城市的考量同样也是对自己的考量"。他认为70后作家"成长的过程则是远离乡土实现城市化的过程，对城市化的问题可以拉出一个有效的审美距离"。认识到这个问题后，他"将注意力长久深入地放在这个问题上"。②这反映出徐则臣强烈的时代意识，他"抓住了（京漂者）这一群体的姿态并描述出来，也就准确地呈现了其历史位置，这是城市的黑暗之流，它以同样深厚、复杂的生活景

---

① 梁鸿：《小城镇叙事、泛意识形态写作与不及物性》，《山花》，2009(7)。
② 徐则臣：《70后的写作及可能性之一——在韩国外国语大学的演讲》，《山花》，2009(5)。

观使我们看到了这一空间的疼痛与无法忽略的历史存在,这是对90年代以来中国社会结构移动过程中新的生存形态与情感形态的深刻揭示"[1]。

  正由于这种强烈而敏感的时代意识,面对乡土和城市,徐则臣不再四顾张望,而是以对乡土变革的深切关怀介入乡土现代化中灵魂建构与价值认同的思索上。如徐则臣所说,"故事只是小说之'用',发现、疑难、追问、辩驳、判断、一个人对世界的独特理解、故事与现实与人的张力,才是小说之'体',也就是说,小说的真正价值在于,肉身之外非物质化的那个抽象的精神指向。它要求一个作家能够真切地说出你对这个世界的看法"。徐则臣不是简单地说出他对世界的看法,而是由个人成长的三十年对乡土中国变化的切身感受,敏锐地触及中国乡土现代化进程中人的价值与情感危机、道德困惑等诸多涉及人的存在的重要问题。面对假证制造者、盗版碟贩卖者、假古董倒卖者这些底层人物,徐则臣不是热衷于编故事,把底层写得悲惨而鲜血淋漓,不是将丑恶本质化,而是俯下身来,介入自己的乡土经历和情感去体察、审视、观望他们,这种介入式的思索无疑提升了小说的价值和品位,使得徐则臣小说的精神立场切入底层而又高于底层,显示了70后作家的思想高度。

---

[1] 梁鸿:《小城镇叙事、泛意识形态写作与不及物性》,《山花》,2009(7)。

三、《青城》：爱情的现代审问

徐则臣新近出版小说集《青城》(北京十月文艺出版社2021年版)，收录了《西夏》《居延》《青城》三个爱情故事。三个小说以现实主义大背景和乌托邦式调性，塑造了西夏、居延、青城等女性形象，为男女情感提供了生活化、艺术化的多解趋向，映照着徐则臣对现代爱情与生活的不同审问，由此具有现实与哲学的多元意义。现从四个视角予以阐释。

1. 爱情的可能动力

三个爱情故事，值得注意的是，西夏与王一丁、居延与胡方域与唐妥、青城与老铁和"我"各自因何而爱，尤其令人深思，这一爱情动力学由此生发出个体与时代的深厚意义。

情感与欲望是爱情叙事的焦点。三姐妹的爱情故事里，男性大多对性关系保持主动。从西夏、居延到青城，似乎她们的情感需求呈现出递增趋势，并且对爱情与性的认知也渐成熟。西夏和王一丁发生关系后随即确立恋人关系；居延和唐妥发生关系后，并没有进一步发展下去；而年长的青城，则对欲望表现得最为直接，她喜欢有力量的男性，当老铁无法满足她的需求时，便毅然决然找到年轻的"我"。

似乎二十多岁的年轻人不能接受无爱之性。王一丁对西夏的态度转变轻易地就能受到女房东和陈叔的影响，他们之间并未建立信任。不安和心事重重来自这个姑娘的神秘，也来自她的美貌。当西夏来到书店工作，他们的关系由西夏单方面主动变为双方暧昧，之后，王一丁开始恐惧爱情的开始，或者说，他不得不遏制身体欲望。《居延》中，胡方域没离婚就与居延发生关系，师生恋由身体的草率融合开始，胡方域对居延新鲜感一过，就很难再维持原状。居延遇见唐妥后慢慢成熟，对爱情有了新定义，谨慎地与唐妥保持距离。直到唐妥开始正视与居延的情感，二者发生关系。

青城无疑是三姐妹中最成熟的女性，她清楚自己要什么，她对老铁的爱情来自老铁出色的艺术才华，更来自老铁雄鹰般的强壮与孤傲。老铁和青城确定关系的方式是一次性冲动，他们对彼此的身体都有着极大渴望。当老铁咳嗽病症无药可医，他在青城心中的形象一点点坍塌，维系感情的身体条件在削弱，病弱的老铁无法满足青城的身体需求，所以青城遇到"我"后，不顾老铁反对与"我"去看鹰，和"我"发生关系。"我"成为青城心里那只自由、洒脱、有力量的雄鹰。

情感欲望之后便是家的寻求。男女同居后，相互依附感加深，转化为爱的日常生活动力。三个爱情故事都注意这一点。西夏与王一丁相遇的第一面就对厨房驾轻就熟，她毫无保留地把关心、包容献给王一丁，给予他家的温暖。在北京漂泊多年的王一丁对"家"逐渐抱有幻想，对家所附属的日常深怀期许。居延与唐妥合租时，把屋子收拾利落。居延也在一点点堆砌"家"的模样——

扎着随意的头发在厨房炒菜；帮唐妥收被子、洗衣服；把唐妥的衣服叠整齐。青城去找老铁，不吭声地打扫卫生、洗衣做饭，辽阔的母性提前泛滥，默默照顾了铁老师六天。当个人处境变成家庭处境时，压力似乎就会被分担很多。男女相依相掺自古以来就是家庭中最稳固的构造关系。三个故事，三姐妹都努力营造出家的归属感。

家的温暖归属，是三姐妹给予男人最温馨的指向。徐则臣还特意书写支线人物的家庭感觉，并由他们去影响主角的判断和决定。《西夏》中，女房东和陈叔正值欲望的饱满之年，他们映照着王一丁的漂泊。支晓虹和老郭的爱情也对居延和唐妥形成映照与警醒：支晓虹换男朋友如换衣服，追求速度与激情；而老郭和同一个女人结婚离婚多次，冲动且念旧。相比之下，唐妥和居延就更加理性和稳妥，也就更为切实地回到了家庭。

爱情需要彼此尊重与平等，才能达到情感和谐与平衡状态。王一丁和西夏的爱情中，男方是经济收入的主要来源，西夏则给予王一丁家庭温暖，这是漂泊在北京的王一丁花多少钱都买不到的，二人情感在漂泊和烟火温暖中彼此达成了平衡，成为重要的爱情动力。居延则是从失败的爱情中建构独立人格和自我价值。她和胡方域的爱情草率地开始，对自己的事业和生活都没有要求，她的眼里只有胡方域。而胡方域有更远的目标，二人地位、价值已失衡。胡方域不再有维持爱情的动力，出走是必然的。当居延在北京发现自我价值，获得了自信并摆脱胡方域，与唐妥互相成就，爱情的新动力由此产生。

青城与铁老师之爱始于铁老师的才华。支撑青城对老铁爱情的动力之一就是他们在成都的宽窄巷子里靠画像赚钱相互扶持的经历。在青城与老铁的爱情中，青城对老铁无微不至地照顾，尤其是男方染病后。老铁第一段婚姻的不幸激起了对青城母性情怀的渴求，青城在面对这样一个破碎的男人时，享受用泛滥的母性呵护他的过程。这份母性情怀也是维系青城与老铁爱情的动力之一，直至青城最终选择留在老铁身边，渗透着岁月沉淀后的习惯和安稳。

漂泊孤独久了的西夏和王一丁、居延和唐妥，会渴望陪伴；在前一段感情中不圆满的老铁，会渴望慰藉；迷失自己、缺乏自信的居延，会渴望实现自身的价值；在艺术上才华不够的青城，会渴望遇见更优秀的人……爱情本就是一个理性与感性交杂的事物，它可以来自最原始的肉体需求，也可以来自最纯粹的精神渴求。每一段爱情的动力，说到底都是由人所缺失的那一部分决定的。

2.爱情，应是一种双向选择

西夏、居延、青城，三位女性，借由地名"词缘"而有了姐妹般的关联，每一场爱情的风吹过，她们的心湖便泛起涟漪，风停了，湖面归于平静。关于爱情的故事却不曾停息，她们又该何去何从？《青城》小说集中，徐则臣在讲述三姐妹爱情故事时，展现了男男女女在爱情中独有的选择。每一段爱情想要长久，就必须做出选择,这是生活出给爱情的必答题。

爱情是如何开始的?生活有了交集,爱情才有发生的可能。

一个电话,一张字条,莫名其妙地将哑女西夏推入王一丁怀抱,两个陌生人在那一刻有了生活重叠。胡方域利用居延对他的崇拜与爱慕,主动和她产生了交集,从暧昧关系发展成情人。寻人启事,海陵体育场,命定般推动着唐妥和居延的相遇,寻人未得,又给了他们相识相知的机会。艺术的执着使青城时隔四年再度找到老铁,提前泛滥的母性又驱动她步入这个男人的生活。一间狭小的两居室,书法与绘画的精神相遇,又在冥冥之中拉近了青城与"我"的距离。

不是所有相遇都会碰撞出爱情火花,但相遇给了爱情以可能。当爱情落到个人心头,便需要每个人做出可能的选择。

等待与陪伴或许是西夏的爱情选择。无论是初遇时等待王一丁,还是柳树洞里那双发亮的眼睛,西夏始终等在原地,在王一丁回头就能看见的地方。最终王一丁认清自己内心,西夏的等待与坚持也开花结果。在他们的爱情里,西夏承担了贤妻良母的角色,厨房里忙碌的身影、衣服上残留的香气、书店里无声的陪伴,让西夏一点点走进王一丁孤独的漂泊生活,给他带去俗世温暖。两人发生关系后,西夏成了王一丁体贴的爱情伴侣,是知冷知热的存在。这是西夏为自己选择的舒适状态,使她觉得自己是被需要又能付出的,感受到自己在爱情中的价值。

退让是居延为了维系胡方域恋爱关系的选择。她在男人强势的安排下生活，不断为爱情做出退让：烹调不合自己口味的菜，只为满足男人的胃；辞去教师工作，只为让这个家不再那么"荒"；不断放弃自己，只为维持一段情感关系。居延一退再退，终究退无可退，沦为安居一隅的金丝雀，迷失了生活方向。直至胡方域不辞而别，打乱了居延原本的生活，令她失去了爱情。居延做出了有关爱情的第二个选择——寻找胡方域。寻找是居延对爱情的坚守，是她对这段失联爱情的追问。找到胡方域是居延前往北京的最初信念，即使后来在拼搏中找回了自我，在相处中与唐妥日久生情，但找到胡方域的执念依旧存在，致使居延和唐妥始终住在"宿舍"，而不是属于两个人共同的"家"。结尾虽和胡方域相遇，居延却转而放下和胡方域的过去，选择来自唐妥的爱。

青城总在追逐爱情，追逐她心中健壮又孤傲的雄鹰，老铁和"我"都是她曾追逐的对象。她义无反顾走进老铁失意的生活，担当他生活与精神上的双重导师，承担起照顾家庭的责任，关切老铁衰颓的精神世界，带他走出原本的精神困顿，来新城市，开始新生活。后来，老铁的病越来越重，雄鹰形象一点点在青城心中崩塌，而"我"恰好出现，强健的身体与极高的书法造诣吸引着青城，她再次选择追逐心中的雄鹰，在看鹰那夜主动与"我"发生关系。追逐是青城关于爱情的选择，却不是全部，而承担则是青城对爱情的另一选择。相较于西夏和居延，青城在爱情中更加成熟，她更明白来自爱情的责任与牺牲，清楚自己想要什么，又背负什么，于是放弃了各项均优于老铁的"我"，继续和老铁走下去。

《西夏》《居延》《青城》，三个故事、三种爱情，我们可以明显感受到，女性对于爱情往往有自己的坚执，她们不断在爱情中做出选择，用以维持这段情感关系，最终获得长久的爱情。但爱情的选择从来不是单向的，最初的性爱选择很难支撑起一段长久的爱情，正如居延最初在爱情中的退让，却终遭胡方域抛弃；青城与"我"源于精神的爱情也以"我"离开而结束。单方面的付出或许可以延长爱情保质期，但终究不可能天长地久。真正的长久，一定是两个人的相互需要，是爱情双向选择的结果。

西夏始终陪伴着王一丁，给他日常温暖。偌大的北京城，王一丁始终是一个流浪者，西夏的出现恰恰带给了他家的归属感。两个孤独的漂泊者，彼此需要、彼此温暖，就有了长久走下去的动力。独自在外打拼的唐妥被居延身上的执着所吸引，两人相互鼓励、扶持，渐生情愫，从烟火生活中汲取平淡幸福，筑造属于他们爱的小家。青城身上那种母性的爱与关怀，对刚经历不圆满婚姻的老铁来说无疑是一种慰藉。老铁需要青城，需要青城来弥补个体内心的缺失，于是他选择了沉默。老铁对于看鹰那晚青城和"我"的事闭口不谈，那一夜画下的鹰更像老铁对爱情的最后挣扎，他最终明白——只要能和青城好好过，别的就没有那么重要了。

生活总需要过下去，爱情同样如此。爱情里，没有理所应当的长久，没有选择，爱情将无以为继。三个爱情故事，三个女性，有关爱情的选择只不过是现实中的小小缩影，生活万般姿态，爱情更是有千般模样，想要获得现世的长久，就必须在爱情中做出自己的选择。

3.漂泊中的情感归属

三个爱情故事，三个女性相互独立，又互有关联，渗透着徐则臣在不同人生阶段对爱情的理解。三篇小说以生动细腻的文字，既向读者描绘了爱情的模样，又对爱情中的男女进行了人格书写。小说主角都是在大城市里寻找一席生活之地的人，但小说着力点并不在城与人的关系，而是微观的男女关系、情感关系，特别是爱情与漂泊之间，一代人的情感归属问题。

漂泊北京七八年的王一丁，时常被人算计。居延独自留在北京过年，尽管她也买年货、收拾布置，但自身对周遭的漂泊环境一直敏感，映照出她孤身一人时内心的空乏，感受到"整个北京在喧闹"。不得不承认，她挨不过去了。被焰火声惊得咬到了舌头，眼泪就满了眼眶。情感是难以掩饰的，处于漂泊状态，他们似乎无比脆弱、无比孤独。在这样一种状况中，亲密关系就显得尤其可贵，它是难挨日子里的精神支撑。"没有人是一座孤岛。"这些都市漂泊男女，对亲密关系有着切近而内在的需求，仿佛航船找寻着停泊之地。情感的寻求尤其构建在日常烟火生活中，既是人际简单的情感联结，也偶然递进为恋人关系。

爱情是两个人相互需要、情感诉求的满足。天上掉下的西夏面临困境，王一丁又何尝不处于精神上的漂泊困境？日常看些书、经营不大的书店，他是城市中的籍籍无名之辈，就像名字一样普通不过，他是人海里渺茫的个体。西夏仿佛是一种与生俱来的宿命感，在漂泊中，她看见他、找到他。通过爱来赋予漂泊中的自我归属，这也算一种爱情的存在主义。

西夏向王一丁索取爱，表层来看，他满足了西夏的情感需求，让她得到归属与心安，而反过来王一丁正是由此满足了个体需求。王一丁感受到自己是被需要的，西夏对于他的依赖，让他有这种感觉。偌大城市，漂泊无定中，感到被别人无比需要，这是另一种充实。从西夏身上，王一丁看到自己的重要、特殊，甚至无可代替，被给予肯定和认同，也正符合男性心理。《青城》中，青城走近老铁，处于低谷状态的老铁需要温暖，青城以泛滥的母性照顾年长的老铁，做琐碎家务，由此青城满足了自己被需要的情感。后来二人成为恋人，这一层情感依旧维系着双方。

爱情的终点或许就是一个家。家的构造，简单不过是一间房、两个人、三餐四季。家的感觉正是这些鸡毛蒜皮的小事，最烟火气的生活。徐则臣无数次把视角放到食物上，不吝于对吃喝进行描写。《居延》结尾，居延放下胡方域，电话里拒绝了唐妥下馆子，坚持在家做饭。通过吃喝，居延肯定了家的存在，与前文称自己的房子不是"家"只是宿舍形成强烈反差。

对于城市漂泊者们，家似乎非常遥远，以至于建构一个家，彼此的情绪转化是巨大的。《西夏》中，王一丁发觉"一个人的孤独是多么漫长，感到了自己的脆弱"，那是瞬间被击穿的无力感。

西夏来后，王一丁吃到了从未吃过的、丰盛美好的晚饭。她为他夹菜、洗衣、做饭，每一个日常举动，都建构出一个"家"的形态。西夏的陪伴，让王一丁刹那产生出"类似于亲情和爱情的疼痛感"；《居延》中，当唐妥靠着厨房门，看居延炒菜时，觉得"有种温暖的东西强大得足够伤人"。这两种情感都有可以归于漂泊状态中、稳定的"家"的归属。家庭的温暖氛围感不断与小说中其他一些零落寂寞的画面形成比对。

传统男女关系中，似乎需要有一方服从于另一方，才能建构出平衡感。小说则揭示出了另一种平衡的可能性。《居延》中，居延与胡方域的关系是一种畸形形态，即不平衡。对胡方域的爱占据了她生活的大部分，让她失去了独立人格，这份爱是卑微的。客观条件的比对，再加上男方有意识地施压、控制，使得居延降格为一只"金丝雀"。当胡方域离开，强大的一方抽离之后，居延的生活彻底失衡。小说中有一处意象非常有意味，两人合照中，当居延遮住胡方域，发现照片上的自己整个歪了，笑得无依无靠。而她与唐妥，才是对等的关系，彼此独立又相互陪伴扶持。而这种平衡的获得又是居延在漂泊中才找到的，情感的归属与漂泊状态达成了哲学化的省思。《青城》中，青城在她的平淡岁月里守着她的铁老师，铁老师不再具备成为她的"鹰"的能力，她也寻找着自己生命中的"老鹰"。最终，为了现世安稳，青城不可能去追随"我"，但那个翱翔的鹰似乎永远存在心底。

徐则臣早年以"京漂"系列小说闻名，漂泊是21世纪以来国人最为重要的生活状态，徐则臣的作品一直聚焦这一群体与现象。而漂泊于都市的旅人们，他们如何踏上爱的旅途，又如何在漂泊中建立一段亲密关系，从而抵达家的最终建构，这既是21世纪以来的重要命题，也可以说是人生的一个终极问题，《西夏》《居延》《青城》三个爱情故事做了最好的解答。

4.交叉映照的爱情模样

徐则臣试图给西夏、居延、青城"三姐妹"建立一个个小乌托邦式的爱情模式，然而在三位女主角的爱情之外，还有与之映照的多对情侣关系的存在。这些情侣（夫妻）社会地位、年龄、身份、性格各不相同，与三姐妹的情感交叉映照，似乎揭示着爱情的多元模式。

如果考量小说涉猎的主要人物，可见他们大都是20至30岁的青年人。如西夏、王一丁（27岁）、唐妥（28岁）、居延（26岁）、支晓虹（28岁）、青城（29岁）、《青城》中的"我"（30岁）。这个年龄段情感最为激越动荡，在他们的爱情中，既可以看到萍水相逢、即刻生情，也有日久相伴、互动起情。

"萍水相逢"的爱情中，青年男女素不相识、偶然相遇，持续时间非常短暂。如《居延》中的支晓虹，谈过不下八个男朋友，不知怎么就好上了，一不留神又分了。《青城》中"我"和青城因为房东搭讪而相遇，后来合租，一起散步、看鹰、练字，但终究只是短暂地爱了一下。在这些萍水相逢的爱情关系中，性关系是感情有所突破的重要标志，青年人很容易被这种激情所吸引，但追求激情带来的快感又是那么的短暂。

与支晓虹、青城这种短暂之欢相对的是"日久生情"的淡然之爱，西夏和王一丁，唐妥和居延，青城和老铁，徐则臣显然属意于这种情感，这种情感大多有较圆满的结局。王一丁不断赶走又不断找回西夏，终于，王一丁意识到了西夏所给予他的烟火气十足的温暖，这种日常生活之爱和萍水相逢之爱有很大的差别，西夏给予的是坚定、自然的爱。所以徐则臣用"自然""家常""像家庭主妇"等不断强调这样一种和激情截然相反的爱，一种淡然而更为持久的爱情。《居延》中，唐妥帮居延贴广告、找工作、买车票，过年时赶回来看她，居延帮唐妥洗衣服、晒被子、买菜做饭，最后所有的情感都集中在"家里的饭菜"上，居延终于意识到她已经放下胡方域，和唐妥烟火气十足的情感才是归宿。

徐则臣希望的大抵是这种日久生情、持续稳定的爱情模式。他一方面描写了漂泊中不少"萍水相逢"的爱情，又展露了日久生情爱情模式的美好。而在这两种情感模式之外，小说还侧面书写了婚姻中的两对中年夫妇，他们的亲密关系和青年人区别明显，与上述两种爱情模式构成映照。

《西夏》中王一丁的房东夫妇，是一对四五十岁的中年夫妻，"都五十岁的人了，脑子里成天就装着那事"，女房东对于性爱之事似乎不必顾忌，中年女房东大大咧咧，跟西夏和居延形成对比，西夏和居延是非常羞怯、尴尬的。女房东误会西夏并反驳王一丁时，陈叔对妻子是附和的态度。这种情感模式正是现代社会大多数中年夫妻家庭现状，爱情已经索然无味，更多的是柴米油盐。《居延》中，老郭马不停蹄地跟同一个女人离了五次婚。这样的反反复复，感情生活的万般滋味尽在其中。老郭尽力维持这段感情，看到居延一直在寻找胡方域，他终于说"以后不能再离了"。

《居延》中的胡方域、唐妥、居延，《青城》中的"我"、老铁、青城，都是非常有特点的两男一女的三角恋，且都有一对是师生恋。先有胡方域和居延、青城和老铁之间的师生恋，然后才有唐妥和"我"。这种三角模式既是小说叙事着力建构的，也隐含着徐则臣对日常情感的一种锚定式的追问与反思。

胡方域与居延相差二十岁；青城与老铁年龄也相差不少。看似都是师生恋，但《青城》明确了青城"不是在校时就和她的铁老师打成一片的"，"那时候青城没想过要登堂入室"，胡方域却在居延读书时生情，约会当天就把居延搂在怀里。在稳固且畸形的三角爱情模式中，后插入的一角自然是值得关注的。《居延》中，胡方域为居延安排一切，让她不要工作，对中学教育嗤之以鼻。与之映照，居延小小的成功都能受到唐妥的鼓励、夸赞，唐妥叫她"居老师"，因为唐妥认可她的中学教育。居延为胡方域改变自己的口味，却可以在唐妥面前拿定主意去哪儿吃。青城一直把"我"和老铁做比较，在身体、艺术、工作等方面，"我"似乎都比老铁有优势，所以青城的选择逐渐偏向了"我"。稳固且畸形的三角爱情模式构成叙事的重要动力，直到居延遇到胡方域、"我"离开成都，三角恋情才有了温暖美好的结尾。

《青城》三姐妹的爱情故事，展示了当代中国的多元爱情，青年人、中年人之间，以及跨越了年龄的"三角恋"，不同年龄段的爱情模式呈现出不同的特点，却都是现代社会中现实的一角，也许就存在于身边，《青城》中的爱情叙事也由此有着强烈的现实性。

附录　随笔与统计公报

乡土显然和我们这代人的身体经验密切相关，割草喂猪、河堤放牛、收种忙碌等，都在无形当中塑造着我们的乡土情怀。更深切的变革在于，我们这代人进城了，在城里生活、工作、写作，并和这个全球化中的大小城市产生了纠缠不清的复杂关系。乡土、城市、世界，由此成为我们这代人的关键词。徐则臣《北上》所思索、表达的，正是百年时间与全球在地空间所架构出的现代中国。其实，在此之前，徐则臣早已感受到乡土退隐中的现代困境，还有《青城》《西夏》《居延》爱情故事中现代情感的暧昧难明。这一切，最早或多或少都与"花街"有关，此"花街"起于彼花街，淮安小城运河边二三百米长的小巷子。电视剧《北上》开拍之际，回望彼花街，颇有必要，小随笔即为呼应。回乡手记则是笔者心中郁结未化的精神伤疤，是乡土支离破碎中的无地彷徨，尽管粗糙，仍直观体现乡土退隐的时代变迁，呈现于此，或可就此自我疗救，又或能镜像一个宏大时代。某小县的统计公报，依旧是数据的硬核呈现，十年巨变，尽显其中。

1. 花街，如何更"花街"
——写在《北上》开机之际

电视剧《北上》开机了，从制作方到演员阵容都堪称强大，特别是萨日娜、胡军、童蕾、白鹿、欧豪等演员，可以吸纳老中青各代不同粉丝。这对淮安而言，可谓是一件大事，不仅因为长篇小说《北上》原作者徐则臣是从淮安起步，也并非因为《北上》对淮安和花街着墨很多，而是电视剧《北上》的核心布景就有"花街"，尤其是，影视的强悍传播效能会让一个地方瞬间爆热。类似的例子太多，韩寒的《后会无期》与东极岛，刚火过的《狂飙》与江门，都是如此。淮安能不能借此剧让"花街"走向更宽广的世界，让淮安运河边百多米的小巷更"花街"，为更多人所熟知，我们不好估量，希望能够如此。

淮安朋友约我就此谈谈，这是文化热心人的敏感和责任。作为从淮安起步、在淮安生活二十多年的文学从业者，我也义不容辞。更义不容辞的是，我觉得，从淮安出发的小城市认知，更为幽深隐形的"花街"，已经与徐则臣（以及我这样离开淮安的文学从业者），构成了血脉相连的文化关系。这样的文化关系，不仅在获得茅盾文学奖的长篇小说《北上》里有诸多详尽表意，在徐则臣的《耶路撒冷》《花街》《水边书》《夜火车》等小说中，也有着从物理到心理的复合书写。所以，从小说到电视剧《北上》的一切起点，就是徐则臣小说不断建筑的纸上"花街"，这个"花街"，确乎已经成为文学批评解读的重要空间。未来的解读相信还会更多，后来者定会穷源溯流，"花街"到底在哪里，什么样。

依稀记得20世纪90年代末的花街，那时路牌似乎还是"东大街"，先是日杂商店，后是电动车售卖，小街的主要生意大抵如此。后来因陪孩子读书，上下班总要走过承德路花街路口，不经意就会瞄几眼。由春到夏，大法桐嫩绿枝叶渐渐舒展丰满，直到绿荫遮满整条街。从秋到冬，浓雾笼罩小小的石板街，或者大雪慢慢覆盖灰瓦。记忆中还有，好多年前了，陪着则臣与复旦大学金理、相宜等几位朋友一起寻访花街，大家一起在街首吃豆腐脑的场景，好像那几碗豆腐脑还是则臣请的客。还有王祥夫、李浩、龙一、刘玉栋等众多文学好友，都曾一起在花街游走过。今天花街和大闸口沿线确实活起来了，茶馆衣饰古玩店挨挨挤挤，热闹人群早已今非昔比。正如《北上》所写到的那一切，当社会生活与历史文化再度联系，一条河、一条街就有了溯源而上的可能，也有了火热升腾的可能。

实际上，徐则臣对"花街"确实倾心太多。除了《北上》剧名沿用徐则臣手书原字，电视剧重要布景，昆山某小镇改造后的"花街"牌楼题字也是徐则臣手书。书法和文字有其独特的魔力，这些字显然是花街最重要的文化标识，不仅如此，"花街"背后历史悠久的淮安和运河更是电视剧潜在的资源。透过电视剧《北上》，借由"花街"，淮安和淮安运河应该在中国与世界的宏大结构中，重新编织自己的文化标符。电视剧《北上》目前剧透的情节其实

第四章　长篇、时代与情感　191

涵盖了徐则臣《耶路撒冷》与《北上》两部长篇的内容，《耶路撒冷》中那些在外打拼的人重回小城，这座小城隐含着某种地方性，就是淮安，就是花街、运河，里面有很多这样的城市符号。所以，"花街"不再只是花街，而是跟中国乃至全球紧密关联的网络结构中的花街。

那么，花街如何能够更"花街"，"花街"还有哪些可能？我们如何让这条繁复的文学街巷走得更好更远？淮安的朋友们应该会比我更清楚，更知道怎么去做。我要说的是，多年以后，我想我们会认识到，电视剧《北上》是"花街"的重要起点，也是文学淮安的重要起点。

原载《淮海晚报》2023年6月5日头版

2.回乡手记

前言

这是一篇五年前的旧作，书写时的夜晚清晰如昨，从老家回来的心情无法平静，整夜独坐书房，有关村落的风土人情、世故烟云不时席卷过来。那时，在老家拆迁与工业园区不断扩充的传说与现实中，苏北角落里的故乡——黄台村，屋舍不再俨然，曾经被小河环抱的老村房子正被拆除，上下学必经、时常聚集纳凉者的芦沟桥也因破落不堪，被堵了起来，桥下芦沟河水还在，河滩上杨树已被砍伐殆尽，大地裸露着。尽管如此，我仍固执地相信，这个村落保留着苏北平原独特的文化身姿，她有自己的传说，有自己的性格，和应有的生活态度。

这当然是我的一厢情愿。2012年9月，再回黄台村，现代化的车轮已将她碾得支离破碎，所有的房子被夷为平地，曾经的医院、粮管所、铁木厂、供销社、银行、邮电所、文化站、食品站，包括中心地带的乡政府，以及围绕它们的村落、田野里的坟墓，全部变为瓦砾或荒滩，只剩下一条条芜杂瓦砾中孤零零的小路。又当然的是，在有些人眼中，这根本不是支离破碎，是由芜杂散乱变得整齐美丽、幸福安详。看看那些规整划一的厂房、园区，即将建成的齐备同一的公寓住宅，那些看着同样电视、行色不再匆匆的老人和孩子，那些在外务工的前辈和同辈，这一切，不正是我们的现代生活嘛。

是的，也许这就是某些想象中的现代生活。五年时间，这个苏北小县城发生了许多料想得到或料想不到的变化：回老家的省道便捷畅快多了，驱车一小时便可顺利抵达，县城的道路越来越宽阔，高楼越来越华丽，酒店会所越来越多，新城区越来越漂亮。那些马路豪车、高楼大厦、酒店公寓，放在纽约、芝加哥、莫斯科，也毫不突兀。我并非现代化的诅咒者，我只是想，应该如何去揣测、度量并实施我们的现代化。比如，距黄台村几公里的一个乡镇，以集资产生了近百部宝马轿车而闻名于世的"宝马乡"事件；比如县城个别学校策划高考抄袭的教育问题，还有因之被绳之以法的我曾就读的母校校长；比如2012年标准化考场实施后全县高考的悲惨现状；比如我的乡亲兄弟们，他们畅想着一夜暴富的神话，安稳劳作早已被他们遗忘。

这一切，不正是苏北平原一个乡村的现代阵痛嘛。且回头，再看五年前——2007年暑期的手记，不由感喟不已。

在路上

八月底，暑假行将结束，得回老家把孩子带回来。

下午三点半，立秋后的天气热浪依然滚滚，步行十来分钟到汽车总站，走完这短短的路途，浑身像在水里浸泡过般。从总站上车，按车票价格，应该是空调车，司机却说空调皮带断了，开不了。一个旅客大概没听到，嚷着开空调。热得冒火，司机不愿解释，嘴里嘟囔几句，没理睬。旅客皮肤黝黑，头发有些毛糙，浑身散发着力量。他很不高兴，从车后过来，晃晃跟随司机下车，争辩起来。说着说着，推推搡搡，相互竟抬脚踹起来。没人劝架，周围站了一圈男女老少。车站保安和跟车妇女都赶了过来。终于拉开了。司机复又跳着上车拿起不锈钢圆棍，要下车继续战斗。保安把旅客包裹拿下去，安排其改坐其他班车。那旅客站在下面仍直往上蹿，叫嚣着要到某处修理这司机。延误十几分钟，车子终于出站。行驶的风中，热汗终于停止，人也清爽许多。

车子在省道上西行。两边杨树林影影绰绰，随风摆动着碧绿稻浪。走走停停，带了几个人后，进入泗阳境。1996年，泗阳县和我家乡泗洪一同被划归新建地级宿迁市，宿迁市此后就一直占据江苏地级市"十三妹"的位置。两任市委书记均采取据说是超常规的发展思路，尤其是上任市委书记因卖医院卖学校等，以及极为个人化的行政方式，受到全国媒体的追踪访问，因而成为2005年国家行政体制改革的明星人物。新宿迁市辖县于是都采取了非同寻常的招商引资政策，大力建设工业园区，市容市貌均发生了极大改变。两年前车过泗阳，需走一条不宽阔的省道，抵县城东郊往南转，过运河闸，绕县城半圈再往西。约2004年，这条省道两边的沃野被规划成工业园区，道路拓宽一倍多，路外是数米宽的景观带，栽植一些灌木样的植被。城北则另开了四车道的绕城道路，花草植被、景观石镶嵌在路两边。这样的道路，会让你毫不以为这里是苏北小县城。

出泗阳县城往西转，这时有人招手停车。一浑身肌肉、黑黑的男子先跳上车，一斯文相男人和俩拎蛇皮包年轻人跟随上车。肌肉男像车主一样嚷着安排拎蛇皮包的年轻人坐下，不断叫嚣，说一分钱也不少，四十块钱，斯文男跟后应和。我知道，惯常两人应收二十元，这两个黄牛要宰人了。汽车不停喘息奔跑，俩年轻人嘟哝一通，掏出四十块钱。肌肉男和斯文男收完钱交给了跟车胖妇女，随后向胖妇要回扣。胖妇女叽哩哇啦一通，不愿给。肌肉男和斯文男好说歹说，硬要了二十块钱。拿到钱，肌肉男和斯文男会心说着笑话，到前面集镇下了车。两个年轻人什么也没敢说，愣是无端多出了二十块钱。

从县城回家

傍晚六点四十,车在家乡城边停下。

泗洪是苏皖交界一中等县,县域人口约一百万,以农业为主,以前主要工业是酿酒。2000年后开始招商引资,苏南一些产业逐渐转移过来。现有皮革服装、电瓶机械等诸多我所不知的新兴产业。老家黄台村原是乡政府所在地,后撤乡并入县城驻地青阳镇。以前回家,从县城沿县乡干道往东四五公里,就可见一雕梁画栋牌坊,上有费孝通题"国营戚庄原种场"(撤乡并镇后都被拆除了)等字,往南穿过原种场,步行两三公里,就到了老家黄台村。

原种场原来出产水稻良种,有大片梨园。20世纪80年代,酿酒工业兴盛时还办过酒厂。90年代原种场新任书记,看路东有大片梨园,水杉丛丛排排,路西则是一片松树林,于是沿路修建了仿古大门,说要发展旅游。只是今天水杉林被砍了,大门也岌岌可危。春节回家,听说这书记以招商引资名义,在场部院子里建了美食洗浴休闲中心,红墙垛子搞得像长城,书记变老板了。

回老家得坐公交或出租车,2001年撤乡并镇后,街道逐渐冷清,机关搬离,只有一个居委会、农村信用合作社、中小学等为数不多的机构还在。随之,公交车时开时停,断断续续。再后来中学生源渐少,前两年,老师竟比学生多,中学也就撤了。随着乡镇合并,黄台村发展定位也变了。三四年前,这里被设为县工业园东区,于是沿路两边良田(因为是生产粮食原种的原种场,土地肥沃）全被征用。原来回家，看着路边杨树跟着车子或者脚步后退，稻田或麦田齐崭崭铺在路两边，像金黄或碧绿的毛毯盖在大地上，心底由衷温暖，回家感觉也倍好。2005年回家，几座零星白色建筑摊在曾经的稻田上，房子门口挂起这个厂那个厂的招牌。村人都说是空头牌子，没几个是真正投资客商。去年春节，村上少年有不想读书的，便去工厂上班，工资却难要到，有时只能回家闲蹲着。

随着园区建设，曾经平整的县乡干道变得高低不平，整个毁了。我走了一条抄近村道。这条村道是政府村村通的新水泥路，约三米宽，有些路面已经毁坏。在田野树林中穿行，天暗了，暮色浮出，稻田里雾气升腾，杨树随风摇摆。

春末母亲进城，告诉我街北老村已全被拆了，我们家房子也迟早要拆。不知那个曾经四面环水的老村，现在会是什么样子。

到家了

到街南首，发现原县乡道路已成一个大工地，路基被翻了个底朝上，大块水泥墩横在路头。我小心跨过去，步行回家。

清风徐来，将圆的月，从树梢头缓缓升起，站在院子外，前面一望无际的田野，我一边走着，一边心里念叨、街北老村不知被拆成了什么样。

母亲做了我爱吃的手擀面，我边吃边和父母聊着孩子情况。孩子早几天和妹妹回老家来，回来就感冒咳嗽，父亲也一起感冒了。祖孙俩在街上卫生院打了三天吊针。我问多少钱，母亲不说。几天前我感冒发烧刚好，挂了三天水，青霉素、病毒唑、地米三样，十七块多。当时还嫌多了，单位卫生所，同样药物也就十块不到。便和母亲说起来，母亲说接近五十块一针呢，爷孙俩挂了三天，近三百块了。

约2000年，县里医院全面改制，最好的县人民医院（二级甲等医院）和部分乡镇卫生院全被私人收购。我一同学也是一所偏远乡卫生院股东，据说生意不错，早早开起了商务车。老家卫生院被本县一酿酒企业医院并购。周围村子看病基本上都来这个卫生院，他们的招牌是低价平民医院。可感冒咳嗽一针就是一百多，真难想象。

饭后到西隔壁小叔家串门。意外故去的小叔留下个不争气的孩子，今年十五六岁，开学读初二。三四年前，下面村小撤除，街上中心小学每班都七八十名学生。老师只能站在讲台一小块地方，根本下不到学生中间。90年代末和21世纪初时，县政府大力提倡民办教育，从幼儿园到高中，全有民办教育机构存在。前两年统计，全县有民办中学十多所。随着高中、初中分立，县中将初中改制为民办，又开办了小学和幼儿园，旗号是县中教育集团，生数已超万人，高中四五十轨，收费随之大增。学校实行股份制，据在县中工作的同学说，县工商行在校园为老师摆摊放贷。除本校老师有股份，一些头头脑脑都有不等股份。同学当时不懂，只入了五千块钱的股，现在每年有三千块红利。随着民办教育发展，县中好教师多被民办学校挖去,退休教师也多被民办学校请去,开始人生第二个春天。民办学校给老师们摊派招生指标,并和工资奖金挂钩。每年招生时,各中、小学毕业班班主任都是热门人物,民办学校紧盯他们,推荐一个,就有二百块回扣。

在此情况下,只要经济稍好一些,即便家庭条件不好,为了孩子成龙成凤,也都把孩子送到县城上学。我堂弟也被望子成龙的婶娘送到县城读小学,和一批孩子混在一起,学习没长进,吃喝打架长进了,惹事不断。上了初中也是如此,恶名在外,学习一塌糊涂。现在闹着不想上学。婶娘跟我诉苦般地说,他想买手机出去打工,又想干吗干吗。我拉住堂弟问话,他只是低头不说。

想起来心酸,今年清明节,他还曾偷偷从学校回来,给他死去的父亲、我的小叔烧了一刀纸。不知是教育出了问题,还是缺少家庭关爱,让他没有归宿呢。站在院子里,瓦蓝的天空镶嵌着明晃晃的月亮,无语静默。

第二天

翌日清晨,父母早早起床,习惯晚睡迟起的我躺着也不安。洗漱完毕,看见东隔壁远房叔爷在拾砖头。寒暄着进了他家院落,院西原来放拖拉机的地方正建起一面墙,顶上正铺木板。问他怎么自己做泥瓦匠了,这么就说开了。随着工业园区建设,我们这排四家房子迟早要被拆。这就牵涉赔偿,为多赔些,就私自多建一点。他说后面哪家不但在院子里搭建各种棚子,还在地上铺砖头，搭鸡窝。只是不敢敞开建，居委会看见肯定要扒的，每天都是把门关上，偷偷在家堆垛砌墙。说着说着，他家大娘过来了。她说赔偿不公正，后面紧挨着的胞兄两人，哥哥院落比弟弟大，赔偿时，弟弟的房子硬是比哥哥多出了上万块，就因为弟媳妇是隔壁某村书记亲戚，人头熟关系多。哪里还有公平，大娘望着我，瞪瞪地说。

出了他家院子，穿过杨树林遮蔽的道路，晨雾和温度一起升起来了。从正翻修的县乡干道往后街走去。果然，街北老宅已全部拆除，往东能一眼看到东边河滩。童年深处，老树成排，立在房前屋后，壕沟般的河流包围着高地上的老村，几岁时，我偷偷跑进南小河洗澡，还被母亲用柳条在屁股上抽了几条印痕。夏日傍晚，常和小伙伴到村西麦场上捉迷藏。后来乡政府把南小河圈进院子，伸入水面的老柳树没了踪影。东西北三面壕沟般的小河渐渐干涸或被填平。随着乡政府撤销，这些院子又被拆了。曾经树木枝丫丰美的小河，幼年时常经眼的沿河芦苇，几十年的梨树，都没了踪影。站在废墟边上，望着近在咫尺、丰茂田野上建起的白色厂房，我不知道，三十年后，这里到底还会有什么样的变化。

近八十岁的二奶奶看见我，不停絮叨着：都拆了，拆光了。他们家小楼迟早也要拆的，拆了统一到前庄鬼地方盖两上两下的小楼，七八万块，拆迁只能给三四万，剩下钱从哪儿来呢？那个鬼地方实在不好，前后癌症死了好几个人，最早又是乱岗子（坟地）。谁愿去那里。我说到县城买房呢？县城房价最差的也两千了，好的近三千，哪买得起。何况买了房，地还种吗？其实这地迟早也种不成了，要被征用的，赔偿两三万一亩，能干什么呢？打工挣的那点钱小孩上学还不够呢，少了钱哪里能行，到县城读个初中都好几千呢。远房婶娘随即说起家事，小儿媳妇和几个赌棍一起赌钱，欠了好几千赌债。好日子不过，尽胡搅蛮缠。说完深深叹了口气。

看电视

晚上没事，和家里人一起看央视一套《喜耕田的故事》，喜耕田进城看望县委牛书记，牛书记说，农村工作主要问题在一个"情"字，过去上级领导下农村，农民真是热情呀，杀猪宰羊，好酒好菜，热乎呀。现在领导不下去了，农民也进不了领导家。这几句话似乎很触动人，其实农民连领导办公室都望不见。城乡隔膜何其深，物质水平、文明意识、内在心理之差别，绝不是一朝一夕可以解决的，何况领导偶尔走访乡村也多是作秀，拍几张照片，上个新闻而已。这种干群关系在高晓声《李顺大造屋》里有鲜明体现，今天不但没有改观，甚至更恶劣。值得一提的是，喜耕田的农业模式似乎是农业发展方向。现在免农业税，农民种粮积极性提高了，但依然是个人单打独斗的小家庭生产，生产难有规模效应，农民也难能有大富裕。

不只是我的故乡，实际上是整个国家的新农村建设问题，同样值得深思。谁是新农村的主人呢，谁有发言权主导权？农村建房、农田处理、产业建设，主导者们又是否吸纳过不同的意见呢？工业园区建设和招商引资大量蚕食土地，大块良田变为工业用地，有没有经过审慎的讨论呢？实际上，东南沿海乡村正在被以经济为核心的城市化进程冲击着，进而产生着无可选择的裂变，这种裂变给中国乡村民众带来巨大的身心动荡，而文化、医疗、教育这些本应及时或超前设置建构的体系，不仅没有建构，反被遗忘甚至更加溃败，乡土精神与伦理逐渐失落，这或将成为中国改革与发展最为严峻的问题。

当下农民、农民工们，与城市、工业发展的关系越来越复杂。在城市，他们只是过客，只是以体力换取一定的经济报酬，他们很难留下来，最终还是希望能安居故乡，有自己的经营所在。但面对被征用的土地，面对溃败的乡村教育和医疗，他们又何曾能够回乡。就算回乡，在我老家这样的县城，他们又是否负担得起逐渐增加的教育、医疗成本。重要的是，像我老家这样的农村，工业园区建设侵占他们的土地后，农民身份是否可以置换为城市居民呢？失去了土地的农民，当他们没有就业岗位后，是否也会如同我在车上遇到的黄牛党们，寻找非法的生计所在呢？这些都是值得深思的。

正文写于2007年8月，前言写于2012年

又，据笔者了解，黄台已由村改为居委会，拆迁后的土地上，已建成片小楼房和多层公寓房若干，也有部分村民进城买房。乡民或进工业园区做工，或外出做活。原中小学早已停办，孩子们

已全部进城上学。而宿迁市教育、医疗前几年逐渐向公办回归，各县区新设或转制公办学校、医院等多所。县中原民办体制的初中、小学也转为公办，新开设公办县第一人民医院以及其他中小学多所。产业经济方面，随着承接苏南产业转移等，县里新材料、机电装备、文化旅游等新的主导产业加速发展，高速公路通达东西南北，高铁也即将开建。特此说明。

2024年1月

3.某县国民经济和社会发展统计公报

全县公路路网密度为96.0公里/百平方公里（含水域），不含水域路网密度为128.5公里/百平方公里。铁路里程23.5公里，设车站1个。航道总里程439.98公里。实施交通重大项目建设工程8项，当年计划投资15.65亿元，同比增长11.8%。

全县实现农林牧渔业总产值155.80亿元，同比增长2.8%——全年粮食作物播种面积269.08万亩，粮食总产117.88万吨，其中夏粮总产49.76万吨，比上年多0.36万吨，秋粮68.12万吨，比上年少0.15万吨。——全县农产品线上交易额达21.5亿元；全县现有市级以上农业龙头企业63家，其中国家级2家、省级14家，休闲农业经营主体116个。

全县规模以上工业企业实现总产值470.97亿元，同比增长13.5%；——六大主导产业（机电装备、绿色食品、高端纺织、光伏新能源、绿色家居、新材料）规上工业企业实现总产值416.44亿元,同比增长13.9%,占全县规上工业总产值88.4%。——经济开发区培育新增开票2000万元企业40家、亿元企业15家、10亿元企业1家、30亿元企业2家、50亿元企业1家。

摘自《某县2022年国民经济和社会发展统计公报》

交通和邮电年末公路通车里程2387.354公里。全县拥有公交车148辆,出租车400辆,危险品运输车83辆、1049吨;客运车439辆、10433座;货运车3197辆、27087吨。全年公路客运量454万人,比上年增长3%。

全年实现现价农林牧渔业总产值98.24亿元,比上年增长11.12%;——全年粮食总产102.8万吨,比上年增加8.26万吨。夏粮总产41.22万吨,比去年增加4.67万吨;秋粮总产61.58万吨,比上年增加3.61万吨。

经济开发区始建于2002年3月,——远景规划面积100平方公里,控制区规划面积50平方公里,建成区面积25.7平方公里。——目前,开发区累计进区项目648个,就业人口6.24万人,初步形成塑膜新材料、纺织服装、食品加工、机械制造、电子电气五大主导产业。

摘自《某县2012年国民经济和社会发展统计公报》

第五章 文本短论

一、《王城如海》：叙事的张力与文化驱动

《王城如海》有着特殊的小说形式感与思想质地，堪称徐则臣（以至于这一代小说家）小说写作的新标杆。

这部小长篇故事架构并不宏大，而是极具现代碎片感（也可说是对当下中国社会文化历史感逐渐消弭、日益碎片化的呼应）。先锋戏剧导演余松坡从纽约回到北京，新导话剧《城市启示录》引发社会争议，纠结中偶遇因自己年轻时告发而入狱的堂兄余佳山，保姆罗冬雨及其弟弟、未婚夫也卷入其中。零零碎碎的社会生活与文化片段交叉闪现，生发出不同层面的思想与文化张力。

《王城如海》的第一重张力是小说文本与余松坡所导戏剧的相互交叉介入。余松坡旅居海外多年，最终回到曾求学的北京，不断遭遇当下中国的各种现实。余松坡所导戏剧《城市启示录》，讲述一位研究城市文化的华裔英国教授，曾在世界不同城市行走，转而来到北京后的各种遭遇。小说文本与所介入的戏剧各自有着

不同的艺术架构，但都指向同一个问题，即剧烈变动中的现代中国城市生活与文化。小说每章均以戏剧对话开始，戏剧与小说在人物与主题上不断勾连交叉，彼此互动而又深度介入，相互密切融合。戏剧与小说可以说是互为叙事文本的主客体，对城市与人的关系进行了不同层面的深度挖掘，形成了小说文本多元而深层的美学与思想意蕴。

城市生活是小说中不同人物共同的生存体验，不同的城市生活体验构成了小说意蕴的第二重张力。余松坡从乡村到北京求学，后又在纽约学习生活多年。戏剧中满肚子城市知识的教授更是在全球很多城市生活过，最终供职于伦敦一所大学。余松坡和教授不同的城市经验最后都聚焦于北京，教授来到北京做城市比较研究，余松坡在北京做戏剧导演。不同的城市生活体验凸显了北京在全球文化空间中的独特格局，架构出北京这座城市与时代、与个体极具张力的文化关系。保姆罗冬雨及其弟弟、未婚夫等从乡村抵达北京，在北京寻找自己的梦想，他们的城市生活体验与余松坡、教授形成耐人寻味的映照和对比，拓展了北京这座城市在中国、在全球的特殊性，使得小说对城市与人的主题呈现更加深入，此小说也可说是徐则臣北京系列的新转向。

第三重张力在于不同文化意象的相互映照碰撞，催生出小说主题的多重文化与思想意蕴。例如，既是小说叙事背景，也始终笼罩着小说叙事格调的雾霾。被出售的新鲜空气；无处不在的汽车喇叭声；余松坡夜游发病摔东西时所依赖的名曲《二泉映月》；余松坡收藏的世界各地的不同面具；能与人对话的猴子等等。这些意象是小说布设的一个个暗哨和伏兵，雾霾、装新鲜空气的塑料袋、汽车喇叭声，它们是今日北京现实与问题的重要表征，也是存居其中的所有个体每天都要迎面撞上的现实。《二泉映月》、面具，它们是余松坡内心罪与罚的写照，是当代人的悲哀与忧愁，直接拷问每一个体直面现实的孤独与难堪，可以说是当代人的忏悔录。从印度来到北京的猴子，它能与教授儿子语言沟通，在它身上埋伏着当代人的生存困境。这些意象之间，这些意象与小说主题，构成强烈的张力关系，小说的思想性由此不断彰显生发，延展弥漫。

艺术形式、主题思想与美学意象不同层面的张力关系，相互紧密咬合（而非貌合神离地介入），构成《王城如海》审美呈现的重要动力。城市问题及其相关文化思考由此成为小说叙事推进的基本内驱力，这种内驱力是读者阅读时步步紧随，探究自我与城市关系的一种魔力。不同形式的张力构成了小说与读者无须言明的多重约定，这种约定通过多重张力关系架构的文本，链接着在城市（中国城市正日益趋同，写北京便是写中国，便是写所有的中国人）中挣扎生活的读者们，多重张力鼓动着读者以不同方式、从不同层面去审视反观所来之处，以及与城市生活的关系。文化思考的驱动使《王城如海》具有了颇为强大的思想信息量，再加上文本不时出现的戏剧前文本与潜文本、相对现实主义与先锋实验戏剧的不同论述，对网购、微信等当下性的有效呈现，小说四处激荡着直接切入当下生活的思想浪花。

由此来看,从艺术形式到文本主题,《王城如海》有着不同层面的叙事复调,复调性的思想主题、人物形象既表明徐则臣(及其一代小说家)已具有吸纳不同资源并化而用之的艺术功力,也显示出他们(以碎片化的现代日常生活体验生发的文学文本为突出表征)已经是具有了新的美学风貌和主体意识的新一代作家。这一代作家不再像传统现实主义作家,他们不再以人物性格及其命运为叙述动力和主题取向,转而以知识、思想、问题为叙事动力。徐则臣、张楚、弋舟、李浩,近来的双雪涛、班宇等,这一批作家在小说艺术形式与主题上都有一种由个体确认、碎片化的日常生活体验生发出来的主体意识,他们以此与20世纪80年代走来的一代作家区隔开来。

因此,如果抛开基于出生年代的70后、80后的代际划分,从艺术风格、主题呈现、思想表达、美学风貌等角度考察徐则臣这一代小说家,他们的小说主题与思想来源于碎片化的个人日常生活体验,艺术形式也从影视戏剧等其他艺术中借用较多,形式上注重多元复合介入,契合着对这个时代生活片段的体验与感触,或许可以对他们给予新的命名,而非简单的70后、80后。

在此意义上,《王城如海》及徐则臣近期一系列小说堪称是当代中国小说叙事新特质的一个鲜明例证。

二、《青云谷童话》：开儿童文学新路

《青云谷童话》突破了儿童文学的旧有视域,以浓郁的小说故事性、相当的思想容量、有效的现实切入，拓宽了儿童文学的创作道路，但又不失儿童文学天马行空的想象，可谓是徐则臣文学创作的新拓展。

《青云谷童话》以"童话"命名，宣示着故事的传奇性。故事首先呈现的便是青云谷被上千条船包围时动物和孩子直面交流的场景。青云谷本是山川河流云烟人家尽皆美好的世外桃源，在闯入者创世集团渲染的"现代生活"诱惑下，居民们从世居传统小屋搬向高入云天的"青云福邸"。与动物"古怪"保持传统关系的古里、古远峰一家在现代生活的认同、犹疑、抵抗中，和动物们达成了一种默契，共同抵抗着标榜现代化之名的入侵者。如熊而似猩猩的动物古怪和孩子古里成了好朋友，他们言语心灵互通，彼此信任，守护着现实与精神上共同的青云谷。动物古怪在抵抗中被抓，与精通兽语的古里一同成为创世集团的赚钱工具。古里和动物们不断抗争、不断失败。在纪念前辈踏入青云谷的入口狂欢节时，动物们展开了对古怪等的大营救。就在此时，新建的高楼、纪念碑下奔涌出水，大水灾迫使青云谷里的人们大逃亡，重新寻找躲避灾难的出口，寻找到的却是迷失的原始入口。故事戛然而止，可人们该往何处？让你不由追问、思索。

就故事而言，《青云谷童话》涵纳着儿童文学的诸多元素，可谓不折不扣的童话。主角之一是像猩猩，又像熊的大动物古怪；一个可以与动物古怪对话交流，与之亲如兄弟的十二岁男孩；深藏大山、难觅行踪的睡神猫头鹰；深居简出、智谋多端的"智多星"

猩猩；动物们对耸入云天、光怪陆离的现代生活的犹疑抵抗；动物全体出动对熊猩古怪的大营救；青云谷云山缥缈、河川优美的桃源胜境；上千条外来船只与青云谷河流山川的强烈对比。这些童话故事主角们个性形象鲜明，故事场景新奇独特，携带着属于儿童文学的美好寓意，形成了极具想象突破的儿童文学要素，将读者带入遥远又切近的幻想境地，传统与现代交替之间的绝美天地，构成了孩子们想象世界的新奇空间。

在天马行空的童话故事中又包裹着正直、善良、友好等人类基本道义，并天然地嵌入了世界诸物友善、现代生活反思、自我处境审视的现代思想内核。十二岁男孩古里和似熊如猩的动物古怪平等友好的沟通交流，古里对古怪无比牵挂并想方设法救护，古怪对古里的相信与依赖，这显然会让孩子们体悟感受友善、平等与信任等美好的情感。古里父亲古远峰、祖父古瘦山在对待青云山动物和外来创世集团的态度转变上，显示出对自我生存世界的犹疑与认同、拒斥与抗争。尤其是作为猎人的古远峰对动物古怪的态度转变，昭示着现代文化侵入时人类对传统生活的自我反思，及对生存处境的新认知，闪烁着现代人文精神的光芒。孩子们的童真眼眸或也会因这种清晰的现代思想意识而重新审视与认知自我，《青云谷童话》便具有了与其他童话专注于孩子新奇古怪想象的不一样特质。

现代思想内核使这个小故事具有了超越一般童话的审美发散性，而在奇幻的故事想象中，徐则臣还镶嵌了青云谷外的雾霾、青云谷的新鲜空气、穿梭的电瓶车、到处的机器轰鸣与工人穿梭、专门拆房子的推土机挖掘机、被拆掉的旧宅老院、直插云天的高楼、电视机收音机发电机等生活细节。这些故事场景让孩子们关联审视着每天迎面都要撞上的现实生活，也使得《青云谷童话》具有了现实有效性和强烈的人文意识。如果说现代意义上的儿童文学（或童话故事）必须以类似玩具般的儿童娱乐功能为主要（甚至是唯一）目的，必须以唯美想象或戏谑乖张的审美为主要动向（而无须关注，甚至特意规避现实），那么不得不说徐则臣在小说向儿童文学的创作跨栏中犯规了。但正是因此，《青云谷童话》具有了极具现实效力的文化突破，让儿童文学（或童话故事）具有了相当强的现实有效性和思想驱动力。当孩子们在弥漫的沙尘暴与雾霾中戴着口罩，走在到处拆迁、机声隆隆、高楼林立的街巷，读到青云谷山花鸟虫、蓝天白云中的机器轰鸣，显然会产生一种宽阔深入的现实审视与认知。这或许正是徐则臣《青云谷童话》所期待的。

如果说，徐则臣期待这篇童话故事具有如此的现实动能，那么势必突破了儿童文学固有的思想边界，是小说写作向儿童文学（二者均以故事为核心，具有内在共通性）传递的思想能量与新的审美精神。在小说与儿童文学间，其实贯穿着由古至今、从西向东所共通的一种普世价值，是全人类共有的一种思想精神，这也正是一个作家怎么写、写什么都应建基的根本立足点，是其文学创作的基本动力。由此来看，《青云谷童话》有着典型的徐则臣文学意识，即对生存与现实的根本思考。正因此，《青云谷童话》中的主角古怪、古里与徐则臣小长篇《王城如海》中的余松坡、罗冬雨、余果，青云谷的灾难与北京城的雾霾，形成了主题意蕴上的多元互动。这种互动是一个作家思想意识、文学观念根脉生发的不同分支的交叉，小说与儿童文学，创世与逃离，拯救与灭亡，便具有了共同的文学指向，那就是作为人类的我们及每天涉身的日常生活。

在这样的意义上，《青云谷童话》以现代思想内核、现实生活指向"冒犯"了儿童文学，这正是当前儿童文学写作的新突破，也是徐则臣创作路向的新拓展，是一个思想驱动型作家不断超越的有效行动。

三、《跑步穿过中关村》：漂泊者的忧思

如果不是当然的关系，或然地遇上徐则臣的小说，我想我也会留心于这样的小说的。起码这样的小说好读，易于进入，一句话就像锚甩向飘忽的岸，瞬间抓住了你，把你引入文字的青纱帐或是甘蔗林，让你进去欣赏无限风光。在当下的小说里，这很难得。小说家，尤其是年轻小说家不断地削尖脑袋玩技术、玩叙事、玩文字、扮酷装深沉。所谓先锋或是这个"后"那个"后"的小说，上来就"从前有座山，山里有个庙，庙里有个老和尚，天天在讲故事"，这样不断地玩圈圈。徐则臣的小说不玩这个，有传统的路数，故事好看、连贯，有一股顺畅的气息一直涌动牵引着你，这一点就已经让读者产生阅读的快慰，而不是硬着头皮探究，读完小说尽管已经满头大汗，却依然不知所云。

徐则臣的小说当然不仅限于好读，更为重要的是，读完一个小说，故事戛然而止，可以让你细咂慢磨地玩味的东西很多。躲在故事背后的思考像块石头一点一点地爬到心坎上来，形而上的意味十分浓郁。普通的读者也会从小说中生发出对当下社会和生活的百般感喟，感喟别人或者自己生活的无奈，或是对于漂泊状态的一生不尽的回味。

《跑步穿过中关村》无疑是有这样品质的小说，而且似乎这种品质在小说里十分集中，显得沉甸甸的。《收获》在2006年年终时刻，头条刊载了徐则臣这个中篇，让所有处于漂泊状态的读者，思索这一年来的过往和对来年的无际向往。从生活上、从思想上，这篇小说对读者都会是一种很好的启迪。

《跑步穿过中关村》叙事绵密，第一句就是敦煌出场的一声"我出来了"。我们的视线就一直被这个针脚牵引着，一针一针地随着敦煌往前赶线，丝丝相扣。直到故事结束，"吧嗒，锁进了手铐里"，一块朴实精密的老棉布扎扎实实地铺陈在眼前，那些针脚扎得你心里又疼又痒。阅读过程中，我始终保持着急促的情绪，从敦煌"出来"相遇夏小容，到与夏小容同居、卖盗版光碟，随后旷山与夏小容和好，敦煌找到七宝、与七宝产生感情，及至结尾，一个一个情节追赶着眼睛往前走，一气读完，有些喘不过气来。读罢仰脸望望窗外的太阳，觉得自己城市的空气与北京一样

第五章 文本短论 213

地压抑起来，那些曾经走过的村庄田野那么遥远，而又切近了自己的灵魂。

喘不过气来时，眼前却始终浮现出敦煌这么一个人来。二十多岁，确切的年龄谁也不知道，在外漂泊的人，卖假证盗版碟的嘴里，话语是没准成的。从农村出来，也曾读过大学，不知什么原因，没有工作，到北京"漂"起来。漂啊漂，什么样的事情一一经历过来，贩假证被抓住了，又放了出来，于是又卖盗版光碟。这样的人应该叫作"敦煌们"，不单是"京漂"，相应的故事会在"沪漂""广漂"们身上精确地发生。这篇小说中，敦煌"京漂"的身份弱化了，不再出现像《啊，北京》中对于首都的"北京是我们伟大的首都，我们爱北京"类似的感慨。敦煌的生活视野和背景被延展到广袤的中国，"那些卖碟、办假证的女人，孩子背着、抱着，当众敞开怀抱奶孩子"，这样在中国大中城市随处可见的景象，为这篇小说开放的思想内容提供了宽广宏阔的容量。

中国城市化浪潮像一波又一波的大浪把中国乡村诸多有知识没知识的人，一同赶到了城市的沙滩上。农村城市化和农民工问题随着国家经济体制和市场化一直被关注着，这一题材的小说在一个又一个作家的笔下呈现出繁复和密集的状态。但是真正能够让读者心里震颤的不多，真正对市场化和城市化进程中农村农民问题的丰富性和复杂性做出深刻揭示的不多。而当前中国文学面临着繁复的现实问题，现代化以及现代化之中的农村和城市、农民和市民的最终命运，始终是中国文学和思想界棘手的问题，同时也必然是当下文学隐在的魅力所在①。大多数小说家限于浅层视角，热衷于把读者拉入腌臜不堪的所谓的"底层"中，对这些人物的灵魂挖掘不够，也必然难以起到"现实主义"的现实思索和启迪作用。

不管是这个主义还是那个主义，小说最终仍然要脚踏实地，作家也应该脚踏实地，在实实在在的土地上呈现人物的生存状态和灵魂思索，最终"表现出对人性的理解的深度和塑造富有深刻内涵的人物形象"②。敦煌是个十分有头脑的青年，随潮来到城市追逐理想，挣钱不是他唯一的目标。但他会挣钱，他有自己的营销策略，他把卖盗版碟的广告四处张贴。他会研究消费者心理，把盗版碟消费人群锁定在研究生、大学生中。他还送货上门，并渐渐形成了自己的客户群。为了精通"业务"，他不断地看碟也看影评。这样聪明的"城市漂泊者"，若按正常生活轨迹定然会混出个人模狗样的。就这样，敦煌的碟片销售业绩已经远远地把早他出道的夏小容、旷山抛在了身后。温饱不成问题了，他和七宝也有了"生活透明起来的感觉"，有了"前所未有的八月"。但是这结尾稍现的亮光并没有阻挡漂泊者终将在城市遇上的厄运，毕竟这是别人的城市。敦煌为救旷山和已经怀孕的夏小容，代替旷山被警察抓住了，小说也就来了一个急刹车，戛然而止。这是"城市漂泊者"的宿命还是暂时的结局呢？敦煌进城的目标是什么呢？在城市立

---

① 张志忠：《也谈"当前文学创作症候"之根源》，《文艺争鸣》，2006(6)。
② 张志忠：《也谈"当前文学创作症候"之根源》，《文艺争鸣》，2006(6)。

足,荣归故里?他也否定了自己。旷山应该始终处于一种"望乡"而无法也难以"还乡"的复杂心理中的。

相对于旷山、敦煌而言,夏小容是个坚定的归乡者,或许是作为女性内心深处天然的母性,或者更渴望一种稳定的生活状态,从一出场夏小容期盼的就是结束在城市的漂泊无定的状态。夏小容和旷山的感情也因为旷山想在"他妈的首都混出个人样来"而矛盾起来,就在这时,夏小容遇见了敦煌,产生了一段漂泊的感情,二人感情维系的其中一点就是共同的"望乡"。敦煌似乎理解夏小容,"就是想有个家,不想再漂了,有个孩子,把自己再实实在在地放下来",这种想法或许是大多数无根的漂泊者经常会生长出来的想法,旷山立马呵斥这样的思想是"小农思想""小市民思想",并反问敦煌"回去还是不回去?"敦煌的结果是对自己"相当失望",他也是回不去的。

回不去的不单是敦煌,似乎更多的男人女人在离乡进城后都是回不去的,也许他们获得了什么物质上的东西"回去了",也许更多的是经历了城市里"黑的、凉的"风的洗礼,最终只能依稀回望和感觉老家那"黄的、暖的"风了。漂泊者始终会处于一种无定状态,还乡的也许只有身体,精神上也只能处在望乡状态了。这也是这篇小说给予现实的思索之最为动容处。

"知春里的那个女孩"在这篇小说中依然有着形而上的色彩,敦煌在城市里的命运或许最后也会像"知春里的那个女孩"一样,杳无踪迹地从城市消失,无人知晓她的来处和去所(当然,不排除寥寥的几个人也会发迹并荣归)。"知春里的那个女孩"在《跑步穿过中关村》里是徐则臣预先埋设的地雷,这颗雷恰恰击中了敦煌的心,也击中了在外漂泊的读者的心。敦煌在寻找"知春里的那个女孩"而不得时,想到了自己"哪一天突然不见了,活不见人、死不见尸",这是漂泊中对城市的惶恐和焦虑。敦煌的焦虑来自在城市天空下那个乡村卑微的身份,这种身份与不知来去的"知春里的那个女孩"有异曲同工之处。这也使他对沙尘暴落在北京的那三十万吨沙土的"唯一想法是,那能垒出多少个坟堆啊",这种无端的念想恰恰也是一种焦虑映照,若真是掩埋起来的,或许就会是多少乡村的灵魂和躯体。

《跑步穿过中关村》里埋藏了许多可以深入解读的珍珠,这也让小说蒙上了一层厚重的诗意。厚重的意味是在一种"吞吞吐吐"的文字之上展开的,徐则臣的文字有些粗粝老辣,就像《啊,北京》中经常出现的水煮鱼一样,鱼的丰富的营养和麻辣一同直穿肠胃、迅速抵达肺腑、抵达文字所要表达的意蕴深处。敦煌从夏小容家里流落出来,在大风里走走停停的一节仿佛一幅凝重的油画,"他就看风,看行道树——他发现大风经过树梢、地面和高楼的一角时被撕破的样子,和故乡的风像水一样漫过野地丝毫不同"。以及在沙尘暴过后在弥盖了一层沙土上写广告的一节,都充满了足以让人回味品读的意境。

从《啊,北京》到《三人行》《西夏》,徐则臣对"京漂"的锐利切入一直是受好评的。何志云认为徐则臣小说描写的是"计划体制下接受的意识形态信念以及情感归宿，与市场体制状态下严酷的生存现实，这一巨大的反差把'京漂者'推入的，既是迷惘的深谷，更是炼狱般的心理煎熬"[①]。这种评价当然是中肯的，但只是把北京作为政治意识形态的独特指征意义"首都"单列出来的，与上海、广州等经济发达城市截然分开，并将小说上升到计划经济与市场经济转轨等重大问题上来，似乎有些牵强。如果徐则臣陷入这种陷阱，只写"京漂"，成为"京漂作家"漂北京，那就显出作家的捉襟见肘了。徐则臣当然是有野心的作家，他在"京漂"之外的"花街"系列和一些哲学追问式的小说应该更为人称道，这些小说其实更能体现徐则臣小说的精神追求，只是由于"京漂"更为切近当下的现实生活，更与当前热潮之中的"底层"有关，才更被关注。

徐则臣当然不会在上述评论视野里打转转，《跑步穿过中关村》就是一个绝妙的范本，把小说中的北京换成上海、广州会有同样的阐释意义。在徐则臣小说中，最多出现的是出走、奔跑的主题或者意象，始终以一些出走的人或事为主线展开叙事。这种出走的背景站在世纪交替的时空里，经济与文化生活正在一条停不下来的高速列车上奔驰着。徐则臣就是在这样的时代背景下以离开本土的身份进入写作的。这种离开不难会让我们联想起其作品的出走主题和意义。我的思考是，在改革开放之初陈奂生上城是一

[①] 何志云：《"京漂者"及其故乡》，载徐则臣：《鸭子是怎样飞上天的》，北京，作家出版社，2006：3页。

种出走，这是最早的"寻找"式的出走，这种出走换来的是迷茫，是一种失落。这也是"文革"之后的中国最早离开农村前往城市的一种出走，这种出走具有某种探索意义，在城市中他体验了一把城市文明，这种体验具有某种开拓性的意义。而徐则臣小说中不停地出走的目的，我以为是寻找人生新的栖居地，肯定不是城市，回归乡村大约也是不可能的，究竟是哪里？应该在每个读者的心中。徐则臣对出走的解释是一种突围，对原有生活的突围。我想这种突围是要付出代价的，陈奂生付出的是自己的尊严。而漂泊者敦煌、边红旗、佳丽、小号、康斯博们（《啊，北京》《三人行》等中的主要人物），无疑也付出了沉重的代价。

跑步穿过中关村去卖碟的敦煌、夏小容，也同样在你我身边。他们年纪轻轻，接受过中等或者高等教育，从乡村出来，在城市化、现代化的浪潮里，穿过乡村、穿过田野，来到并将穿过北京、穿过上海、穿过中国每一座城市。或许在城市里居住下来，或许会始终漂泊。

四、《午夜之门》：中国意识的可能

改革开放以来，当代中国文化依然在西方文化和中国传统的纠结、互动、冲击中艰难前行，文学界也有鲜明反映。80年代初，西方文化大量进入中国，"寻根文学"开始立足民族传统，以文学方式进行着审慎思考。这种中西文化的纠结、互动一直延续到思想界"新左派"与"自由派"的论争中。在林林总总的文化争论中，不少作家在思考中国小说该怎么写、写什么，从"先锋文学"到"新写实小说"，都是这一思考的结晶。这些作家或自觉吸纳西方文学资源，或反向求诸传统资源，在中西互动中，以不同方式，推动了中国小说的变革发展。21世纪起，中国在亚洲乃至世界政治经济舞台日益扮演重要角色，文学文化随之遭遇多重影响。消费文化博兴、网络文学崛起、"写手"大量涌现、浅阅读流行、作家中产化等，使得作家对中国文学如何发展的思考逐渐减弱。在文化交汇互动的背景下，21世纪文学是否有"中国意识"、有什么样的"中国意识"、如何呈现"中国意识"，或许应成为当下文学发展变革的重要考量指标。

　　文学的中国意识不是浮于传统文化表层，不是传统文化的简单模仿或引用。"中国意识"应立足中西思想会通基础上，既有西方思想与文化的审视视角，又熟知中国文学的理念、技巧与发展脉络，进而在思想内涵、艺术技巧上创造独特的中国气象。中国意识是新文化语境下文学文化身份的凸显，也可以说是中国文学的一种"自我意识"。审视文学中的"中国意识"，可以从"自我"（中国）历史与传统中观照当下社会生活，更应在"他者"（西方）文化、文学系统下对中国进行审视。大致来说，文学的中国意识应由小说本体、文化本体与经验实感三者合力建构。可以说，21世纪文学的"中国意识"是中国文化再造中的重大工程，势必对21世纪文学、文化发展起到应有的推动作用。

　　徐则臣小说可视为文学"中国意识"的切片来进行分析。徐则臣在大学教过美学课程,加之北大的学院教育,系统接受了中西方文艺训练,保持着自制、清醒的写作姿态,对小说艺术有冷静的思考。近几年,其小说写作量大质优,是21世纪开辟文学气象的年轻一代作家。作为当前具有思想活力的年轻作家,徐则臣既熟悉中国文学在市场和体制下的生存处境,因此与之保持清醒距离,又不过度迎合也非决然拒绝,而是按照当前文学文化环境尽可能保持独立思考。徐则臣精读了诸多西方经典小说,形成了独到的小说创作理念。他说"中国的小说应该有中国的样子——中国的好小说应该是根植于中国的土壤里的,什么样的泥土培育出什么样的花,它与世界上其他国家的必定有所区别";"中国可能出现的好小说应该是:在形式上回归古典,在意蕴上趋于现代"。[①]这些创作谈透出确切的小说"中国意识":"形式上回归古典"是对传统的尊重,"意蕴上趋于现代"则是对当下生活的直面、审视与深切思考。2008年初,徐则臣新长篇《午夜之门》出版,或是徐则臣文学"中国意识"的有效明证。

徐则臣小说的中国意识首先体现在主题模糊性与形式独特性上。《午夜之门》是徐则臣公开出版的第一部长篇小说,出版前四个部分先后在《收获》《上海文学》《作家》等杂志独立发表。四部分内容可分开独立成文,均有各自主题:《石码头》写少年面对死亡的个体成长;《紫米》聚焦朦胧的爱情和家庭伦理;《午夜之门》

[①] 李墨波:《徐则臣:小说在故事停止之后才开始》,《文艺报》,2023年11月1日。

写战争和人的命运;《水边书》穿越死亡和家庭纠葛,回归平淡生活。四部合在一起出版,从一个人的命运出发,串联起传统历史文化的漂泊与阵痛。徐则臣说,《午夜之门》是书写"带有个人体温的历史,一个人的听说见闻,一个人的思想和发现,一个人的疑难和追问,一个人的绝望之望和无用之用"①。这一主题显然带有中西交融的独特取向,既有从个体命运出发的现代普遍价值,也有本土历史气息,契合着意蕴丰厚的故事,透着强烈的"中国味道"。

《午夜之门》的"中国意识"还体现在小说叙事上。现代小说是西方本位的,中国现代小说是在跟随、学习西方小说路途上成长成熟的。中国小说要发展,少不了对西方小说艺术的熟悉、吸纳。当代小说家在不同程度上均有一定的学习借鉴,但如何融入中国叙事则是十分突出的问题,《午夜之门》在这方面做得比较好。整部小说开头至结尾,既有经典的现实主义取向,也在个别细节上强化了本土传奇性。此外,现代小说的一个重要功能是对生活的发现,发现的方式与途径有许多种,徐则臣的发现方式是"出走"。《午夜之门》的木鱼就是在"出走"。在历史与现代中的"出走"成为本土小说的新探索,在出走路途上,木鱼经历战争、爱情、友情。在此出走中,徐则臣审视了人的存在、人性的面向等世界共通主题。

徐则臣小说的中国意识还体现在浓厚的诗意氛围营造上。《午

---

① 徐则臣:《第六届"华语文学传媒大奖"专辑——徐则臣的获奖演说:历史、乌托邦和文学新人》,《当代作家评论》,2008(3)。

夜之门》中，木鱼、花椒、沉禾、红歌、马图，人物姓名带有传统文化韵味；石码头、花街、蓝塘、运河等地名显现了浓郁的本土空间意识；米库和运河上的行船以及诸多生活场景一同构成了令人印象深刻的古典图景。徐则臣对这些审美标符进行了精心营造，语言清丽秀美，接通了中国意象诗学。与此同时，故事与战争、爱情和人的命运纠结在一起，使得小说既有古典性，也有当下性，更有丰富的现代意蕴。

可以说，20世纪中国的核心主题是"现代化"与"现代性"，尤其是从80年代起，随着改革开放，经济快速发展，中国逐步进入全球化轨道。随着经济与文化全球化，"当代中国人的审美形态日趋'全球一体化'"[1]。顺此趋势，中国传统文化审美如何保存并在外来冲击下有效发展，应该是中国文学思考的重要命题之一。徐则臣体认到中国文学的独特性，他认为，"中华民族总体上不是一个以抽象思维见长的民族，悠久的文化传统对我们接受习惯已经部分地做出了选择。——在短时间内，十年、二十年，乃至一个世纪，中国人大概都很难从整体上扭转思维和审美的惯性。——文学必要在自身的传统里生长，中国丰厚的古典文学遗产必然成为当代文学发展的最重要的源头活水，忽略和排斥是十分不明智的"[2]。这是徐则臣立足中国文化对小说"中国意识"的明确诉求，是中国作家对小说艺术发展路向的觉醒与思考。可见，徐则臣对

---

[1] 尤西林：《审美共通感与现代社会》，《文艺研究》，2008(3)。
[2] 李墨波：《徐则臣：小说在故事停止之后才开始》，《文艺报》，2023年11月1日。

第五章 文本短论

"好的中国小说"形成了自己的思考并实践经年,这无疑具有前瞻性。这种前瞻性是中国文化自信重建的开始,是新背景下小说艺术本土化的积极思考。

就此而言,中国文学如果要和以诺贝尔文学奖为代表的西方文学对话,首先是自我必须具有可以对话的话语能力,既要抛弃盲目激进的现代西方艺术思潮,也应诚恳从传统文化中寻找思想、审美资源,就是要促成小说思想资源和文本表现上有效的中国意识。以徐则臣为代表的一批年轻作家在这方面做出了有效的努力,他们的思想资源和文本表现透出了鲜明的"中国意识",或可以看作与世界文学对话的开始。

全球化背景下,各个国家的文化差异逐渐缩小,强势文化从各个层面或隐或浅地抹杀文化差异。或可以说,中国小说是中国文化崛起的一个方面,以小说一斑窥全豹,势必对中国文学文化全面发展有所启发。从日本作家获得诺贝尔文学奖来看,日本经济发展带来文化繁荣,扩大了日本文学的国际影响、世界声誉。反之,诺贝尔文学奖也有效提升了日本文化形象,推动了日本文化的全球流布。二者相辅相成,强化了日本国家形象的世界地位。从这个角度来看,中国文学是中国文化建构的当然内涵,有效的中国意识建构当会促进中国文化的世界认同。徐则臣《午夜之门》中弥漫的中国意识为"好的中国小说"树立了榜样,可以视为中国文学面向世界建构的新起点。

第六章　访谈与对话

一、我一直想着这场封门的大雪

1.考不上大学，我要么当兵，要么当卡车司机

李徽昭：先谈谈你早年上学的经历？你有篇散文叫作《去小学校的路》，写得很动人。你读的是村小还是乡中心小学？状况怎么样？

徐则臣：是村里的小学，公办的村小。一个年级两个班，每个班四五十个人。

李徽昭：现在村小已经拆了吧？

徐则臣：学校没拆，但已经移到另外一个地方了。

李徽昭：现在村里面有小学的太少了。

徐则臣：村子大的应该有吧，前几年还有。

李徽昭：那你们村确实很大，大多数村小早就被撤并了。你在村小时最深刻的记忆是什么？快乐的或者悲伤的。

徐则臣：现在回头想，我记得更多的不是学校里面的事，而是学校外面，学校跟野地之间发生的事。比如上学路上碰到的人情世故。因为年纪小，对大自然，对一些神秘的东西都抱着既恐惧又好奇的心理。我的好几篇小说，都与上学或者下学路上遇到的事物有关，比如空心的大柳树，跳动的鬼火，还有一些稀奇古怪的梦。我梦见过学校外面的垃圾场，那时候扔垃圾就直接从围墙里面往外扔，围墙外自然就成了一个垃圾场，很多坏掉的算盘、教具，都扔在那地方。有一夜做梦，我在垃圾里寻宝，突然一个算盘跟长腿似的从我后背爬上来了，算珠像一排排滚动的车轮子，突然就把我吓醒了。因为恐惧，那一整天我的脑子里都转着这个梦。结果，怕什么来什么，第二夜这个梦竟然接着做了，我又在梦里看到一个算盘。我在梦里想，上一个算盘已经爬到我身上了，这个是绝对不能再碰了。

我还看到过鬼火，一个圆溜溜的大火球，在野地里飞速地跳跃，把我们吓得一路狂奔。我写过一个短篇《如果大雪封门》，就源于我小时候的经历。有一次雪下得特别大，我一早开门，发现门被封了一大半。我跟我姐上学，只能一人拿一把锨，一边走一边铲出一条路，一直到学校。后来多年里我一直想着这场封门的大雪，有一次我跟我妈说起来，我妈说哪有这么大的雪，是我记错了。我就对封门的大雪有了执念，一直想亲眼看看大雪如何封门的。于是我把执念转移到了小说中的放鸽少年林慧聪身上。

李徽昭：你有对小学老师的深刻记忆吗？或是你在学习中感

到骄傲的事。

徐则臣：小时候我的语文不错，经常考第一。说语文改变了我的命运，不算夸张。五年级时，我们班的语文老师是学校的副校长，有一次他出去开会，因为我的语文好，就让我给同学讲语文试卷。讲完了，我把样卷送回他办公室，正好他开会回来。我进去时，老师们正在聊天，有位老师的女儿要到另一个学校去参加小升初考试。我们村是个大村，只有一个初中，周围几个村子和我们村是一个学区，都在我们村念初中。正常来说，我们应该从村小直接考进村里的初中，但这个老师的女儿要跨学区到另一个学校考。

李徽昭：当时村里的初中叫联中。

徐则臣：对，但跨学区考就能直接考到镇中学，镇中学比联中好。我就问语文老师，我可不可以也去考？老师说，报名马上结束了，时间很紧，要考得赶快回去征求爸妈意见。我放下试卷就往家跑。当时是麦收季节，"双抢"，忙得要死，我爸妈正拉着一平板车的麦子往打谷场上走。我对我爸说，老师让你现在就去学校。我爸说再着急也得让我把麦子拉到打谷场上。我都急哭了，说不行，现在就走。我记得特别清楚，当时正在下坡路上，前面就是我家菜园子。我爸把麦子放到打谷场，就跟我去学校了。具体怎么说的我不清楚，反正过段时间我就到另外一个学校去考试了，考上了我们镇的中学。

李徽昭：就是青湖镇中学吧？你读初中时不是住校生吧？我

曾在你的文章里读到过，你当时住在医院里边。

徐则臣：初一不让住校。我爸是医生，就托人在镇医院找了间屋子，就跟集体宿舍似的，一间屋住三四个人，都是医生子弟。

李徽昭：在学校吃饭还是自己烧？

徐则臣：中午在学校食堂打饭吃。晚上不一定，有时候会在学校吃，就是馒头、咸菜、汤。炒菜一般中午才有。或是晚上回医院，吃煎饼一类的东西。有一阵子也买医院食堂的菜吃。我们住的地方隔壁就是医院食堂，师傅姓陶，因为给医生做菜，菜好，当然也比较贵。陶师傅最常做的菜就是豆芽炒牛肉，我特别喜欢吃。宿舍几个人，一人两块钱，凑起来买一盘菜吃。

李徽昭：青湖镇中学的教育状况怎样？

徐则臣：还不错。那时候在镇上，只要是人才，基本上都留下来了。现在都往发达地区走了，比如苏南。县里面有想法的、有点闯劲的老师，据说走了不少。

李徽昭：初中时让你印象最深的事情是什么？

徐则臣：初中阶段我的英语不错，那会儿记忆力极好，一篇英语课文读三遍就能背下来。英语老师如果不在，都是我替她辅导同学，我的音标就学得挺好。

李徽昭：初中让你印象最深，或比较重要的事情有哪些？

徐则臣：中考问题让我比较纠结，到底是考中专还是考高中。

李徽昭：这会导向不同命运。

徐则臣：我们这代人都差不多，成绩好的孩子基本上都考中专去了。

李徽昭：考上中专就有了铁饭碗。

徐则臣：对，现在的年轻人无法想象"铁饭碗"这个词对那时候的农村孩子有多大的吸引力。当时我爸说，你确定要考高中？万一考不上大学怎么办？我说考不上我就去当兵，或者当卡车司机。我姑父是开车的，我羡慕能开着车到处跑的人，姑父总能带来很多远方的消息和好东西。

李徽昭：然后家人就同意你考高中了？

徐则臣：同意了。因为很小就一个人独立生活，我爸妈也习惯了不干涉我的决定。

李徽昭：这也是一个关乎命运的抉择。

徐则臣：的确，是很重要的一个人生决定。刚才说小升初考试，无意中在办公室听到的那个信息，对我来说是一个转折。这个决定是第二个转折。

李徽昭：某个关口，偶然因素就足以决定命运的走向。后来你就考上东海中学读高中了？那时考上县中很不容易，特别是像乡镇里边考上县中的就更少。

徐则臣：对，东海县中初三加上复读班一共五个班，考上县中的没几个。

李徽昭：当时考上中专的同学，他们现在的生活都是什么样的？

徐则臣：大部分应该都在东海，中师毕业的做老师，考上技校的到厂里做工人。

李徽昭：高中阶段你住校了吧？

徐则臣：对，有一阵子我神经衰弱很严重，没法住校了，住在我二姑家，他们有一个空着的小房子。后来我姐在县医院实习，我跟我姐就租了一个房子，离县城大概几里路，每天骑自行车往返，早晚自己做饭吃，中午基本上不回去，就在学校吃，吃完了就趴在桌子上眯一会儿。

李徽昭：高中阶段是不是已经跟文学发生关系了？

徐则臣：高二开始写第一篇小说。

李徽昭：怎么这时候写起小说了？因为神经衰弱吗？

徐则臣：也不是，那时还没那么严重。我写小说，跟张小路有关系。

李徽昭：你们在青湖读初中时开始往来的？

徐则臣：是的，他后来也考到县中，我上高一时他上高三。他那会儿喜欢写东西，也喜欢抄东西，他的字很好，抄完会给我看。他抄过张承志的《静夜功课》，我最早看这篇文章就是他抄的。

李徽昭：你们是家里边很熟悉的吧？

徐则臣：不是。我在青湖医院借宿的时候，有个室友跟他原来是同学，我就通过室友认识了张小路。他家是镇上的，有很多文学方面的书，我们俩慢慢就熟悉了，我经常跑到他家玩，经常从他那儿找书。二十多年了，他家人还记得我的小名。从他那里，我觉得——

李徽昭：朦朦胧胧地跟文学发生了关系。

徐则臣：我觉得文学跟我的距离没那么远。我在书上看张承志的东西，会觉得这个作家离我很远，但一个我身边的人，用笔一点点把张承志的东西抄出来，我就觉得这个作家跟我的距离近了。小路兄那个本子除了抄东西，偶尔也写点自己的文字，我觉得挺好玩，也开始写。正好高二刚分文理科，我们班上有人搞了个诗社，我不会写诗，但挺羡慕，所以到高三我就开始写诗，写了很长时间，天天读《诗神》《诗潮》这些杂志，每期都买。高中阶段对我来说，最重要的是读书，另一个是各种兴趣，练书法、刻章，我爷爷是卖字的，我从小就跟着写，从高中有了书法的概念，开始看《硬笔书法》《中国书法》《书法》一类的杂志，正儿八经、有意识地练字。

李徽昭：在学校图书室里看吗？

徐则臣：在学校旁边的邮局里买的。还买《辽宁青年》一类的杂志。

李徽昭：那时特别风行《辽宁青年》。

徐则臣：还有集邮，我省吃俭用，攒下的很多钱都用来买了邮票。

李徽昭：青年人都会有不同的苦闷。现在看来，高中时有没有你觉得比较难过的事？

徐则臣：我那时候神经衰弱特别严重。神经衰弱的一个特点就是别人都在睡觉，我却睡不着，白天精神不好，一看书头就疼，整个人很绝望。每天下晚自习，我会一个人骑自行车往回走。我姐租的房子，在县城北边三四里路远的一个村里。我每天晚上都能感到彻骨的悲凉和孤独，一个人骑车，一边骑一边流泪，我也不知道难过的到底是什么。路上经常乌漆嘛黑的，没有路灯，突然一辆大卡车亮着大灯冲过来，呜呜呜地呼啸而过，在黑暗里也看得见飞扬起来的尘土。有时候晚上下雨，我姐会给我送雨衣雨伞，放在教室窗台上，如果快下晚自习，她就在附近等我。通常都是我一个人骑车回去，尤其天不好，经过路边的人家，看到窗户里投出的温暖灯光，让人更加绝望，觉得这辈子已经完了。最后我想算了，不念了，跟身边很多人一样，早早结婚，过上窗户里面透出温暖灯光的那种平静生活。我觉得我这辈子所有绝望的指标都在那段时间里用完了。后来不管遇到什么情况，我都没有绝望过，跟那段生活相比，再大的困难都是一马平川。

2. 当年《狮城舌战》那本书，我都翻烂了

李徽昭：一般来说，我们这些农村孩子，能考上淮阴师专也算不错，毕竟脱离了农村，但你却觉得很不理想。

徐则臣：我觉得考砸了。第一年考上苏大的一个经济贸易类的专业，那时候经济很火，大家都不懂，稀里糊涂的，全报。通知书下来，我才觉得不行，这专业我一点概念都没有。正好几个同学平时玩得不错，对学校或专业也不满意，都不愿意去念，几个人就相约复读。当时我还动员王广州（现供职于安庆师范大学）

也去复读。

李徽昭：你跟王广州是同班？

徐则臣：高中同班，我们关系一直很好。广州其实理科挺好，我想上文科，就硬把他给拉到文科去了，分在一个班可以继续一块玩儿嘛。我之所以报淮阴师院，那时候还叫淮阴师专，是因为王广州已经在那里读书了。

李徽昭：我有印象，他比你早一年上淮阴师专。

徐则臣：当时我说，你别念了，我们一块儿复读吧。他不愿意复读，就去念了。那时候没有手机，主要靠写信。第二年，我给他写信说填报志愿的事。我从上到下报的全是法律，第一志愿报的南大，班主任觉得问题不大。广州说，如果你真落到淮阴师专，我们还能继续做同学。我就填了，结果真给他说中了。

李徽昭：进淮阴师专后，你有没有脱离农村的感觉？

徐则臣：没有，我觉得一点儿新鲜感、兴奋感都没有。很失落。

李徽昭：是不是因为你复读时成绩特别好啊？

徐则臣：也没有特别好，但就是不甘。所以考上后，我一声不吭。那时候农村孩子能考上大学，亲戚朋友都会来庆祝。我跟我妈说，所有人一概拒绝，亲戚也别让来，凑份子啥的都免掉。我当时一点都不觉得这是一个光彩的事儿，所以到学校后我也不太觉得我是脱离农村了。

李徽昭：两个老人肯定认为挺好的吧，毕竟有了铁饭碗。

徐则臣：我爸我妈其实不是特别在意，只要我觉得满意就行。但我感觉挺失落的，心理落差有点大。

李徽昭：你是一定要上南大法律系，结果去了淮阴师专，很不甘。那你想考法律系的动机是什么？

徐则臣：就因为小时候看过很多《律政先锋》一类的香港法政电视剧，穿个法袍，戴着假发，侃侃而谈。在西方式的法庭辩论场景中，我觉得那些人的口才真是好。1993年的国际大专辩论会，复旦大学的——

李徽昭：蒋昌建——

徐则臣：严嘉、季翔、姜丰，那时候我觉得他们太牛了，我能把他们的辩词大段背诵，尤其是四辩蒋昌建的。2015年，我拿过《南方人物周刊》的"青年领袖"，蒋昌建是颁奖主持人，在台上，我跟他聊了几句，还说起这一段。那时候好像余秋雨评价他，其貌不扬，其知不少。还有台湾辅仁大学的林正疆，也是最佳辩手。当时《狮城舌战》那本书，我都翻烂了。

李徽昭：你看书的专一性是不是很强？为什么你会对《狮城舌战》这本大专辩论会的书如此痴迷？

徐则臣：我是比较轴的人，认准的事儿，轻易不放弃。除了法律，我都没想过我会念另外一个专业。

李徽昭：这也可以说明你考上淮阴师专为什么失落了。

徐则臣：进了大学我完全不知道该干什么，回不过神来。平常也不怎么认真听课，只有天天泡在图书馆里，很快一楼阅览室的老师都熟悉我了。

李徽昭：在图书馆读小说吗？

徐则臣：小说和各种杂志，《世界文学》《外国文艺》，基本上把所有的文学杂志全读了一遍。

李徽昭：你看杂志时有没有做笔记？

徐则臣：做笔记，读到写得挺好的地方就记录下来。在专业上，我应该比一般应届生要有优势。这也是我后来考北大，有自信的一个原因。

李徽昭：说起来很有意思，高考是很多人重要的上升通道，但你二十多年前考上大学，却很失落。设想一下，如果你第二年高考没考上淮阴师专，你现在的命运状况会是什么？一个卡车司机，还是其他的命运？

徐则臣：第二年，我觉得失败的可能性不大，我的成绩虽然歪歪扭扭，但总会有学上的。考上淮师后，我还在犹豫去不去，到底还复不复读，后来觉得还是要去，我的神经衰弱太严重了，心理压力特别大。高考前一天晚上，我几乎一夜没睡，还挂水，再这样下去身体根本搞不定，家里也挺担心的，那不如先念了再说。

李徽昭：假如连这个都上不了怎么办？

徐则臣：那我肯定就做卡车司机了，再后来可能会去做生意，我觉得我应该会是个很好的生意人。

3.悲壮的理想主义,跟我内心实在太像了

李徽昭:还记得你在淮阴师专期间第一次发文章吗?

徐则臣:应该是大二,在《淮海晚报》副刊上,发了一篇小散文,好像还给了十几块钱的稿费。

李徽昭:钱钟书的《围城》是你初中时候看的吧?

徐则臣:对,但后来所有钱钟书的书,能找到的我都看了,包括看得晕晕乎乎的《七缀集》《管锥编》。

李徽昭:他早期的小说,比如《人·兽·鬼》你也看了吗?

徐则臣:《人·兽·鬼》是必须看的。

李徽昭:这些小说跟《围城》还是不一样的。

徐则臣:刚看《人·兽·鬼》,理解得不是很深,早期看钱钟书我只停留在知识、智慧、修辞的层面。我大一的时候看"愤怒的二张"看得很疯狂,张炜、张承志,图书馆所有他们的书我都找来看。

李徽昭:实际上他们的东西不太好读,你喜欢他们的动因是什么?

徐则臣:我阅读起来没有任何障碍,像《家族》那种悲壮的浪漫主义、理想主义,忧患意识,跟我的想法非常接近。我当时就觉得,一个小说家,居然能把一个陌生人的想法知道得如此清楚,表达得如此之美妙,反正我也不知道干什么,不如就做个小说家。当然,那时候我已经开始写小说了。

李徽昭：那时候，像《人民文学》《收获》等刊物，你都看吗？最关注的刊物有哪些？

徐则臣：所有重要刊物我都看。

李徽昭：紧接着你就专升本到南师大去了。在南京期间，你跟南京作家有往来吗？

徐则臣：不多，几乎没有。

李徽昭：那南师期间，你基本上还是限于一个相对自我的空间。

徐则臣：对，我是插班的，也很难融入进去。但《薪火》杂志会跟我约稿。

李徽昭：这个时候看书的兴趣呢？

徐则臣：我有自己的一套按图索骥的方法，比如说加西亚·马尔克斯提到哪个人、哪本书，我会按照他说的，拐弯抹角地看遍。我看书从来都是逮着一个作家通读，当时想看伊莎贝尔·阿连德的《幽灵之家》，但淮师图书馆没有，后来在南师图书馆查到了，但一直被人借着，我就每周至少去找两次，希望它被还回来了，我能在哪个角落里找到它。

李徽昭：这时候跟南京的文学刊物有没有往来？有没有想过上门去看一看？

徐则臣：从来没有过，一直到北大，我都没想过、没去过任何编辑部。

李徽昭：这时候你的写作状态怎样，班上有没有其他同学在写作？

徐则臣：我那个班好像没有，但同届有两个女生写，然后就是比我低一届的李黎和赵志明，他们都写小说。

李徽昭：你当时跟他们有往来吗？

徐则臣：见过，但没有往来。好像《薪火》是他们几个人办的，会找我要稿子，文学社偶尔有活动也会叫我，但联系也不多，基本上都是稿子的往来。

李徽昭：这时候，你实际上有个明确去向，就是要回淮师，所以在南师的集体融入感就没有很强，是么？

徐则臣：不是很强，基本就是独来独往。

李徽昭：住宿也是插班生混住？

徐则臣：对，我们宿舍是混合宿舍，几个系、几个年级的混住。因为我从一开始就不是这个班的，我就是一个多出来的人。

李徽昭：回淮师教书期间，你兼做中文系团书记，我记得你带着学生办了个报纸，经常会送到校办，我在校办看到你"四个词"那一组的散文，我对《尘土飞扬》这篇的印象特别深。

徐则臣：在淮师念书时，我是起兮文学的社社长，教书后，就带着学生继续办下去了。之前我好像还出去找过钱，一个企业给了大概两千块钱，简单地印刷了《起兮》。铅印的，两页之间对折一下。

李徽昭：这份杂志是你们自己创办的吗？

徐则臣：好像是袁晓东、王广州他们创办的，我接手后做得更正式一些，社团也更组织化，建制也要完备一些，我就成了"起亍"文学社的第一任社长。

李徽昭：那你读书时就去外面拉赞助了？

徐则臣：我做学生时拉的，还给人家做了个广告。

李徽昭：你当时的意识很先进。

李徽昭：你是2000年到2002年在淮师工作，这时候你感觉学校和淮安的大致氛围怎么样？我记得考研的氛围还是蛮浓的，我当时也想考研，但因为我是单纯做行政的，学校不准考。你觉得当时做老师跟做行政的最大差异是什么？

徐则臣：我是一点都不想做行政，每天要坐班，而且早上太早上班，我起不来，经常吃不上饭，只能饿着肚子来上班，所以同事经常会带点东西给我吃。

李徽昭：小城市的氛围呢？

徐则臣：我那时经常经过水门桥、北门桥、大闸口，看看运河，小范围地出去跑跑走走。

李徽昭：所以淮师四年，可以说是一种隐在的东西对你产生了影响，比如运河，或是南来北往的场景。

徐则臣：对，还有老街，石板路，小碎瓦，跟我老家的市容市貌还是有点区别。老家绝对就是北方，淮安还有点南方的氛围。

李徽昭：那时的石码头，包括现在清江浦一带，很破落的，我记得中洲岛就破破烂烂的，啥都没有。

第六章 访谈与对话

徐则臣：对，全是小巷子、旧房子，大和堂也在那一带。

李徽昭：在牛行街嘛，我还带小孩去拿过中药。

徐则臣：我就是走巷子里钻进大和堂的。

李徽昭：就只有周末这样出去瞎转转吗？

徐则臣：那时候我没有自行车，基本没出去跑过。但不管是在淮师、南师还是北大，我的时间都抓得很紧，读书时间我一点都没浪费。没有屌儿郎当、无所事事，就是读书。南师期间，我唯一的校外生活，就是每周末沿着三路车的路线步行走一圈，沿途大大小小的书店，哪本书摆在什么位置，打几折，我全熟。我脑子里有一幅南京的书店地图。因为老是去书店，新书旧书都看，所以对文学的发展和现状比较了解，尤其是外国文学。

4. 在北大，方法论的知识对我影响挺大

李徽昭：你去北大考研之前，是不是跟曹文轩老师已经有联系了？

徐则臣：我给曹老师写过一封信。后来正好有个南师的同学考过去了，我就找到电话，给曹老师打了个电话，说想考研究生，曹老师说那你考呗。我问有没有复习书单或者资料，曹老师说没有，你所看到的都可能成为考题。我一想，没有书单更好，关键在于积累。如果有书单，那我下的功夫肯定没有应届生多，他们时间多，可以天天看资料。

李徽昭：北大的氛围跟南师、淮师的最大差别是什么？

徐则臣：主要差别在于学术氛围。去北大之前，身边的人很少聊福柯、德里达、萨义德，还有伊格尔顿、以赛亚·伯林，北大的同学说起他们就跟说隔壁老王似的。

李徽昭：可不可以理解为，在南师、淮师，你是以作品阅读为主，到北大以后以理论训练为主了。

徐则臣：开始注意理论训练了，在淮师教书时，所谓理论其实不是纯理论，而是评论、文学史这一块，西方各流派的文学理论看得很少。

李徽昭：这时候你的创作跟淮师时的差别是什么？是不是从题材上开始转向"京漂"了？

徐则臣：2003年开始写"京漂"，也是到北大以后才开始写花街。题材上开始聚焦了。之前也触及这样一个背景，但没把它命名为"花街"，2003年我写了一篇小说叫《花街》，2004年在《人民文学》上发表的。

李徽昭：《我们的老海》这些"谜团"叙事也是进入北大开始的吗？

徐则臣：那是到北大以后开始写的。

李徽昭：所以"京漂""花街""谜团"三块题材都是到北大后开始成型的。

徐则臣：有一部分在淮安时就开始了，比如《六根手指》在淮师就有了，"谜团"系列有一部分在淮师就开始写了。

李徽昭：在北大期间，跟文学编辑或作家也没有往来吗？还是局限于校园内？

徐则臣：基本没有。2005年毕业时，要去工作了，我去了《人民文学》，那是我去的第一个杂志社。快毕业时，跟《当代》的吴玄接触比较多，就是现在《西湖》杂志主编。

李徽昭：包括魏微，都是这一段时间认识的吧？

徐则臣：2002年我去北京以后，慢慢就跟他们认识了。因为吴玄当时在鲁院，导师是曹老师，他还在北大做过访问学者。陈继明也是这时候认识的，认识魏微，是跟曹老师一块儿吃饭，在蓝旗营一家馆子里，曹老师带我去的。他们是我最早认识的活的作家。

李徽昭：这时候跟曹老师上课，对你的影响主要是什么？

徐则臣：曹老师讲的主要是文学创作的方法论，《小说门》《20世纪中国文学现象研究》《第二世界》等等，这些对我影响挺大的，他的很多小说观念我都很认同。

李徽昭：当时怎么想起来要办左岸这样一个文学网站呢？

徐则臣：2003年都在玩网络，新小说论坛、新散文论坛、黑蓝等，我的散文《风吹一生》就是在黑蓝上发的，盘索看到这一篇，他挺喜欢，就站内私信我，说他想办一个网站，问我能不能一块儿搞？我说行，就搞起来了。他懂技术，又喜欢文学。

李徽昭：李云雷当时就跟你一起做了吗？

徐则臣：云雷是后来的。开始时就是一个原创作品网站，后来我觉得还是应该把批评引入进来，盘索说要不再找个人，我说那找云雷吧，我们俩是北大的师兄弟，我就把云雷拉进来了。很多北大人在网站上玩，后来邵燕君又搞了一个北大评刊，大家就以为《左岸》是北大的，其实和北大没什么关系，只是刚好几个北大人在里面而已。

李徽昭：这个网站有没有盈利？

徐则臣：没有任何盈利，纯粹是砸钱的。

李徽昭：办左岸对你的影响是什么？

徐则臣：当年办左岸的一批朋友，还有现在我们这一代的作家，很多都是从左岸一起玩过来的。

李徽昭：确实不少人都活跃在左岸，我记得当时跟不少人都有过交流。

徐则臣：张楚他们都在左岸上玩，当时大家分散在全国，网站都有聊天室，就在聊天室对话。大家（那时候还不敢说自己是作家）每人发一张照片看看，相互认识一下，有人问张楚想认识谁，张楚说，我想看看徐则臣长什么样。后来第一次见面是张楚来北大玩，从那个时候认识，一晃已经是二十年的老友了。

李徽昭：所以当时网络上的这些文学好友，感觉还是不太一样。

徐则臣：那时候很单纯，不像现在这样，人与人之间的关系变得特别地不庄重，很多事都做得很功利。

李徽昭：再谈谈学院教育的问题，你的研究生导师是曹文轩老师，他是典型的学院派小说家，你研究生毕业快二十年，已经算是功成名就了，为什么还要去北师大跟莫言老师读博士？

徐则臣：一个重要的原因是我的写作里有心虚的部分，或者说我想达到、但我力所不能及的部分，就是中国传统文学和民间文学这一块。在当下中国，如果想写出真正的中国式小说，做一个真正有意义的中国小说家，我需要补这两门课。自己看书、思考当然也能有所长进，但我觉得还是需要系统地钻研。莫老师在这两方面最有心得，创作实践也最为充分，跟他读书的这两年我受益良多。

李徽昭：本科、研究生这样系统的学院教育，对你创作的影响主要是什么？像沈从文、莫言老师，其实本身起点都很低，都是非学院派的小说家，但他们又都是文体家，都开创了各自的文学格局。

徐则臣：有些写作是本能式的，这类作家悟性、天资都很高，比如苏童，一起笔就能看出天赋。他即便不想刻意"表达"，也能表达得很好。也有的是后天教育训练出来的，就跟璞玉一样，不断雕琢，找到一个通道，打通了，潜能才一下子被激发出来，喷薄而出，天赋那部分才显现出来。北大或所谓的学院派，对我来说，就是让我做了充分准备，包括文学史的准备，学术训练的准备，培养了我的问题意识和眼界，让我能够很快进入一个相对自由自在的创作状态。我不敢谈天赋，我就是一中人之资，但如果"任督二脉"打通了，也可以做出点有意思的事。如果没有北大的学术训练，没有开阔的视野，只在一个小地方，我可能也会写得不错，但绝对不会是现在这样，对很多问题都能比较通透地认知，甚至有些还能超前那么一点点。

李徽昭：你觉得学院教育对你创作《北上》等作品的影响是什么？

徐则臣：第一是视野。第二，在写作定位上，我开始思考我的空间和可能性在哪里？我跟别人的区别是什么？既然你觉得我是个学院派，学院派就是我的一个优势，我就要把这个优势充分发挥出来。视野、格局，处理的问题都包括在内。我不能再像过去那样懵懵懂懂地随便写。

（本文系2023年9月访谈录音整理稿，由扬州大学文学院研究生朱芳芳整理）

二、写运河，我的确是修辞立其诚

1.越准确的细节，回到历史现场的能力越强

李徽昭：说到《北上》，你准备的材料应该很多，这样的题材，在资料来源、使用方式方面有什么不同？它跟以往资料准备的差异性在哪里？你早期的很多小说似乎不需要太多资料，像《水边书》《夜火车》等，更多的是个人经验或想象力。

徐则臣：过去也需要资料和信息，但因为日常生活信息的堆积和铺排，个人经验里的信息不会特别显眼。很多小说，尤其是反映当下生活的，如果换一个外国人来看，会发现里面的信息量其

实不小，也就是所谓的硬知识，但我们在读时，会觉得它就是日常生活信息，不会单独去注意它。如果要写一个比较专业的历史题材，虽然现实中也有似曾相识的地方，但整体又在日常生活之外，我就需要把这些硬知识给搞明白，不能出岔子，必须一一去确认。如果是写当下的一日三餐，吃什么，或者干什么，我心里很清楚，自然地写出来我就可以确保不出问题，但《北上》里的许多地方我不敢这样写。比如运河在某一个城市的流向，是从南到北，还是从北往南？写错了，就会贻笑大方。所以写作过程中，我有意识地把可能涉及的一些专业知识、历史知识，一些常识性的东西，给列出来，去查证，去做案头工作。比如小说里提到的雪茄，我需要去确认，那时候一个欧洲的中产，抽什么样的雪茄，才能跟他的身份相匹配？在1901年，有哪些相机是便携的？他千里迢迢从意大利到中国，长途跋涉，从南到北，不可能带着那种很大的东西。那时候能出现的便携相机是什么样的呢？有很多具体的细节必须要落实。一个鸡蛋，在镇江多少钱？到了扬州又多少钱？不能想当然地瞎说。我还写到太平猴魁，现在我们知道，猴魁就是绿茶一种，但那时候，猴魁非常珍贵，掌握做猴魁技术的人极少。比如荷兰郁金香，现在荷兰是产郁金香最著名的国家，荷兰当年刚出现郁金香时，一枝郁金香可以换一幅伦勃朗的画。这一块的知识，最重要的就是落实，借由一个个非常具体的信息回到历史现场。历史现场靠的就是细节，拥有的细节越准确，返回历史现场的能力就越强。

李徽昭：《北上》是在正面强攻历史，你以往写的小说也有历史书写，像《水边书》，但那个历史我觉得是不落实的，没必要落到细节性的东西上。

徐则臣：对，没法有针对性地落实，它是一个想象中的历史。

李徽昭：所以你的长篇其实触及两种历史，你如何看待《水边书》与《北上》中的不同历史，它们之间的关系是什么？对你的挑战是什么？

徐则臣：第一，大的历史框架。既要有自己对大历史的理解，同时，历史框架跟当时看到的、大家达成共识的，出入不能太大，一些基本事实、历史拐点，肯定得有，绝对不能胡编乱造，要相对准确，要能有充分的说服力。第二是细节，最大和最小的细节一定要有可信度。小细节上，要具体到一个物件、一个名词、一个称谓。然后恰恰是中间故事中人物跟故事关系、人物和环境的关系、氛围等，可以做合理的想象。

李徽昭：你觉得《北上》的历史处理方式，跟其他作家的历史书写有什么差别？比如二月河的清朝、《白鹿原》的民国。

徐则臣：我不敢说我处理历史的方式跟他们完全不一样，我也不敢说我处理历史的方式就是最科学的。二月河的历史小说，或者《白鹿原》，叙述历史的及物性，应该都没有大问题。它们大体的轨迹是符合常规认知的，细节上也没问题。但是宏大的准确跟细小的准确之间的这部分，我觉得我们是有区别的。

李徽昭：区别在哪里？

徐则臣：我觉得我虚构的空间更大。二月河的作品，还是历史小说，以历史为主。而《北上》只涉及了那段时间的历史背景，故事是以虚构为主的。我承认《北上》写了很多历史，但我完全不认同《北上》是历史小说，我只是把小说放在特定历史背景里来写，本质上我是在写一部现代小说。

李徽昭：历史小说是一种类型叙事。说开来，中国人都有历史情结，特别是河南、陕西这样文化资源比较丰厚的地方，史传传统影响大，对历史的厚重度很认同。我曾写过文章，谈及长篇小说审美与东南、西北中原地理空间位移的关系。你怎么看历史对于西北、中原长篇写作的意义？《北上》的历史处理方式与陕西、中原作家显然不一样，他们文本中的文学小于历史，而《北上》的文学大于历史，历史是附属于文学的。

徐则臣：中国小说有两个传统，一个是史传传统，史传传统其实在一定程度上是纪实的，对于纪实内容的要求和标准很高。另一个是神话传统，比如从《山海经》、唐传奇，再到《聊斋》《子不语》等。这个系统完全脱离历史，不对具体的现实、历史负责。《北上》可能更接近西方小说，就像你刚才说的历史跟文学之间的关系，从比例上来说，《北上》的历史是小于文学的，或者说纪实性是小于文学性的。而中原、陕西的作家，历史资源特别丰厚，处理的时候，追求文学跟现实、跟历史之间的对应关系，一定程度上本来就有大于文学与艺术的诉求。所以对我来说，只要基本的史实不出问题，我可以将文学的那部分尽情放飞。

2.引入一个差异性的目光来看我们的文化

李徽昭：《北上》里边的外国人形象，特别有意义。我最近看奈保尔的《大河湾》、马里亚斯的《如此苍白的心》，明显感觉他们的国际眼光、全球视野，好像非常自然、天然。故事人物在欧美各地游走，在殖民地之间往来，都特别自然。《北上》里，你写到外国人小波罗、马福德兄弟俩，在你的小说序列里，这两个形象比较特别，以往虽然也有一些，但都是提及而已，这两个外国人是直接作为主角来呈现的。你怎么想到让外国人来介入《北上》？出于什么动机，让它嵌入运河故事？《北上》以当代跟民国两块叙事并列，与两个外国人相关的民国故事更有冲击力，因为当代这块故事，某种意义上会跟你之前的小说有相似性。

徐则臣：奈保尔这样的作家，本身就是国际化的。所谓国际化，既包括身体意义上的位移，在不同国家间穿梭，全世界跑来跑去；也包含思维上的国际化，一个特立尼达人跑到英国去，然后又跑到非洲教书，再回印度去寻根，后来又去拉美，在不同文化之间闪转腾挪。当然他的寻根完全是批判的，不像我们抱着认祖归宗、朝圣的心态。他的整个生活跟我们不太一样，是生活本身使然。另外，也跟地域有关，整个欧洲就那么大，从一个国家到另一个国家，跟我们从北京到江苏，到湖北、浙江差不多。我们在一个大的文化体系里，这种大一统的文化，导致了我们之间的差异被忽略不计。但欧洲不是，欧洲文化里，某一语系、某一文化体系，因为各自独立、各自为政，会把自己的特征给强调和放大，所以会形成某种显著的差异性。我不认为一个英国人到法国或德国，他内心面临的文化撕扯，就一定大于一个江苏人到北京或福建的差异。我们有时候把国家这个概念想当然地夸大，觉得它一定比我们省与省之间的界限要分明、显著。对奈保尔来说，在心态上，我觉得他从一个国家到另外一个国家，可能就相当于我们从这个省到那个省。当然会有另外一种，很多作家写从第三世界移民到第一世界的人，其中的冲击就不局限于国别之间的差异，更重要的可能是贫富、身份认同、尊严的差异。你到另一个国家，如果不面临身份认同问题，不面临被排挤、被鄙视，你的尊严不受伤，那可能就没有太大问题。

中国作家，包括我们大家，都已经习惯了大一统文化范畴内的叙述。比如说我写一个客家人、一个满族人，如果细究，其实他们之间差异挺大的，但你就觉得他们都是中国人，是56个民族中的一两个而已，你内心里不会觉得他们有什么大差异。所以我觉得，欧洲作家今天在这国，明天去那国，天天跑来跑去，对他来说这就是一种日常生活。我之所以写意大利人、英国人，很大程度上是因为这种想法。其实我也把这些东西看得太重了，把国与国之间的区别看得特别重，有东西方的、中外之间的二分法在起作用，我当时是有这样的想法，所以才会让意大利人、英国人来，而不让一个日本人、韩国人来。这在选择的时候其实也是有问题的。对我来说，如果真挑一个外国人，为什么没挑日本人和韩国人、没挑越南人，而挑意大利人、英国人？在我们内心，已经不断建构起中西、中外之间的差异，而且我们讲中外之别，几乎就是讲中国跟西方，而不是中国和亚洲之间的差别。所以我就下意识地认为，只要引入中外视野，好像一定要是两个迥异的文化，或是两个完全不相同的人，这种差异性才能说明问题。

李徽昭：你现在是在反省自己原来的那种二分的、截然对立的思维。

徐则臣：对，但这个二分法也不是完全没道理的，因为我们不断在强调我们自身的文化独特性，也在不断强调我们之间的差异，所以我希望引入一个差异性的目光来看待我们的文化，这是我当时的一个初衷，所以我让小波罗介入进来。另外，在我看到的20世纪初的中国历史叙述中，真相全是通过我们自己的眼睛去看的，通过我们自己的嘴巴去描述的。我想，能不能有这样一个小说，通过别人的眼光来看，通过别人的嘴巴来叙述呢？那时候中国已经被"全球化"了，1840年以后，中国已经不是一个自足、封闭的系统了，已经被置于世界目光之下。如果要无限逼近那个时代的中国真相，仅靠中国人自己，叙述是不可靠的，至少是不完整的，必须有异质性目光、异质性叙述来做一种比较和鉴别，它才有可能更加丰富、立体，更可能逼近真相。如果我写历史小说，或者说我写一个特定时代，希望把这个时代搞得更清楚，我会有意识地去寻找一些异质性的东西，来审视或者反思我们那个看起来已经固若金汤的、铁板一块的历史认知，重新撼动那个主流叙述或者常规叙述里的一种历史结构。我一直有这样一个想法，现在你让我再去写历史，比如写一个有关明代的小说，我肯定不会老实巴交地去写一群看起来很像明代人的人，里面一定会有一个既是明代但又反明代的人，要有既置身其中又能出乎其外的有点儿格格不入的目光，起码是一种具有反思、审视、质疑意义的目光，来把他对这个时代的认识给说出来。对和错其实都不重要，重要的是有没有一种对超稳定、习以为常、习焉不察的历史叙述和历史结构，做一点儿——

李徽昭： 实验，或突破——

徐则臣： 或者是提醒，提醒大家，这件事有没有可能是另外一种样子？所以这个人一定要有，《北上》里面就是小波罗、马福德和布朗，他们担负的是这样一个角色，带着某种异质性的目光。就像鲁迅说的，他们的任务就是提醒我们——"从来如此，便对吗？"

李徽昭： 多个参照视角确实很有必要。从中西文化、东西文化的角度来看，应该注意的是，西方一直把我们当成一种异质性存在，比如西方把中国叫作远东，然后是中东和近东，在这个远、中、近的关系当中，学界认为有一个西方中心主义，是我们一直批判的。但我们其实也会从一个以东方自我为中心的视角来看西方，西方对东方有偏见，我们可能对西方也有偏见，这种偏见的内容我想大家都能感受到。所以《北上》中，你引入马福德、布朗、小波罗就特别有意义，像小波罗在运河上审视中国，也就是你所指认的西方视野里的中国，它与中国人的中国是不一样的。我最近重看了老舍的《二马》等小说，我觉得触动比较大，老舍等作家对西方文化的了解比我们深入得多，毕竟他在伦敦生活了五年，其中触及了很多中国偏见与西方偏见。所以就有一个问题，你让外国人进入中国故事，你如何去规避一种本位主义或者可能的偏见？比如说小波罗如此热爱中国事物，他真的热爱吗，他又在什么意义上热爱？他坐在船上喝茶，露出陶醉的样子；他到扬州去买雕版，进教坊。你会不会带着某种大家自认的西方人看中国的方式？你有没有能真正站在西方视角，而规避了一些中国日常认知的西方视角，还是你还在使用东方认为的西方视角？

徐则臣：我肯定希望能够写出一个相对独特的东西，但有时候就像你说的，你认为你已经拥有了一个异质性的目光，但可能你的那个异质性的目光也是想象出来的。这里面涉及一种认知跟真相之间的关系，但可能压根儿就没有真相。你说会不会存在一个意大利人这样看待茶叶和筷子的中国性？肯定会有，但你说会不会有跟它完全不一样的认知？也肯定会有。哪个是真相谁也不知道，有时候你刻意要避开的，可能恰恰是随大流，刻意反向也是一种模仿，也可能是一种流俗。但写的时候我的确希望尽量避开，而且在自己的认知范围内去避开。但最后到底避没避开，很难说，我只能说我尽力了。

李徽昭：我一直在想，我们这种东西二分法的根源到底在哪里？《北上》有意思的地方恰恰就在这里。"五四"以后，我们的中西问题是大于古今问题的，而在欧洲，可能古今问题是更重要的。

徐则臣：那得看从哪个角度看。对中国来说，古今问题是源远流长，几乎一以贯之的，即使后来出现了某些变异，它也是一个根本的东西。就像一棵树，长着长着，长变了，但你的经验是从根上来的。而在我们看来，东西方是两棵树。单一棵桃树，长着长着，二十年前结的桃子可能会跟今天的桃子味道不一样。但对我们来说，西方是一棵李子树，而不是桃树。

李徽昭：所以《北上》可以谈的问题很多，特别是近代民国这部分，不少人认为这种异质性、可读性、圆润度，是好于当代部分的，你在处理这两个部分时，有没有注意到这个问题？或者说你在处理近代民国部分时，你会有一种创造的愉悦感吗？

徐则臣：写近代的那段，我是大撒把的状态，完全沉浸在一个想象的世界里，是在一种氛围里面写作。而写当下时，因为它分布得比较广，涉及的块比较多，写的时候我老是担心写冒了，担心某一块内容过多，打破了整体的平衡，所以一直是收着写的。后来我觉得其实不应该收，应该放开来写。另外，因为近代民国部分提供的经验有别于当下，我们看的时候，如果一个读者要享受阅读的愉悦的话，他会觉得过去比当下好看，因为当下是我们身边熟悉的生活。熟悉的生活更难写，熟悉的生活也讨不了巧。

李徽昭：有些朋友觉得近代民国那部分阅读顺畅，因为它提供了一些新鲜的东西。

徐则臣：可能还有一个原因，它是大块的，你可以沉浸式阅读，阅读的愉悦感可能会不断叠加。而当代这部分，刚读到这里，一会儿又切换到另一块了，有时候你还没有真正有效地沉浸进去，又不得不跳出来。

3.现代人可能更看重精神上的困顿与疑难

李徽昭：我有一个小说结构的问题，从《耶路撒冷》以后，你长篇小说的结构感、形式感一下有了新的突破，或者说你形成了独有的长篇小说的形式感，是一种很强的结构方式和形式感，跟以往《夜火车》《水边书》那种相对现实主义的结构完全不一样。后来你的长篇形式也都各不相同，因类赋形，像《王城如海》《北上》就各有不同的结构，我觉得你是把结构作为长篇写作中一个非常重要的点来处理的。《北上》中，你怎么去处理结构问题？

徐则臣：现在这部小说写完也有好几年了，我有时候也会想，是不是可以换另外一种结构，更科学、更合理、更有效，但到目前为止我也没发现更好的。我要处理的是一个漫长的时间和空间跨度的故事。京杭大运河，1794公里，经过4个省、2个直辖市、18个地级市，这18个地级市在运河沿线都很重要，如果你每一个都写，一是过于平均，节奏太平均肯定不好看，阅读上容易疲惫。二是这样写，小说会无比漫长。而且不同地方，故事有可能会重复，我得把那个重复的部分提前考虑到。有些故事既要都触及又不能够重复，很困难。吃喝拉撒都在船上，人物和故事腾挪的空间非常小，关于运河的故事又很容易雷同，你怎么能在避免重复的同时，又能把各个历史时段、不同家庭、不同地域都能表现出来？所以就用了现代艺术里面的一种装置艺术的模式，所有元素往那里一放，让它们之间自行生成各种关系。

李徽昭：《北上》里还有人称的变换，比如说写到马福德时，用第一人称，但小波罗是第三人称。怎么理解里面不同的叙事人称？

徐则臣：在小说叙述中，第一人称、第二人称和第三人称的分量是不一样的，肩负的任务也不同。比如说第二人称一般都对应着一种反思、质疑、追问的角色。第二人称一启用，你就会觉得事情很严重。第三人称是一个比较平淡的全知的上帝视角，相对客观。所以，第一人称相对主观，而第二人称在追问、质疑、反思方面效果会更显著。

李徽昭：之前在很多访谈当中你也说到过，大运河从背景走到前台的过程与想法。实际上，从《耶路撒冷》到《王城如海》，到《北上》，贯穿着一个值得关注的主题，就是罪与罚的问题。《耶路撒冷》写很多人对景天赐之死抱着罪与罚的态度，《王城如海》有余松坡对余佳山的罪与罚，《北上》里面依然有，清江拖拉机厂唱戏的谢望和父亲与其堂伯谢仰止之间，也有一个罪与罚的问题，某种意义上，这个主题是偏西方的。而你小说中有关基督教书写也是比较多的。《耶路撒冷》《北上》都有。这个主题很少有人触及。

徐则臣：也有，但它不是一个主流，不适用罪与罚这样的概念去概括，而是经常被本土化地理解为因果报应。本质上这是两种概念，一种落实到世俗意义上，一种落实到精神意义上，一种相对形而下，一种相对形而上。中国人说因果报应，当年干了坏事，最后你把生活搞砸了，天网恢恢，疏而不漏，苍天饶过谁？表现在现世的不安稳和多灾多难上。而西方的罪与罚更多表现在精神上的苦难，寻找救赎和出路上。因果报应我肯定不陌生，但对于一个现代人，我更看重的是一种精神上的困顿、疑难和内心的不安妥。对我来说，现实的、物质生活的一些困难，它对一个人的伤害、摧残，远远赶不上精神上的困境。所以我写北京的那些小说，那些人物看起来一个个都五脊六兽的，但没有一个因为物质匮乏而离开北京，而是因为精神上、认同感上，身份认同和心理认同上，没有获得如期的结果，最终离开北京的。从来没人说我活不下去了，所以我要走。

李徽昭：是不是有一种西方资源的问题？如果以后有人研究，他们会注意到你小说中的基督教元素，比如《耶路撒冷》中的十字架。当你说到现代人，是不是就化为跟西方的一种互动关系，所以要借基督教元素来呈现这种认知。

徐则臣：相对来说，用宗教来表现比较便捷、有力。像《耶路撒冷》提到基督教的十字架，那是极具象征性的，它本身就是一个非常有效的符号。但到了《王城如海》和《北上》，我不会再用常规的、典型的象征，而是要把符号给泛化、稀释掉，融入日常生活里。我意识到，不能再用宗教式的符号，因为对于中国人来说，他并不一定把这些东西都寄托在宗教上，他的日常生活可能跟宗教完全不搭边，但这种宗教感或许是存在的，他不在宗教意义上去忏悔，但内心可能需要类似意义上的忏悔和救赎。所以我不再刻意强调，我也力图避开这种符号化的宗教书写。

4.物与人名都自带符号系统，且足够复杂

李徽昭：之前和你聊过，我觉得现在的长篇写作有一种转向物的趋势，其实《北上》已经有这种意识了，里边物的书写是非常繁复的，这可能跟你说的细节的落实有关，但里面物的能指性也非常多，比如说照相机、雕版，都值得我们去细究、阐释。写这些物的时候，你是怎么考量的？

徐则臣：每种物都是一个符号系统，每个符号系统都会引申或者辐射出很多东西。抽象地说，会辐射出很多意义，或者它自然就能生成很多意义。

李徽昭：里面写到郎静山的集锦摄影，还有孙宴临、小波罗，都与摄影这一技术关系密切。你怎么看这几个人物与摄影的关系？你怎么想到要把郎静山嵌入故事，又如何去阐释郎静山这个人物？

徐则臣：相机是小波罗的一个重要信物，由孙家传下来的。后来孙宴临作为画家，一直在拍照。这两者必须呼应起来，孙宴临手里必须有一个相机，否则这个信物就没法传承了。如果直接让孙宴临做一个摄影师，就太直白了。她继承了相机，但她是一个画家。她既然是画家，为什么要摄影？她的画跟摄影之间是什么关系？答案是相互融合。这个融合是现代的、西方的跟中国传统之间的融合。郎静山的照片，看起来又极具山水画特色，它是中西之间、古今之间、现代与传统之间的融合，这样一下子就顺了。运河本身也是这样，看起来非常本土，在功能上，它又可以从非常现代化的角度去理解。

李徽昭：四两拨千斤。

徐则臣：对，这些物自带符号系统，每一个符号系统都足够复杂，当两个符号系统交叉、交织的时候，它可能会产生1+1大于2的效果。很多人可能都没去对这件事较真，如果认真去阐述这个问题，可以发掘出很多东西，它们之间都会产生意想不到的关系。所谓的意义、意味，就是关系。你的关系越复杂，关系的意味和意义就越值得阐释，空间就越大、越丰沛。所以我说，每一个物都自带符号系统，包括人名。我为什么对取名字特别在意？有时会直接把地名拿过来，因为这个地名叫了若干年了，成百上千年了，它本身就已经成了一个丰沛的、自足的符号系统。

李徽昭：包括原来《水边书》里边人物用中药、食物名称来命名，《北上》里的人物命名，都是怎么来的呢？

徐则臣：仰山望和，这是谢家的。仰头看山低头望河（和）。北京有个仰山桥，我每次去机场，经过那里时我就想，这名字真好。简单的两个字，细细琢磨味道十足。有仰山了，得有另一个与之匹配。

李徽昭：望和是你自己想出来的。

徐则臣：是我把河水的河改成了平和的和。

李徽昭： 孙宴临他们这一家呢？

徐则臣： 我莫名其妙地喜欢这个名字，像是我在哪儿看过一个类似的名字。像邵常来，是一次开会，看见台上坐的一个人，叫常来。我觉得有意思，但又不能跟人家的名字一模一样，我就开始找各种姓跟它搭配，音韵上、平仄上、意蕴上，读起来要抑扬顿挫有感觉才行。李常来、徐常来就不好，邵常来就很舒服。

李徽昭： 还有就是周海阔的命名，为什么想到海阔呢？取自海阔天空吗？

徐则臣： 我是想把它跟水联系起来。

李徽昭： 也和谢望和形成一个呼应关系。

徐则臣： 对，不但海阔，其实河也阔，看起来有大气磅礴的感觉，而他恰恰主张在今天这个快时代要慢。本来是很开阔的一个名字，他聚焦的恰恰是一些小东西，非关家国的宏大事物，而是日常生活中的小细节小物什。同时，在这个一切唯快马首是瞻的时代，他主张慢，一定意义上慢也是快，所以这个海阔，名字里就自带一个辩证法。

5.很多人希望看见一波三折的爱情，但中年人的爱情很难这样

李徽昭： 你之前写男女情感时，都很细致，比如《青城》《西夏》《居延》的三种男女情感方式，《北上》里边也有不同的爱情方式。像马福德跟秦如玉的爱情，中外文化的差异，最后生死相依的情感，特别是马福德之死，非常壮烈。而到孙宴临跟谢望和，

很多人觉得，谢望和是个油腻的人，难道现代爱情就这么油腻吗？然后还有胡问鱼与马思艺。你怎么看待他们不同的情感方式？

徐则臣：肯定要区别开来。秦如玉是个传统的小家碧玉型女子，因为家破人亡，整个家都被烧了。既然有一个人喜欢她，她也喜欢别人，从一而终就很正常。

李徽昭：设想一下秦如玉喜欢马福德的心理状态。

徐则臣：她是一点点接受的。一开始肯定是不感冒，整个大环境在那里，她这样的一个女子，再叛逆也不至于跟周边为敌。但她生活单纯，接触的人也少，突然有一个男人如此天真、执着、尊严扫地地去喜欢她——

李徽昭：我们可以想象西方对待爱情时的某种态度。

徐则臣：这种态度在西方可能比较正常。但对中国男人，尤其北方人，很少会颜面尽失、死乞白咧地去追一个女人，她最终其实是被马福德感动的。但对如玉来说，不管是以怎样的方式跟了一个男人，她都把它当成了事业来做。

李徽昭：秦如玉就是这种情感方式。

徐则臣：她的天平慢慢偏过去，偏到了51%就没法再回来了。在那种语境下，对于那么传统的一个女人来说，一个男人要把自己的异国特征全部清除掉来做你的丈夫，做一个中国人，你夫复何求？当然两人的感情也的确融洽。

李徽昭：这其实是一种理想的爱情方式。

徐则臣：马思艺是另一种，在特殊历史时期下，特殊环境中，她的身世和血统既可疑又危险，所以她特别敏感，包括她的儿子，胡念之到底是谁的孩子，都是一个问题。这个女人一肚子秘密，又不能说。马思艺一辈子也没什么选择，只能保留着一种特殊的情感方式。孙宴临跟谢望和，很多人说他们……

李徽昭：比较油。

徐则臣：我写的时候一点儿也没意识到他们油腻，现在我也不认为他们油腻。两个人不是少男少女，而是接近中年的知识分子，对很多问题的思考都很清楚，喜欢就是喜欢，不喜欢拉倒。这种双向奔赴我不认为是油腻，而是经过了充分思考后的决定。可能大家更喜欢看他们一波三折的爱情，那是少男少女的爱情，中年人的爱情里缠绵悱恻和犹犹豫豫会少一些，两个人又都不是那种特别含蓄的人。两个人都是外向型的——

李徽昭：主要是孙宴临刚开始拒绝，后来直接到北京送上门去了，会有前后反差。

徐则臣：相当于卓文君直接跟司马相如私奔了，大家受不了直接上门。如果早几年，年轻的时候，我可能不会这样写，到了中年我觉得这样写没问题。

李徽昭：你怎么看待爱情中男性的动机与行动？特别是马思艺的情感，她的丈夫为什么可以无理由地容忍她？

徐则臣：你说到不同的爱情模式，还有爱情中的男人，我突然觉得有点开心。我想了一下，在这几段爱情里，每个男人都不一样。

李徽昭：确实是，包括《西夏》《居延》《青城》里面的爱情，我觉得还是有代表性的，所以《北上》的三种爱情方式非常明显，实际上不同的情感方式非常重要，但大家可能都把关注点放在孙宴临跟谢望和身上，没有注意到马福德、秦如玉，特别是马思艺，我觉得她的情感方式非常有意思，比其他人更有意思。

徐则臣：更有时代感，也跟她的身份比较匹配。

李徽昭：实际上她在处理情感时，更多的是处理个人认同、精神危机，以及个人跟时代的关系。

徐则臣：很多人觉得谢望和的爱情油腻，可能跟谢望和这个人有点儿油有关。但现实生活中，确实有这样的男性，都曾经沧海、阅人无数。孙宴临喜欢谢望和，既是孙宴临有单纯、纯粹的一面，也是因为谢望和的那点小坏。

李徽昭：你觉得孙宴临是纯粹、单纯的？

徐则臣：相对纯粹、单纯，反而谢望和对她没那么纯粹。孙宴临是个挺单纯的人，生活比较闭塞，长时间沉浸在自己的世界里，而谢望和上来就处理各种关系，处理他自己的小公司里同事之间的关系，到处去化缘。在一定意义上，他是一个活动家，一个文化掮客。这样的人很多，他也有让人肃然起敬的东西，但他整个生活呈现出某种解构的方式。

李徽昭：马思艺的老公——

徐则臣：他这种人在小地方和乡村很常见，看起来窝囊，但内心里把马思艺当成一个宝，当成一个外来物种，很珍惜，也因为他从小受惠于马家,的确有点儿还债的意思。

李徽昭：那种上辈家人之间的关联。

徐则臣：这种男人挺多,有的就委屈自己一辈子。我觉得这样的男人比较真实,尽管有点窝囊。

李徽昭：马福德呢?你怎么看待这个外国男人如此笃定地爱上一个中国女人,他爱的动机是什么?是青春与身体吗?

徐则臣：不是。

李徽昭：你在设定的时候怎么处理这个问题?

徐则臣：我觉得马福德是爱上了一种异质文化。可能一开始,异质文化就是他的一种情结,他是正儿八经喜欢运河。小波罗喜欢运河是个借口,他来找他弟弟,冒充运河专家,但走着走着发现运河真值得去热爱。

李徽昭：马福德是来当兵的。

徐则臣：他为什么过来?他父亲是搞贡多拉的,他在威尼斯遇到布朗,最后是他的运河情结导致他去当兵,他内心里有一种中国式的想象,这也是种文化想象。所以我写到杨柳青。这里有没有年轻人那种最朴素、单纯的情愫?肯定有,秦如玉身上的差异性、东方美,对他来说就是一个巨大的吸引,跟东方文化一样吸引着他。

李徽昭：三个不同的爱情方式,值得咀嚼的问题非常多。

6.我不认为相对圆满的结局就一定是坏事

李徽昭：回到一个外部问题，《北上》出版至今，你觉得有没有什么遗憾？

徐则臣：当然有。

李徽昭：如果重写，或者有机会修订，你觉得哪些地方还可以再调整调整？

徐则臣：两个地方。一个是孙宴临跟谢望和的爱情，我会铺垫多一点儿。现在大家觉得有点快了。写的时候，我确实没意识到这个问题，稍微再做一些延宕和铺陈的确会更好。第二个，我一直不觉得它是一个大问题，但有些人说最后全都聚到一块儿去，这是不是太巧合了？其实小说里已经提醒过，他们未必就是那几家人，可能是运河上来来往往的无数个谢家人、孙家人、周家人、邵家人之一，他们未必就一定是那几家嫡系下来的，可能碰巧只是同姓而已，或者说到底这就是一个虚构的故事。我最初构思，就是想写所有人聚到一块儿的时候，突然来一个反转，我告诉你这些都是虚构的。后来觉得这样有点花哨了，写到最后还是放弃了。

李徽昭：好像你在书里面提到了。

徐则臣：对，但很多人没太在意，因为很短几句话就过去了。

李徽昭：此前我们聊过这个话题，你以往的小说都是开放式的，或带有悲剧意味的结尾，但是这篇小说……

徐则臣： 是一个大团圆式的结尾。

李徽昭： 尽管你说有一些铺垫，但它不是开放式的。假如你重写的话，会不会重新设定？

徐则臣： 如果你让我重新处理，处理成一种开放式结尾，没有任何问题，我应该有这个能力，但我依然要保持这样一个结尾，这是我写这部小说的一个初衷。写到最后，我真真切切地觉得自己跟运河之间的这种关系——

李徽昭： 做了一个了结。

徐则臣： 对，运河之子。写出运河之子这四个字，我是发自内心的，修辞立其诚。我觉得这群人，或者说我跟运河应该建立这样一种关系。你让我改成一个开放式的，《耶路撒冷》那样的结局，没任何问题，技术上肯定能做到，就我对小说的理解上也能做到，但我依然愿意坚持现在的结局。我也不认为这个大团圆，或相对完满的结局就一定是个坏事。我无法否定自己的内心。不是喊口号，也不是宣传，确实是情动于衷。

李徽昭： 你是怎么想到用"北上"做小说标题呢？

徐则臣： "北上"这个题目从构思起就有了，但是否用它，颇费了一番思量。尽管犹豫，写作还是围绕这两个字展开的。京杭大运河从杭州到北京，不就是北上吗？虽然我是从无锡开始写的。

李徽昭： 这也是个问题，为什么从无锡写起，不是从杭州开始呢？

徐则臣： 从杭州开始写太死板。一个故事从早上8点顺时一直讲到晚上 8 点，有点儿傻和愣。为什么不能从上午 10 点开始讲呢？但 8 点发生的事我可以倒回头讲。所有该讲的地方，从武林门码头一直到通州，我都讲到了，但顺序可以有调整。这样小说不会太刻板，不会变成一个时空的流水账。

李徽昭： 涉及运河沿线各个城市的点，你怎么平衡？比如一些关键城市，淮安、济宁，好像涉及比较多。你怎么处理不同城市所占的叙事分量？

徐则臣： 杭州、扬州、北京分量也比较重，杭州和北京一头一尾，毫无疑问肯定要花大力气。

李徽昭： 我发现你的很多工作做得确实细，扬州段你写到天宁寺，我现在几乎每天沿着北护城河跑，天宁寺、石码头那一段，跟你写到的感觉真的很相似。

徐则臣： 突出写，是因为这几个城市相对来说更重要，在运河发展史上更有代表性。你看扬州，吴王夫差开邗沟就从邗城到淮安，可见淮安跟扬州必须要提。济宁是运河之都，治河衙门一度在这里。还有，济宁以北，后来断流了，从济宁开始变成死的运河，所以这地方非常重要，也必须花力气来写。写淮安，一是淮安重要，另一个是因为我对淮安的确很熟。

李徽昭： 也有情感在里边。

徐则臣： 有情感的东西在，写起来更顺手。写了这么多年运河，我真没有非常认真地写过淮安，淮安给予我这么多的滋养，我还没有做出相应的写作回报，所以也要还一个债。

李徽昭：概括地说，《北上》里，你最想解决的问题是什么？

徐则臣：我还是想把不同的目光引入小说，引入运河边，让不同职业、身份的人来看这条河。每个人站在自己的角度去打量这条河，除了国内的，还有国外的，那种差异性的目光本身就是意义。我现在越来越看重这种差异性的东西。

李徽昭：《北上》能看到你长篇探索的连续性。如果再写长篇，你要开拓的点在哪里？

徐则臣：运河，计划中我还会再写两部，一部可能是非虚构，另一个长篇故事的框架已经出来了。

李徽昭：大致的题材方向、故事内容是什么样的？

徐则臣：《北上》是用一种动态的方式写运河，沿着运河往上走，呈现的是流动的运河。下一个长篇，我会以静制动，聚焦一座城市或城市的一部分，展现这座城市的变迁，以相对静态的视角来看，以这个城市本身的变化来看整条运河的变化。也会有虚有实，把我这几年读《聊斋》的心得用进小说。我的预期是，这部长篇既有非常现代的东西，也有传统文学的叙事资源融入其中。

李徽昭：很期待，也希望能早日满足读者的期待。

（本文系2023年9月访谈录音整理稿，由扬州大学文学院研究生刘晨整理）

三、从乡村到城市，文学的穿越

1. 乡村能更好地帮助你理解生命

高山：今天这个话题非常应景，我大概了解了下，我们四个人青少年时代都在农村待过，然后奔赴城市，在这个过程中完成了求学，走上不同的文学之路。这个话题当中包含了四个关键词，乡村、城市、文学、穿越。我们就围绕这四个关键词展开一下。第一个，乡村生活对我们的文学道路到底有什么样的影响？

徐则臣：乡村、城市、文学、穿越，这是四个大词，也是文学里最重要的几个词。我是村里长大的，放了好多年的牛，所有农活都会干。所以现在谈到农村，很多人会奇怪，问我你怎么啥都懂，我说这东西不是学的，在这个环境里你自然而然就会，插秧、割麦、推磨、放牛等等。过去觉得生活在乡村，跟城市孩子比，吃了不少苦，亏了，但一写作，你就会发现你占了很大的便宜。这个世界有两块，一块是乡村，一块是城市，缺了任何一块都是不完整的。乡野是人类起步的地方，城市是我们追求的生活环境。但这不是单行道，不是说追求城市生活就无法回头了。但是现在我们的城市化变成了一条单行道，进城以后，乡村的东西就全甩掉了。从健康人生、健康生活的角度来说，乡村非常重要，跟自然、生命、天、地是联结在一块儿的。

文学强调丰润和弹性。如果你的小说里没有风景、没有自然，小说会变得干、硬，缺少弹性。一旦有了风景描写，有了大自然，小说就会特别灵动。大地上有河流、抬头有高天流云，半空有鸟，动物也有感情，也会流眼泪。经历过这些以后，你会发现乡村非常丰富。18岁以后，我离开乡村，一直到现在，二十多年过去了，我经常会有回到乡村的冲动。在城市里面是什么感觉呢？我举个例子，马致远《天净沙·秋思》描述的是，枯藤老树昏鸦，小桥流水人家；城市是另一个世界，钢筋水泥混凝土，高楼大厦咖啡馆。大家把两组放一块儿比较，你觉得哪一个更有诗意？哪一个更是我们想要的健康自然的生活？在哪里人可以更放松，把自己过得像一个人一样？大家可以感受出来。这也是为什么今天我们要去农家乐、去郊游，要带孩子，哪怕到城市高楼丛林间的一小块草坪上，去支一个帐篷，让孩子坐在草地上，其实就是这个道理。

乡村能帮助你更好地理解生命。不仅是人的生命，人的生老病死，还有其他各种生命。小时候我放牛，从一个很小的还在吃奶的牛犊开始训练，那会儿小牛没有穿鼻眼，控制它不太容易，只有一个夹板套在它嘴上，如果它要犯起倔来，可能是控制不住的。某一天我放牛回家，黄昏的时候，一人一牛往家走，突然小牛跑起来，根本抓不住缰绳，我摔倒在地上，被拖得老远，最后还是把缰绳给放了，小牛犊就一路狂奔。小牛跑了几节地才停下来，我在后面跌跌爬爬地追上，发现它围着一头母牛在打转，发出的叫声就跟小孩的哭声一样。我家的小牛犊很远就闻到了母牛的味道，以为是它的妈妈，所以老远地追过来，到了近前发现不是，就围着母牛一直在打转哀鸣。真是像小孩一样哭。

那是我第一次看到牛流眼泪。牛眼本来就大，眼泪溢出来，像个放大镜，眼睛变得更大了。大而无辜，大而悲伤。我不知道大家，尤其农村来的孩子，见没见过牛流泪，那是我第一次看到，一直到现在我都记得，真是历历在目，那场景从我整个童年的背景中凸显出来。这头牛给我上了一堂生命课。无论牛还是人，情感是一样的。也是因为这个，我的小说不论写人还是写动物，从来不会下狠手。我相信人有善良的一面，动物也有善良的一面，所以不愿意下狠手。我也想到莫言老师说过，写人怎么写出复杂性？好人当坏人写，坏人当好人写，把自己当有罪的人来写。一个人或一个生命的丰富性，就在这里，一个再好的人，内心也会有一些不那么干净的东西。而一个坏人，内心里也会有好的东西。一旦你能把自己当成一个罪人，你会怀着反思之心、忏悔之心、感恩之心，你对世界的看法就会是另一个样子，而不是老子天下第一，我说的全对，这个世界糟蹋成这样，全是你们的错，跟我没关系。我想一个作家如果能做到这一点，起码不会是一个让人讨厌的作家。能不能写好另说，起码你会觉得这家伙还算真诚，他在面对生命、面对另一个人时，会给以充分的尊严。而尊严恰恰是文学非常重要的一个品质。好作家一定要给自己笔下任何一个生命足够的尊严。所以我想，乡村对我来说的确是非常重要，它在我写作之初或者说没写作之前已经给我上了一课。

第六章 访谈与对话

2.城乡的中间地带，包含了很多未知的可能

何平：我也是在乡村长大的。我不是一个敏锐的小说家，感受力可能不如则臣。但每次说到乡村，我会想，乡村究竟给我现在做的这些事情，包括我的审美，趣味和喜好，带来了怎样的影响？刚才则臣讲到乡村生活，插秧、割麦、掰玉米，我都经历过。我比则臣大十岁，可能是参加生产队的最后一批人。大家对生产队可能没有任何记忆，就是集体劳动。我当时还是孩子，跟老弱病残算一类，叫三等工。一般成人一天可以拿10分工，年轻女性可以拿7分。我现在一说到生产队劳动还能感受到身体的记忆。

则臣谈到乡村诗意甚至唯美的一些东西，也包括那种对生命的深刻理解，我现在知道了则臣小说里的生机、爱和勇气，来源于哪里。乡村记忆其实很复杂，我们现在有一个坏毛病，就是把乡村极尽美化。我记得俄罗斯作家普宁有一句话：庄稼抵及门槛的忧郁而诗意的童年。我们审美的养成，人与人的相处方式，等等，都是乡村带来的。

我的乡村劳动记忆就是插秧，夏天最热的时候，到水里面去，那时的水给我一种几乎要沸腾的感觉。所以就我个人而言，对乡村其实是一个逃离的过程。比如说我当时念书的动力，实际上是来源于乡村劳动的苦与累，特别是夏天和冬天要到地里去。我高中毕业时是20世纪80年代，那时农村的先富阶层叫万元户，是农村最早一批富起来的人。我当时就想，考不上高中也挺好，回家

种棉花，种成万元户也挺光荣。但后来我回去以后，家里人就把我赶到地里去了。夏天的玉米地密不透风，大中午的，在里面掰玉米。我记得整个手臂都被密密的玉米叶子划出一道一道伤痕，汗水就浸在伤痕里面。我姑父是一个生产队长，他说，服气了吧？还是回去念书吧。所以后来又接着念书了。

我从乡村走出去，到县城读高中，然后到南京读大学，毕业后又到县城教书，教书十年后又回到南京，最后留在城市。在城乡之间旅行，不同阶段的乡村记忆在我的脑海中折叠。虽然现在我生活在南京，但还是拖着个乡村的影子。

高山：下面请李徽昭老师，讲一下乡村对你的影响，或者文学与乡村的关系。

李徽昭：今天的对话题目是我定的，这是则臣老师交代的任务，当时我还很为难，因为题目是非常重要的事情，正如小说首先吸引人的是题目，比如《北上》《耶路撒冷》《王城如海》都是非常好的题目，题是头，目是眼睛，没有头，没有眼，一切都空了，头和眼不清晰不出彩，也很麻烦。所以对话、讲座和小说一样，题目非常重要。则臣老师下达任务时，我正好开车出去，是在将黑的半路上，这题目是匆匆忙忙想到的。我首先想到从乡村到城市的宏观问题，后来还想从乡村谈到现在很火的元宇宙问题。但想想看，还是要接点儿地气，不要飞到天上去。

乡村跟城市是我们这一代必定要经历的两个空间，一个人所积累的经验是最有意义的，正如刚才何老师说的乡村经历，苦和累都是经验性的。没有经验,你感受不到你的生命跟这个世界的关系。所以从乡村到城市,逐步城市化其实是改革开放四十年中国变化最大的地方,乡村越来越远。我们切身感受到人从乡村泥土地里被拔出来,进入城市,直到现在又难以离开的一种青春经历。但现在即使身在城市,我们是城市人吗?这是我们要思考的。我们现在在淮安,恰好处在乡村到大城市的中间地带,它和北京上海这些国际性大都市都不一样。像上海,现在基本上没有原来的那种乡村了,即便宝山、青浦这些地方,也都城市化了,还有苏南城乡之间的那种界限也不是很明显。淮安恰恰处于乡村跟城市的中间地带,淮阴师院更是处于城乡接合部,而且淮师的孩子大概70%来自于乡村到城市过渡的中间地带。我想这个题目,可能会有一点契合淮师的气质。我认为恰恰这种中间地带,包含了很多未知的可能。所以这个题目是我个人的一点思考。

另一方面,则臣老师的小说也呈现出由乡村到城市的一种非常明显的变化。他的早期小说不少写的就是乡村或乡镇。大概近二十年前,记得我去苏州西山玩,看到太湖小岛中非常田园的景象,就给则臣发了个信息,我说我读到你小说《鹅桥》里面那种田园意境了。文学是敏感的,乡土田园的那种寂静是古典的,乡村的耳朵也是古典的,你听不到城市里这么多的噪声;乡村的眼睛也是古典的,你看不到今天这么多的璀璨灯光。所以在苏州西山时,我眼睛看的、耳朵听的,都和《鹅桥》里面描写的非常像,这就是我们梦想的乡村田园,这个乡村才承载着一种美好。当然,任何时候,生活总是美好跟不美好的交织，文学要表现美好跟不美好之间的张力，或者也是城市与乡村的张力，单纯的好，单纯的美，单纯的不好，单纯的丑，恰恰丧失了张力性。早期则臣小说里有不少充满古典意境的乡村，但近几年你可以看到他的关注点转移到城市了，《王城如海》《耶路撒冷》开始呈现出北京跟世界，以及所有城市间的一种张力关系。印度城市、美国纽约跟北京间的，那种非常有意味的或迎合、交集，或回应、抗拒的张力关系。所以在徐则臣的小说里，呈现出乡村跟城市间非常有意味的变化。而他出生于1978年，正好是改革开放到现在，所以徐则臣和徐则臣的小说恰恰是乡村到城市的具有象征性的转化关系。选这个题目也有这样因素。

第三点，从我个人经验来说，好像有时不太好意思说我是农村孩子，特别是进城工作以后，似乎有点自卑。当然有些人会特意彰显自己是农村人，以显示某种获得。过去乡村城市的分隔非常明显，那时候如果有一个城市户口会是了不得的事。我印象非常深，我家有个亲戚，在农村算是很有钱的，他初中毕业后，他爸爸兴冲冲地就给他买了个城市户口。而这个城市户口仅仅是挂名，他没法去城市工作，人还在乡村种地，但也好像成为了城里人。不过，悲催的是，他们家买完城市户口不久，城乡户籍就放开了，由此可见我们这代人经历的这种城乡巨变。我自己也放过牛，栽过秧，割过麦子，收过花生。刚才何老师说，他曾在闷热天气钻进玉米地掰玉米棒，这些乡村经验我们大体是相同的。但这样的乡村经历，可能现在的农村孩子也很少再有，爸爸妈妈舍不得你们去干农活，你们可能回家也是躺在床上玩手机，而且大多是独生子女，很宝贝。那时候我们家里兄弟姐妹三四个，都要到田里干活，我插秧插得可以说非常棒，十四五岁就是一个很好的劳力。这是乡村经历问题。

再跟大家分享一下，我在日本看到的乡村。好几年前，我因工到日本山梨县山区里，那里满眼都是非常清澈的流水，还有养眼的小桥、青山、稻田。我们坐新干线沿途所看到的，真是理想中的田园美景。我并不是要赞美某一种文化，而是我眼睛所看的另一种乡村现实。日本接待的朋友问我感受，我说仿佛回到"故乡"一般，这个"故乡"其实就是我们每个人可能期望回到的那种理想田园。当然，这是我一个外来者所看到的，如果生活在那里久了，我想肯定也会感到乏味、寂寞、孤独。四年前我访学再去日本，在那里待了整整六个月，我也体会到了生活在那里跟沿途所看的理想乡村的差异所在，那里的鳏寡孤独，非常悲催地生活在乡村。现在日本一些偏远乡村，房子已经没人要了，完全空置在那里，而且有的老人死在房子里很久都没人知道，甚至城市也是如此。我朋友圈有个学术交流群，是在日本的中国学者组建的，有一天群里说一位成就非常大的数学史学者，死在房间很久没人知道。朋友和亲人来访，敲门敲不开，报警才发现老人死在里面了，这就是老龄化社会的现象。有时候我也在想，我们的乡村再过二十年、三十年会怎么样？也会山美水美，青山白云蓝天，一派田园牧歌的景象吧。

实际上，无论是什么意义上的乡村，经验、经历都很重要。我想我们的孩子无论是不是出身乡村，都与乡村存在某种关系，因为乡村始终是中国最广泛的存在。上海、北京这样的大城市，其实是中国的"花瓶"，尽管机会很多，但非常拥挤，生活成本也高，人的压力非常大，这些城市也面临着某种危机。像海淀的核心区域，房价都是10万一平的。10万块钱你在乡村可以盖一座房子，但在大城市连个卫生间都买不到。所以，我觉得大家要多多关注乡村，我们的年轻人，你到乡村去看看，跟当地人同吃同住，跟老人聊聊天，到田里面干一些活儿，你的经验体会是不一样的，社会认知和人生体验都会很不同。国家现在谈乡村振兴，地方机构也有乡村振兴局，这意味着乡村是中国未来二十年发展的核心所在，也是你们奉献成长、奋斗理想之所在。

3. 如果能把中关村看清楚，你就能把中国看清楚

高山：三位老师对乡村都有不同的深刻记忆。我当年也是从涟水坐七八个小时的汽车，到南京读的大学，从乡村懵懵懂懂进了城市。大家起初都是想逃离乡村，像何老师说的，到世界去，再回故乡。到世界去的第一步就是从乡村到城市。就像鲁迅20世纪20年代的乡土小说，都是离开故乡在城市写就的。那么城市对于各位老师的生活或者文学生涯，到底有什么样的意义和影响？

徐则臣：乡村生活当然也有不好的地方。我小时候也特别烦干

一些活儿，比如割麦子。天特别热的时候，麦芒扎在胳膊上，全是红点点，沾了水刺疼。插秧是往后退着插，一眼望不到头，腰一直弓着，没地方坐，要坐只能一屁股坐到泥水里。现在的孩子可能都不知道推磨是怎么回事，我早上4点就被薅起来推磨，都说走路是没法睡着的，那时候我才知道走路是可以睡着的。我就闭着眼睛跟个驴似的围着磨转，凭着本能在走，一边推磨一边睡觉。这是农活里我觉得最痛苦的几件事。从生活的角度来说，乡村的确是我们都想逃离的，我们都想过好日子。但从文学的角度，乡村的确有非常重要的品质，缺了这个，文学是不完整的。但在今天，城市可能是我们面临的更重要的生活现实和文学现实。

我想徽昭老师取的这个对话题目，不仅是让我们来谈谈我们的乡村或城市的生活经验，可能他更看重的是，基于我们对现实的认知，中国可以分成两块，一个是乡村，一个是城市。如果从全球的角度，那就是国内和国际。这两块是我们的根本处境，或者我们面对的基本现实。文学要处理这两块，怎么办？有个词叫穿越。从它出发又不拘泥于它，你必须要穿越过去，而不能深陷在这个泥潭之中。就事论事，在今天，无论你写什么乡村，如果缺少一个城市的参照，你这个乡村肯定有问题。同样，城市如果没有乡村背景，你就不知道这个城市是从哪里来的，它现在为什么会变成这样。我在北京生活了二十年了，在很多场合都谈到过北京，因为相对熟悉。对这个城市我不敢说有多了解，但从各个角度审视它之后，我认为，北京虽然是一个现代乃至后现代的国际化大都市，但它跟纽约、伦敦、巴黎是完全不一样的。你可以把那些城市从美国，从英国、法国的版图上抠出来，单独来打量这个城市的城市性，它是自足的，它完全可以自圆其说。你就只盯着这个城市说，可以说得差不离。北京不一样，如果你把北京从960万平方公里的版图上抠出来单独看，你说的永远不会是一个趋于真实的北京。去过北京的人都知道，你不可能一下子跳进这个都市，如果从边上往里走，你会越过一大片乡村和一大片野地。在这片野地里，在乡村低矮的房子中间，崛起了这个非常现代的魔幻般的城市。这个城市建立在乡村的基础上，它与乡村形成了极有意味的关系。

这个城市的运行，靠的不仅是城市人、北京人，还有大部分的来自外地的乡村人。如果你把这些人全部抽离掉，整个北京就会变成一座空城，它可能会失去运行的能力。比方说十几年前，我第一次在北京过年，没经验，没提前准备菜，到了除夕发现没得吃了，买不着菜了，周围卖菜的全回去了，只好在大年三十出门吃快餐。

还有一个真实的例子，我写进了长篇小说《王城如海》里。我的一个朋友，他家有个保姆，一直带着孩子。过年了，保姆回老家，不能让孩子知道，否则孩子肯定不让保姆走。孩子突然发现后，开始哭闹，天翻地覆地找保姆，找不着，就在家里没完没了地哭。没办法，大年初一，两口子带着孩子坐飞机跑到保姆家所在的城市，再打车去保姆家的县城，在县城找了个酒店，从村里

第六章 访谈与对话　279

把保姆接到酒店来，孩子才消停。这是一个貌似极端的例子，但事实上很多家庭都面临着类似的情况，如果离开了来自乡村的一部分人，如果城市离开了乡村，它基本上就瘫痪了。所以在中国，无论北京、南京，还是上海，都离不开乡村。今天考虑中国的问题，无论经济如何发展，作为全球第二大经济体，即使我们有着看起来非常光鲜辉煌的经济数字，我们都必须想想背后还有什么，背后还应该有一个什么样的参照。

所以对于文学、对于写作者来说，我们要同时睁开两只眼，一只眼盯着乡村，一只眼盯着城市。你看不清楚乡村，你就不能准确地知道现在中国的城市为什么会是这样。如果你盯不好城市，你也很难搞清楚现在的乡村为什么是这个样子。两者是共生的，互为因果。文学要做的就是要把我们生活的基本处境给展示出来。在乡村和城市之间，文学要从这头到那头不断穿越。如果说我们真的想了解中国的现实，我建议大家去找一些非常乡村的作品去看，然后再找非常城市的作品去看，再找既有乡村经验又有城市经验的作者写的小说去看，你就能感觉得到哪些乡村是丰厚的、有可能性的，哪些城市是有背景、有来路的。

为什么我这些年老盯着中关村写？中关村在中国是非常特殊的一块区域，它在海淀区，房子不只要10万一平，贵的甚至要20万。中关村很复杂，它听起来是个村，其实是中国的硅谷，电脑城。当然这个硅谷现在似乎也没有那么重要了，尤其是盗版碟、电子软件这些东西被网购取代以后，这个地方的地位已经慢慢开始下落了。但很多商界大佬都聚集在那里。你很难想象那些看上去陈旧的楼群里出了多少引领中国经济发展的先驱。这里也是高教区，北大、清华、人大、北外、北航、北理工、北京语言大学、中科院全在中关村这一块。有人就说，中南海是中国的心脏，中关村是中国的大脑。白领、高官、外国人，同时还有很多蓝领，甚至无领者，社会的各个阶层，中关村都有。这些年我基本上就盯着它看。能把中关村看清楚，就能把中国社会的各个阶层看得比较清楚，也就能把中国、把中国人看清楚。我写了很多有关中关村的小说，不仅因为我生活在中关村，也因为中关村的确有某种标本意义。

高山：徐老师，你能结合某部具体作品来谈谈吗？

徐则臣：我的《跑步穿过中关村》《西夏》《我们在北京相遇》《王城如海》等很多小说，大都涉及这个区域，就因为它阶层分布极其复杂，也就是城市与乡村之间的那种复杂关系，复杂到难以用几句话概括出来。你很难说中国乡村、中国城市就是什么，因为两者是犬牙交错在一块儿的，如果要将自我确立为主体，必须有可靠的他者存在。中关村就是这样的地方。

当然现在已经发生了巨大的变化。我2002年刚到北京读书时，北大附近能看到很多卖盗版光盘的，还有很多办假证的，今天很难见到了。历史一闪而过。有阳光就有阴影，有正大光明走在路上的人，就有走在阴影里、躲在天桥底下的人，他们会凑过来小声问你，要盗版碟吗？这所有人共同组成了中关村的阶层生态。

这样一个生态,既是乡村的,又是城市的。我个人的写作的确受惠于碰巧生活在这个地方。北大清华的教授,中科院德高望重的老先生,IT白领,高科技研究员,外国人,还有五湖四海携带不同背景的蓝领甚至无领工人,都工作、生活在这里。

我原来住的一栋楼,一层有十户人家。因为人员流动特别大,很多居民会把房子租出去。我经常跟电梯工聊天,进来一个人或走出去一个人,我就小声问电梯工,这是谁呀?电梯工说她也不认识。我说你天天在这里你都不认识?她说,每天都有人搬进搬出,我也不知道他们是谁。在那里,一个房间可以租给好几个人,一户人家能住十几人。一个房间被隔成几块,挤满上下铺,中间挂个帘子,比学生宿舍还要挤。每天天南海北的人跑来讨生活,不如意就离开。铁打的营盘流水的兵。

这些人大部分都来自辽阔的乡村。你要知道他们的故事,你就要了解中国各个地方的情况。虽然我写了很多小说,人物都来自花街,花街其实也是个代号,所写的人其实分属不同省份,散落在中国的不同角落。所以我觉得是我碰巧了,遇到中关村这个非常好的可以用文学的方式来考察的样本,北京和中国的那些邮票大小的地方相遇,乡村和城市在这里握上了手、接上了头。北京并非全都西装革履、窗明几净、一尘不染。

我写过麻辣烫摊子。那时候工资特别低,穷得不行,我每天晚饭就跟着一帮人混在一块儿吃很便宜的麻辣烫,就这样接触了很多人,每个人都有不同故事。后来就写了《北京西郊故事集》。

4. 不同样本，构成了文学马赛克般的城市书写

高山：何平老师可以就都市、城市生活对于批评的意义谈谈。

何平：我同意则臣关于中国复杂性的观点，中国的城乡之间有很大差距，中国的城市往往有辽阔的乡村背景。比如说，我们现在一般认为王安忆影响最大的小说是《长恨歌》，但王安忆对上海的理解，绝对不止《长恨歌》这一部小说，《长恨歌》巨大的影响掩盖了王安忆对上海复杂性的呈现。像《富萍》《纪实与虚构》《我爱比尔》，包括她最近的一些小说，呈现了不同时代的上海。所以《长恨歌》这个标签，其实部分掩盖了王安忆对上海都市复杂性的认识。王安忆的小说，从参与现代上海城市建构的资源来看，它有各种来路，像浙江宁波、绍兴，像苏北，还有山东等地的"解放的一代"。所以确实如则臣所说，中国城市与各地传统，包括中国乡村间的关系，特别复杂。

90年代的城市文学，写北京的邱华栋是一个代表。邱华栋当年的小说最多的场景是酒吧和舞厅。我们可以发现邱华栋捕捉90年代北京城市特征时，没有去写北京那些常规的带有"京味儿"的东西。作为一个闯入者，看到的最新鲜的部分就是酒吧和舞厅。这是一个特别有趣的现象。邱华栋最早产生影响的小说是《上海文学》发表的《手上的星光》。上海这个现代大都市敏感地察觉到了邱华栋小说的都市性。则臣有部分小说以中关村周边区域作为样本展开，从这里，他观察到各阶层的人，其实就包含着城市空

间的不同面向，就像上海的城市空间，有和古典中国有联系的部分，有外滩记忆，也有浦东。北京当然也是这样一个复杂的空间，存在着中关村与北京老城的差异。拆开这座城市，作家取样是取哪一个地方，决定了他的城市性。

中关村这个城市空间可以包容各种各样的人。例如《王城如海》，里面就包含着各种各样的可能性，包含着不同的人与生存方式。而乡村往往很难有这样复杂的可能性，也没有这么多瞬时、及时的丰富变化。我这几年主持《花城》的《花城关注》栏目，做了一个"八城记"的主题。我想关注没有乡村记忆的青年人如何写城市的问题，找了八个青年作家，写写台南、香港、广州、上海、北京、沈阳、西安和南京这八座城市的人与事。这八个小说家都没有乡村记忆，起码生活在扬州和嘉兴这样的小型城市里面。事实上，每一座城市都有由来，都有它的传统。我以这八位小说家的文学城市作为样本，着重观察两个东西，一是，没有乡村经验的年轻作家怎样写城市？二是，不同的作家如何依据各自的理解写自己的城市？所以，刚才则臣讲的问题很重要。一个作家的写作，他会选择怎样的东西，他会感受到什么东西。比如80后小说家朱婧生活在南京，她的《先生，先生》写一个做古典文学研究的老教授如何在南京这个亦新亦旧的城市安放自己的生活。则臣这批70后作家，可能是社会转型中特别特殊的一代人，他们往往有两栖文化背景，既有原来乡村的底色，又在城市展开了他们的生命成长。但即便有着共同的代际经验，我们的研究还是要回到作家个体，要警惕用一代人、一群人、一类人去概括一个作家的个体经验和审美创造。

高山：请徽昭老师谈谈，如何理解从乡村到城市？比如《耶路撒冷》里面有花街，有到世界去，也有回到故乡。

李徽昭：改革开放四十多年，城市乡村之间一直在撕扯纠缠。回想这么多年中国城市的发展进程，其实有很多观念误区、概念误区。我们现在用英文讲城市，一般都用city这个词，其实英文里跟city相关相近的词非常多，像urban、downtown都是，包括欧洲的很多城市概念，其实跟我们理解的是完全不同的。所以，从概念上说，我们本土文化视角的城市到底指什么？这可能是一个问题。乡村概念也一样存在误区，我们现在讲乡村，你想到的英文词是什么？大家习以为常的就是village，实际上还有很多，包括相近的countryside等等，而且欧美的乡村认知也和我们不一样。所以，要在世界视角下，回到我们的文化语境中去谈、去看乡村和城市，在这个意义上认知乡村和城市的复杂性，否则就会简单化，就会包含偏见。其实中国古代的城和市是不同的。市是市坊，是市场，城是皇城，是居住和行政办公的地方，美国的大多商业中心在郊外，而我的直观感受是，我们现代城市其实大多是市场与居住办公混在一起了。有时我上课会问孩子们，谈到城市你最先想到的是什么，他们都说首先就是高楼大厦、大商场、高铁、地铁。现在如果一个城市有地铁，好像就不得了了，火车、地铁、机场似乎就是高等级城市的标配。则臣老师的一个长篇小说《夜火车》，里面就写到1998年城市通火车的事。通火车成为这座城市非常重要的一件事，其实就是大型现代交通工具带来的速度，使得城市跟外部产生了有效联结，产生了时空的转换。我们现在经常会说"卷"这个词，这个词跟英文的进化，即evolution这个词密切相关，它背后的观念或者动力是什么？就是求新、求变，这其实是我们现在城市的核心问题。现在大家都离不开手机，但一款新手机，可能用了三年你就讨厌了，这就是求新、求快、求变，火车现在已经落后了，要高铁才行，这是与城市化相伴随的非常深切的问题。但这样的城市化是不是存在误区呢？刚才何老师说中国城市有本土性，每个城市都有它独有的生态，但到底有多少本土性？这是值得追问的。实际上西方城市的本土性可能更强。前些年则臣跑过欧美非常多的城市，两本护照都用完了，他对欧洲城市的体验是非常丰富的，所以他的小说里才会有那么多城市间的映照和互文。这些年，我也走马观花看了不少国外城市，像伦敦、巴黎、纽约、莫斯科，不要只是浮光掠影的观光，你在当地住一段时间，到市场街道去深度感受一下，你的城市认知会很不一样，这样你才能知道当地人的日常样态，才知道他们想什么，他们跟城市的关系是什么样的，才能建立你的城市观念。

城市就得都是高楼大厦、大马路吗？我不赞成这种发展模式。我曾经听说，苏北某个市，在某次规划里提出来，要建几十座甚至上百座高楼。为什么要建高楼，目的是什么，是不是适合，这些它不管，它认为高楼就是发达城市的标志。马路也修得非常宽，过个马路要走很久，甚至要绕很远。这样的城市，给我们的生活带来方便了吗？欧美真正高楼大厦很多、马路很宽的城市有多少？所以，我们的城市认知有很多偏见和误区。我们现在都喜欢去万达广场、吾悦广场这样的大型商场，这个空间里你感受到的是什么？这个空间跟你的关系是什么？它是很便捷很现代，但它只是一种商业消费模式，年轻人去这些地方就想吃海底捞火锅。另一点是，我们的孩子现在大都被重口味所诱惑，重口味成为人跟这个城市空间的重要关系，但这个口味在全国所有城市是不是一样？重口味就是一种口味，你们的味觉已经被简化了，你找不到你的味觉跟这个城市更多更深的关系。所以到底要什么样的城市？我们得思考一下。当然你们现在很难再返回那个寂静的乡村，返回那种自然状态，我也不希望你们回到那个状态，但我们要审视、思考，在栖身的这个城市，如何建构我们真正的生活。那些重口味、高楼大厦，那些快速、有效地抵达一个地方的方式，是不是让你抵达了你生命最终所要抵达的地方，这可能是非常有意思、有意义的问题。

刚才徐老师讲到有关城市书写的作品，《王城如海》《耶路撒冷》等等，这两个文本中的城市其实是不一样的。《耶路撒冷》写了很多在外打拼的人重回小城市，小城市隐含的某种地方性可能就是花街、运河一类的城市符号。《王城如海》写的是北京，是跟全球所有大城市紧密关联的网络结构中的北京，是世界潮流中的北京。在这两个城市之间，你可以发现，则臣非常敏锐地书写了北京这样的大城市与淮安这样的三线小城市之间某种非常隐秘的反差。现在他住在北京，很忙，事也很多，但只要有机会他还是想回淮安看看，因为这座城市与他形成了非常有意味的密切的文化关联。他在北京生活的时间很长了，家也在那里，但北京是不是就是他倾心所属之地呢？我不知道，但我相信，从淮安出发的小城市认知，已经与他构成了血脉相连的文化关系。

现在想一想，我们这代人跟城市的关系可能是不可逆转的，城市给予我们很多，也让我们丧失了原先与乡土田园相关的本真。但可能本真丧失的意义也就在这里，你走向世界、到世界去的过程，就意味着你要丧失这些，你要迷失这些。迷失，你才要回到故乡，回到淮安，你才能找到一个心灵的起点，这可能是我们今天解读城市、阅读文学需要思考的一个重要问题。

5.耶路撒冷，就是一些秘密愿望的代名词

高山：围绕乡村城市、文学穿越，三位老师分享了一些切身经验。我想起读《耶路撒冷》的感受，这部小说的形式我特别感兴趣，而作为城市名字，耶路撒冷包含了宗教历史等文化内涵。我读的时候总觉得，把它作为小说名字，是不是在背后有意藏起了与耶路撒冷有关的许多内容？

李徽昭：高老师说到《耶路撒冷》这部小说，我建议孩子们都读一读。这部长篇对世界和当下生活的阐述非常深刻。我记得哈佛大学王德威先生曾在人民大学的一次活动上特别提到这部小说。从表面上看，徐则臣要写一个遥远的宗教中心，实际上是写我们这代人的心灵史。在我原来的小说观念里，曾认为这部小说故事性很弱，但其实这恰恰是它的特点。现代小说，故事情节已不太重要，作为思想载体，这部小说承载的世界、人生、人性、死亡等诸多问题，已经非常深刻。所以故事性的弱化，恰恰是为了强化世界、人性、命运等方面的思想性。从现在来看，这部小说可能是他最重要的作品。特别是淮师的孩子，你们读了后，会发现一些特别有意味的空间、风景，你在淮安会觉得很熟悉。

徐则臣：我们都知道耶路撒冷这座城市。一看到这个题目，很多人以为它是一个宗教题材的小说。做活动时，经常会有信教的朋友望文生义地过来参加，一买好多本，说要送给教友。我就实话实说，这本书写的不是宗教信仰，而是信仰，信仰和宗教信仰不是一回事。我向来敬重理想主义者，有所信，有所执，人生笃定。这方面在今天变得比较稀缺了。年轻时我们都有理想，都会想我要如何如何。但一进入社会，被摧残一番后，那个初心可能就没了。我们有各种理由屈服于现实，向领导妥协，向单位妥协，向身边人妥协，向金钱、权力和荣誉妥协，向恐惧本身妥协，然后初心开始像花朵一样逐渐凋谢，最后连自己都认同了这种消失。我对一个人的基本信任，是建立在这个人是否拥有所谓的初心。如果一个人能一直不忘初心，能一直持有某种理想信念，我觉得这就是个值得尊敬的人，是一个心怀理想主义的人。

写这部小说的一个前提，是因为我们70后这代人无论在文学领域还是其他领域，一直饱受诟病。大家觉得这帮人年龄不小了，但难当大任,都是扶不起来的阿斗,辜负了社会对我们的期许。这在很长时间一直是我的疑问,这代人真的完了吗?我们判断一个人行和不行,最终靠的是什么?当然靠他已经做出了什么,也靠他以后可能做出来什么。只要这个人没死,我们就不能对他盖棺定论。如果有可能,这个可能性在哪里?我觉得建立在他的抱负和理想上。如果理想尚未泯灭,尚在心中盘踞,还在草蛇灰线地运行,那么他就还有希望。

虽然他在某段时间里可能会被压抑、被遮蔽,但终究会被擦亮且大放光芒,这就是信仰的力量。耶路撒冷是什么?表面是小说中的初平阳要去耶路撒冷留学,但可能它就是一个象征,就是一个人、一代人内心里隐秘的愿望,以及挥之不去的执念。从这个意义上来说,每个人内心里都要有个耶路撒冷,念念不忘,必有回响。

学生:徐老师说到小桥流水人家和钢筋水泥混凝土的差异性,包括与其相关的文学性问题,另外两个老师也说到乡村在振兴,说到乡村受城市影响等等,所以会不会随着时代发展,"自然"这个词会增加更多内涵,丰富了它原来的意义?比如说会延伸出城市自然或现代自然一类的新兴词语,会在城市森林中产生出对城市自然、对钢筋水泥混凝土的描写,会丰富城市自然的文学性。

徐则臣:这个问题非常好,也给我一个反思的机会。如果今天,所有乡村都消失了,我们变成一个城市中国,像国外那样,那么城市化以后，那个自然是一个乡村自然还是城市自然？我很认同你的问题，我们的确已经面临如何在城市文学的背景下谈自然的困难，或者说我们在谈自然的时候，它已经不再是单纯乡村意义上的自然。但也存在这么一个问题，即自然作为乡土文学的一个关键词，在文学史上已然形成一个相对自足和独立的意义生成系统。比如刚才说的"枯藤老树昏鸦，小桥流水人家"，如果让你就此写一篇万字论文，你的所有材料几乎都不可能涉及城市，因为我们的文学史提供了大量已经被文学化的意象，这是中国乡土文学发展到现在的一个十分重要的成果。但我说"钢筋水泥混凝土，高楼大厦咖啡馆"时，你会觉得它们的背后空空荡荡，你很难找到充分的论据去阐释它。这些词汇、意象，大部分还是社会学、建筑学、物理学意义上的词汇，还没有被充分文学化。你能想到的波德莱尔、本雅明，还有国外写城市的作家乔伊斯、安·别雷、E.L.多克托罗、唐·德里罗、帕慕克等等，很好，但远远不够。跟"枯藤老树昏鸦"比，它的数据库要小得多。这不是说城市文学就写得一定差，而是我们在写城市时，很多词汇、很多表达还没有被充分地文学化，它还没有形成一个强大的意义阐释空间，没有形成一个足够大的数据库。包括你刚才提到的自然，我们要如何看待今天的城市自然和城市绿地？这个绿地跟大自然里自然生长的野草是不是一回事？我们看它的时候，你产生出的联想、审美感受，意义在哪里？你阐述的冲动源于哪里？我觉得两者还是有区别的。

所以，对于作家、批评家来说，我们应该做一件事，就是将城市里的大自然纳入到城市文学的阐释中去。在乡村，我们建一个别墅、一群别墅，过非常现代化的生活，它又如何有效而和谐地融入我们所谓的自然或大地的文学系统里去阐释？我想这两个都是重要的问题。

（本文为2022年9月12日淮阴师范学院"淮上文学论坛"文学对话整理稿，由薛菲整理，原刊《东吴学术》2023年第3期）

四、文学是认识一个国家的重要地图

1. 南京是一个文学人的福地

李徽昭：今天的文学或纯文学是相对远离日常生活的，而街道居委会最具世俗性、烟火气、日常性，面对庞大的基层事务，他们却坚持主办"文学大家面对面"这种高端的文学活动，很让文学人尊敬。一次次活动做完，很难说跟文学史或文学建立多深的关系，但我想，鲁奖、茅奖作家时常出入的街道，会让文学氛围日常化，强化与文学相关的社会生活，这可能是最重要的。所以本期嘉宾除徐则臣老师之外，我们还邀请到了南京西善桥街道徐立书记、止一堂文旅公司徐晓亮总经理，共同参与本期活动。

首先请则臣老师分享一下第一次到南京的情形，以及跟南京的情缘关系。

徐则臣：来南京前我去过最大的城市是淮安，所以我初到南京的感受是完全找不到北。我在南师读的大三、大四，当时有一个机会可以来南师，经过四轮考试就来了，第四次是在南师考的，我稀里糊涂地走进校园，看到南师校门我就特别喜欢。我喜欢书法，喜欢南京师范大学校名题字。进校园后我才知道这是东方最美丽的校园，文学院在山上，非常漂亮。考试时我就想，这地方一定要来，一定要好好考。最后考上了，也让我非常欣慰。

考试的时候有一道题，要写一篇评论，随便写，你想写什么都行。我写的是《妻妾成群》，苏童的小说。若干年后我见到苏童，我说如果没有你，我可能都来不了南京，所以我觉得，是文学把我带到了南京，而且对我来说非常重要的一点就是，文学就是南京的日常生活。

在此之前我很少看到"活"的作家，在南师念书的那几年，像苏童、韩东、鲁羊等，都是我的老师辈，经常能在校门口见到他们，也经常能看见他们在校园踢球。有一年经过校门口，我看见毕飞宇一边走一边抠胳膊肘。后来看见毕飞宇，我说第一次见你是在校门口，你一直抠胳膊，他说那时候踢球摔了一跤，结痂痒，就边走边抠。念大学时，我还去了叶兆言老师家做采访，记得叶老师说了句特别好的话，对我以后从事文学有很大帮助。我当时问他，给你两个选择，第一个是明天给你诺贝尔文学奖，但以后不让你写作；第二个是你可以一直写但拿不到文学奖，你选哪一个。他说我当然选第二个，写作是我的生命，我可以不要奖，但不能不写作。所以，对我来说，南京是纯粹的"世界文学之都"，文学弥散在南京的日常生活中，这座城市有着非常纯粹的文学生活和文学精神，这些作家都是我们的前辈，在文坛上都是响当当的，这些年，他们身上的匠人精神一直鼓舞着我，激励着我。所以，能走到今天，成为一个作家，我应该感谢南京，这真是一个文学人的福地。

我现在对南京的记忆都是二十年前的，都是围绕一个个书店展开的，那时候从南师一出来就是宁海路，一直走到山西路、湖南路，再到新街口，有不少小书店。公交3路车是环线，我当年在南京的轨迹就是3路车的轨迹。沿着这条路走，书店特别多，我把所有的书店都逛了一遍，一周一次，每个书店在哪儿，有什么新书，摆的位置有什么变化，我全知道。还有军人俱乐部，那时候的书都论斤卖。感谢南京有这么多的文学资源，有人、有书、有文学精神。我一直说，如果中国能找到一个最合适搞文学，最适合文学生长的地方，毫无疑问就是南京。所以西善桥街道有这个活动，今天来这么多人，我一点都不惊讶，我觉得这就是日常生活中的文学西善桥和文学南京。我对南京的感受就两个字——"文学"。

2.每个人物我都拿出100%的真诚和热情

李徽昭：请晓亮老师谈谈徐则臣小说里让你印象最深的人物形象。

徐晓亮：我第一次接触他的小说是《跑步穿过中关村》，看完后觉得坐立不安。小说的表达方式、语境都是我日常生活中非常熟悉的，最关键的是，这么好的女性我怎么没遇见，这对我影响很大。这篇小说害我找对象的时间延迟了七八年，一直都想找一个像小说中写的那样美好的女性。很多人物形象我都印象深刻，但印象最深的是《跑步穿过中关村》里的敦煌。我记得小说结尾当警察抓身怀六甲的夏小容，敦煌毫不犹豫地去承担、去坐牢的情节，让我感受到了人性的光辉所带来的震撼。此外，小说以跑步命名很吸引人，我就觉得年轻人的形象就是跑步的姿态。所以《跑步穿过中关村》中的人物状态，既让我坐立不安又泪流满面，我感觉这些人物就是我的亲朋好友，就是我生命中非常熟悉的人。尽管小说写的都是常见人物，但又给每一个人物打开了希望的窗口，给了他们力量，你再努力一下生活就会好起来，你再跑起来，你的未来就会是另外一种。《跑步穿过中关村》到现在依旧有那么多读者喜欢，国外也有不少人喜欢。这就是好作品的生命力，它表达着我们心中文学所应该展示的爱、善和美。

李徽昭：《跑步穿过中关村》确实是徐则臣小说中元气最丰沛的作品。则臣写了那么多小说、塑造了那么多人物形象，可以谈谈自己心目中最满意、印象最深的小说人物，或者是某个人物形象在个人写作中的独特意义。

徐则臣：每个人物我都很认真，都拿出了100%的真诚和热情。但真要说哪个印象更深，或者说写出了之前我们很少看到的小说人物，一个是刚才晓亮说的敦煌，这个人物确实是之前文学史里面没有的，是一个新人物。但这个人物稍微有点遗憾，如果现在写，在技术上、阅历上更饱满、更成熟的话，可以写成很好的小说，敦煌这个人物会更立体、更丰富。

另外一个人物，我比较感兴趣，觉得比较有意思的，是长篇小说《北上》中的意大利人马福德。马福德喜欢一个中国女孩，就从队伍里跑出来，受伤了，然后做了逃兵，跟那个姑娘北上到了北京通州隐居下来。因为喜欢这个姑娘，他从里到外不断改变着自己的形象，慢慢变成了中国人。他的汉语说得非常好，长相也慢慢接近中国的西域人。这个人最后因为日本侵华，作为一个中国人跟日本人打仗死掉了。

这部小说有个细节，多年以后，马福德乡愁泛滥，想带儿子回意大利的故乡，也就是朱丽叶的老家。他们来到北京的意大利领事馆，领事馆守门的意大利人让他赶紧走，他用意大利语说自己是意大利人，守门的说，这个中国人装得还挺像，赶快给我滚。

这样身份的反转之下，一个意大利人做成了中国人，想做意大利人却做不成。小说里这个人物虽然戏份不重，但我觉得是之前很少看到的形象，如果电视剧拍出来应该比较好玩。

李徽昭：这两个人物形象确实在你的小说系列里别有意味，尤其是《跑步穿过中关村》应该被翻译成近二十种语言了。我的第一篇评论就是写的这篇小说，大概是2006年，是我介入文学批评的第一篇文章。我对这篇小说的印象非常深，连夜读完了，小说的情节推动力非常强劲。小说就是要讲故事，有没有讲故事

296　到世界去：徐则臣小说及其时代

的能力，这个故事在什么意义上让人物立起来，这是最考验小说家的。

3. 现实逻辑无法解释的问题，需要文学来解决

李徽昭：小说是虚构的故事，这是跟散文最大的区别。每个人读文学的时候都是从虚构中获得自我的想象、感性的认知，但又和现实有着深层的关系，也就是虚构是有来源的，是从现实生活中来的，这才是文学伟大力量的根源。所以，则臣老师怎么看小说虚构和现实的关系，还有文学阅读跟现实生活的关系，这是现代每个人都在面临的普遍问题。

徐则臣：写小说是一个挺虚妄的事，我想很多作家都会想我的写作、我的作品有什么意义，比如说《北上》花了四年时间，《耶路撒冷》花了六年时间，十年我就干这两件事，这十年别人能干很多事，在中国的一块平地上能起一座城市。所以小说到底有什么用，我一直在质疑自己。

有一年我去了墨西哥、哥伦比亚、智利几个拉美国家，去之前我得做点攻略，把旅游手册，各种政策、介绍都看一下，把地图都拿出来了，我想差不多了，到那边应该不会陌生了。但去了后我发现，之前的宣传册、旅游指南和地图对我来说都没用，有用的是我读的文学作品。比如说，到了墨西哥，让我强烈感受到小说家胡安·鲁尔福所写的《烈火平原》，小说写的是一个墨西哥乡村。一踏上土地我就想这里跟小说有什么关系，我要去印证

它，通过现实印证那个作品。到了哥伦比亚也是一样，马尔克斯当年在波哥大念书，睡了一晚，第二天一早从床上坐起来，先是大骂谁往我床上泼了水，结果只是因为湿度特别大。这成了非常经典的桥段，写马尔克斯的文章都会提到。他之前没去过波哥大，不知道波哥大这么潮湿，我去的时候住波哥大酒店，有空调，外面虽然很热，但房间里很舒服。那个床肯定不会有问题，但我依然想摸一下床单是不是湿的。走在大街上，我脑子里想的是马尔克斯文章里写的路线，我就沿着路线一直走。到了智利，到了阿根廷都一样。聂鲁达的诗，米斯特拉尔的诗，还有阿连德的小说，我脑子里形成的全是这些内容，我看到的每块土地、每个建筑、每个人，都会让我去想，这个人、这个建筑，这个土地跟小说是否相符合，我的参照其实是文学作品。

也就是说，对于一个国家、一个民族来说，最重要的地图不是我们所能看到的实际的地图，而是文学作品。换句话说，文学可能是认识一个国家最好的地图。我们现在提到俄罗斯，你知道彼得堡跟莫斯科相距多远吗？你知道每个建筑什么样子吗？可能不会，但你脑子能出现陀思妥耶夫斯基的涅瓦大街，会想到普希金常去的咖啡馆。我去彼得堡，必须去普希金的咖啡馆坐坐，因为当年普希金从那个咖啡馆出来后跟人决斗，然后就被打死了。去爱丁堡一定会想去大象咖啡馆，因为 J.K.罗琳就在大象咖啡馆里写了哈利·波特，我就在那个桌子上坐一下，要了罗琳当时要的廉价咖啡。

我们当时还去了托尔斯泰庄园，那天特别冷，下着雨，从庄园出来，遇到一个很暖和的小饭馆。老板娘看着我们一帮中国文人，既高兴又鄙夷，说来的全是中国人，我们俄罗斯人太傲慢了，根本不来。我说，中国人来是因为中国人有文化，我们内心有文学，有托尔斯泰，才会到托尔斯泰庄园，这是好事。俄罗斯人不来，你们应该好好反思一下。老板娘一听反而觉得不好意思。

文学到底有什么用？"无用之用，方为大用"，文学可能不会影响你一日三餐，但会不知不觉改变你一辈子的走向。小时候遇到一句特别美好的话，听进去了，就会成为我们一生的指路灯，这就是文学，它不能改变我们的GDP，也不会让我明天一起来就有好房子住，有好东西吃，但可以让我内心特别充实。

当然，对写作者来说，我觉得也未必说的这么虚，因为文学从现实汲取所有的东西，没有无源之水、无本之木。文学是滞后的，因为文学是回忆，一件事过去了，我要先想想，再表达，所以有滞后性。但文学同时有一个前瞻性、语言性。我想大家一定有这样的感受，遇到一件事，让你突然想起来若干年前一个小说中写到过。

之前有朋友跟我说看一个电视剧，是90年代的香港警匪片，有一段关于房地产。他说看现在的房地产市场，真的感到震惊，90年代的电视场景跟今天现实发生的完全一样。文学有一定的预言性，不是作家多么聪明，而是作家写的时候按照一个逻辑往前推，必然要推到这个位置。文学有一些潜意识的东西，有内在运行的逻辑，明面上可能谈不到，但暗地的逻辑往前运行，有可能会推出某一个结果，这个结果在若干年以后才可能出现。

给大家举个例子，朦胧诗刚出来的时候，很多人不懂，"你看我时很远，你看云时很近"，大家都不清楚是什么。这句话表面上是矛盾的，但现在夫妻俩在一起，很近，每个人都抱着手机，神思缥缈，完全不在这个地方，又离得很远，这已经变成我们的常态。过去的一般学者都不一定懂朦胧诗，但今天让一个小学生看朦胧诗都能明白，我觉得这代表了某些超前的情感。所以对于写作者、评论家、读者来说，我们不要希望文学立马改变什么，或是产生立竿见影的效果。但只要能慢慢改变这个人，文学的作用就出来了。

现在想一下，谈文学时，我们脑子里的指南，其实都是过去的文学作品。如果没有"床前明月光，疑是地上霜"这样的诗，我们今天会这样认识问题吗？会这样想象世界吗？没有《红楼梦》，没有《聊斋志异》，我们今天的生活会多么乏味，多么无趣。文学可能起不到什么物质作用，但我们的精神之所以一直处于放松、健康的状态，都是因为这些东西，这就是文学的现实意义。这些年，很多人都遇到这样的问题，就是内心的渴望无法在现实中得到校正，得到满足，其实正需要文学来填补。据我所知，大学中文系报考率比前几年好了一点，原因在于我们现实问题太多了，以现实的逻辑无法解释这个问题，需要文学来解决，所以越来越多的人重新回到文学，这可能就是文学的意义。

4.读书就是获得他人看问题的方式

李徽昭：文学的超越性、预言性确实别有魅力，在文学史上可以看到很多这样的例子，但一个现实是，今天在座的中小学生，包括家长、老师，他们比较关切的是，现在的诱惑太多，要如何沉浸到文学阅读中。大家都知道阅读很重要，学校有很多规范，但怎么才能在课外拒绝手机等电子产品的诱惑，让身心沉浸到书本中，怎样跟书发生深度关系，这可能是大多数人面临的现实问题。请晓亮和则臣老师跟大家分享一下操作层面的问题，怎样安心地把一本书读深读透。

徐晓亮：我先举个例子，我们家有一个工作了很多年的阿姨，和我关系特别好，开始都叫我牛牛爸爸，有天突然喊我徐老师，问我是不是开书店的，我听了后非常高兴。为什么？她认为开书店的人才会不停地买书，才应该喊老师。所以首先要买书，有兴趣去买，才可能想到看，阅读的氛围才会形成。不能夫妻在家各拿一个手机，各玩各的，然后奢望孩子读书。

别人也会问我读那么多书想干什么。我觉得读书的目的是改变人的思考习惯，从而改变人的行为方式。改变思考习惯，做事就有了目标和方向。这么多年来，我既没有从事学术研究，也没有从事文学创作，但它对我的家庭生活、商务生活都带来了潜移默化的影响。古人说"腹有诗书气自华"，虽然咱们没有读出古人的气质，但油然而生的一种自信，一定是阅读带来的。我们有时候有这种自信，做任何事情总觉得能解决，都是阅读带来的力量和勇气。

徐则臣：日常生活中，我们肯定希望朋友是宽容的，有平常心的，但别人的宽容和平常心都不是天生的，其实是读书的作用。我们每个人，因为生命的局限，只能过一辈子，你天天冲在生活第一线，只能经历一个人生，但读书可以让你看到无数人生。你无论怎么生活，都只有一个视角，但读书会让你发现每个人都有视角，都有目光。过去只有一扇窗户，现在四周围都是窗户，除了你的目光还有无数个目光。如果你能够看见别人的目光，你能理解，那么第一，你接受了别人。第二，你有宽容心，你愿意接纳，然后你就获得了他们的眼光。

我们读书就是获得他人看问题的方式，我们从别人的角度来看问题。事情只要能换位思考，问题就不难解决。我们急、上火是为什么？都是站在自己角度看，这个事必须这样做，如果换个角度去看，别人是另外一种想法，从他的角度出发，可能这事就不该这样做。你如果能够换位思考，你就可以做到宽容平和，最简单的方法就是看书。我们过去说"读万卷书，行万里路"，为什么老年人比年轻人平和？因为见得多，遇事不仅能从自己的角度考虑，还能从别人的角度考虑。老年人为什么有平常心？所谓"曾经沧海难为水"，见过世面的人就不会对小事情较真，不会搞得鸡飞狗跳，所以才有平常心。

我年轻的时候写作文，或是刚写小说时，都是语不惊人死不休，只要我一张嘴，每个人都要看到我一嘴的大金牙，金光闪闪。但最后发现那种咋咋呼呼的层级都比较低。高层次是什么？应该像老和尚说家常话。得道高僧、扫地僧就一直在这里沉默着，从来不会想哪天出人头地，就甘于在那个地方，而且非常满足。我们小时候都读过一篇古文，"鸢飞戾天者，忘峰息心"，那是很高的境界，境界固然需要人的修为，需要一点点努力，其次就是看书。当你的内心除了自己还有无数人的时候，生活就会变得丰富，变得宽容，你就会有平常心。

我们常会听到一种说法，说读书人酸腐，慢性子，其实不是酸腐，是因为凡事会站在别人角度考虑，所以就没有火气。我在家里一年都不会发火，他们都说我是老同志，我说发火不值得的，就这么几口人有什么大不了的事，不就是你有你的观点，我有我的观点。我和老婆吵架从来都是我认错，不丢人。两人为了一件事冷战，伤的还是自家人。而且坚决不能在孩子面前吵架，就是这个道理。想想其实没有多大事，靠的就是换位思考和平常心。这就是读书带给我们的，没有哪个老和尚点火就炸，就是因为修为。如果不读书，也可以提升修为，但读书可以加速提升你的修为。我们都希望我们的朋友亲戚都是宽容的人，其实我们也可以成为这样的人。

今天这世界越来越丰富，越来越复杂，我们可以到处跑，世界上无数个地方走不完，但书相比之下是廉价的，没钱也可以借着看，你可以通过读书获得丰富的情感经历，让情感、精神变得

第六章　访谈与对话　　303

自信，这很重要。生活有很多意想不到的东西，我们是淡定自如还是乱了阵脚，我觉得跟修为有很大关系，修为不是凭空而至，读书解决了我们的修为问题。

如何让孩子读有意义的书，有价值的书？人都是愿意去享受的，但生活不允许我们"躺平"？如果你还有欲望和理想就不能让自己"躺平"。这个时代是碎片化的时代，我们有很多阅读是碎片化的，这没问题，我不拒绝刷屏，也不拒绝看朋友圈，但不能沉溺，有时候需要大量时间做沉浸式的阅读，如果要理解情感、命运、历史、文化，你必须扎进去，必须有足够时间，时间不到很难体会到。所以必须有足够的沉浸式阅读的时间。

有人问我，天天读网络文学好不好？网络文学提供的东西，经典文学能提供得更好。我们算一笔账，就是单位时间内能获取多少营养，一首诗五绝只有二十个字，这二十个字吃透了，对你一生的影响比很多文学作品都重要。问题是，我们要逼自己吃透，不能纵容自己想怎么来就怎么来，如果你没有进步的想法，那无所谓，但凡有一点深入的想法就要逼自己。比如，写文章越写越好的肯定是自虐狂，因为要不断给自己制造难度，不断给自己找麻烦。你跳跃了障碍就会有所进步，其实各行各业都是这样。你想做一个好铁匠、好木匠，也要下很多功夫。晓亮的孩子牛牛非常优秀，文章写得非常好，他们小学的毕业歌词都是牛牛写的。如果一个孩子从来不看书、家里一本书也没有，很难能写出一首全校学生唱的毕业歌。

这是个缓慢的过程，我们要一点点做，不能只看结果。家里面一定要有书，书是有气场的。我也是一个买书狂，刚才晓亮举的例子非常好，阿姨一开始叫牛牛爸爸，三年以后叫徐老师，因为这些书让她肃然起敬。当她说到老师这两个字的时候，就代表了对书、对文化的敬意，这是很好的传统。家里面要有书，对写作的人更是这样。本雅明买了很多书，别人问你家里这么多书都看了吗，他说没有，看了1/3。另外2/3干什么？他说就用来看，观看的看。书有气场，整天跟书打交道的感觉是不一样的。我在北大念书那几年，没事也不到外面跑，哪怕只是在校园逛逛也行，感受一下氛围。我常说，就是一根木头，在北大校园待三四年，也跟别的木头不一样。

大家去过很多学校、单位，我们对不同单位的品位、格调、格局会有一个判断，这个判断就是从文化而来。文化是虚的，但会落实到一个个细节上。我们见过很多官员，一个官员的谈吐、气质，跟他背后的学养、教育，跟他读不读书有很大关系。读多少书的感觉会呈现在你的五官里。有一个相声演员，说自己虽然长得很丑，但别人从来对他心生敬意，就是这个道理。无论是对于读书人还是官员、商人来说，读书总归不会错。

至于孩子，该逼还得逼，别太希望奇迹。说我儿子的一个经验，我是学当代文学的，国学功底弱一点，所以我希望孩子从小把古文抓得好一点，就逼他每天早上背诗，几年了，现在他像《岳阳楼记》这样的长文章都能背出来。他也不理解为什么每天要这

第六章 访谈与对话　　305

样,现在马上六年级,他跟你说话时偶尔会冒出一个好句子,我觉得这就不错。

有的孩子写文章,背很多名词名句。但我儿子从来不需要这些,写文章时自然而然就写出来了。你背10首诗可能写不出来,当你背100首诗的时候就可以了,背200首诗时,写出的好句子会越来越多,你会发现文章一下子就不一样了。所以我觉得,孩子还是要背诵,好文章、好诗歌是老祖宗传下来的,是精华,很多智慧凝聚在诗中。有人说一本书是一个作家的成果,其实不是,是这个作家集合前人精华才写出了这本书,每个人都站在别人肩膀上,这本书是不同作品、作家集合的序列,所以一本书不仅是一本书,有可能是文学史的集合,认真看一本书等于看了很多书。大家看《红楼梦》,你觉得那就是曹雪芹写的吗?曹雪芹之前的每个人都在写,没有之前的作品,哪有《红楼梦》。所以深度看一部经典作品,意义远大于很多本书。孩子还是需要看好书,看经典的书,因为经典背后站着无数好作家、好作品,为之花时间是值得的。

碎片化的时间怎么读书?其实书的内容已经转化成很多形式,泛化在生活里,我们可以喜马拉雅听书。这几年,长篇小说《安娜·卡列尼娜》一百多万字,《日瓦戈医生》四五十万字,我全都是在上下班的地铁上,或是晚上散步时听的,这些时间浪费就浪费了,每天把这些时间用上,能看很多书。读书总是有方法的,我们不要给自己找借口,孩子还是需要下点狠手,只要别体罚就行。小时候背下的诗，以后随着阅历、学识的增加，会慢慢地体会到这些东西的意义。

有人说过去的私塾教育有问题，但私塾教育出了很多大家。3岁、5岁在那儿背诗，当时虽然不知道背没背进去，若干年后你会发现其实背进去了。为什么现代文学出了那么多大家，学养那么好，就因为小时候的积累，什么都不懂的时候记住了音，随着成长不断地给那个声音找合适的字，给字找合适的解释，这首诗也就在脑海里不断发酵、壮大。我小时候背过一首我爷爷订的《中国老年》里的诗。我爷爷让我背，很多字我都不认识，只能背汉语拼音，但音韵一直记在脑子里。过段时间我就想起这首诗，不断地给音填词，不停试错，这次觉得合适，下次觉得意思不对。到大学时，我觉得这首诗没有办法再变一个字了，就想看填得对不对，找到那首诗之后，发现和我写的一模一样。这些年我填错了很多，它对我而言就只是一首诗吗？在不断纠错的过程中，我对汉语，对字词的理解，人生的醒悟，对诗的体会发生了巨大的变化，所以这不仅仅是一首诗。我希望孩子们愿意背的话还是要背一点。

5.河流、火车，我希望它把我的想象一直带到远方

李徽昭：现在的阅读，尤其纸质书阅读确实是大问题，国民教育、文化传承、人文素养，这些都跟阅读有关系。两位从各自角度谈了很多，家长孩子、学校老师，都知道阅读重要，但怎么操作确实需要大家认真思考。总结两位所谈的，第一是要有氛

围,家庭里或者校园里可以形成几个读书小组,父母跟孩子一起读,读完还可以讨论。第二,"文学大家面对面"这样的活动需要越来越多,街道、居委会都可以经常举办类似的活动,这无疑会慢慢形成一种社会氛围。最近东方甄选的董宇辉火了,其实跟他读书有关系,也跟俞敏洪有关系。俞敏洪就是一个爱读书的老总,家中藏书巨丰,读书会强化企业的文化向心力,这样家庭、学校、社会、企业,不同的阅读圈子联结以后,文化氛围就会慢慢形成。

最后一个问题,大家读小说很喜欢看人物,而人物背后重要的支撑是意象。徐则臣小说里有很多值得深思的意象,比如《西夏》里用来藏身的树洞,《王城如海》里颇有意味的二胡,这些意象是怎么筛选、表达的?例如《王城如海》中主人公夜晚梦游,听到《二泉映月》就会停止,大家看的时候会有一种很神奇的感觉。

徐则臣:我上小学的时候,身边人会在树洞烤火,这个意象就一直在我脑子里,经常放学时走着走着发现身边同学少了一个,转头就会发现他在树洞里了,这些记忆留下来被我写到了小说里,是自然而然的。《二泉映月》也是,我喜欢二胡,小时候学过,现在完全找不到调了。每次出差烦躁时,我平息情绪的重要途径就是听二胡曲。一次在央视节目中,跟朱迅聊到另外一个二胡曲《江河水》,这两首都是二胡名曲,我个人更喜欢《江河水》,但写《王城如海》时我一直听的是《二泉映月》,所以就把《二泉映月》写进去了。如果那时候听的是《江河水》,没准儿写的就是《江河水》。

李徽昭： 如果是《江河水》，意境呈现可能就不一样了。

徐则臣： 是的，你在生活里，在潜意识中不停地筛选，为什么是它，不是别的？你一定能找到原因。所以写作有很多内容看似偶然，其实也是必然，这些都是你生命中拿不起放不下的东西，都要在小说中出现。为什么我只写火车？因为我小时候特别羡慕坐火车的人。那时在小村子生活，通往广阔的世界只能靠河流或火车。在座的都有这样的感受，水面上扔一个树枝，你会想象它一小时后到哪儿，一天以后到哪儿。这样想之后，你对这个世界的认识会超越树枝，一直往前走，这个树枝漂到哪儿，你想象的世界就开阔到哪儿。世界就是这样不断开阔的。所以我写了很多河流、火车，火车一直往远方，而且是完全不知道未来的地方。到世界去必须有物质载体，河流、火车，就是这个载体，我希望它把我的想象一直带到远方。

我当时在一个小地方生活，很想去县城，我爸说，你考好了我带你到县城，去洗个热水澡。我家里只有一个洗澡帐，人在里面气都喘不过来，所以我最怕洗澡。我爸就说你好好考，考好带你到县城的大澡堂洗澡。小时候一直觉得，大城市必须有一个大澡堂，大澡堂是一个城市的标配。所以我的小说中会出现这样补偿性的描写，写了我小时候享受不到的东西，如果从心理学的角度研究作家的作品，发现一切都可以按图索骥，没有什么秘密。

李徽昭： 按图索骥，这是一个别有意味的小说解读视角。最后请徐立书记总结。

徐立：我谈谈我读到的和我理解的《北上》。虽然一直在读书，但我好多年没有读小说了，尤其是当代小说基本没看。几年前我无意中读了本党史书《北上》，刚好茅奖公布，又看到了徐则臣的《北上》，因为机缘巧合，又遇到一本同名书。没有想到30多万字的《北上》，我一口气就读完了。在《北上》之后，我又读了一连串的长篇小说，比如《人世间》《有生》，还有我们西善桥草根作家张大明的《家世》。把《北上》放在当代长篇小说里来理解，让我有很深的感触，我觉得过去十几年没有读小说对不住自己。所以非常感谢徐则臣老师把《北上》送到我的生活中，让我开启阅读长篇小说的生活。看完《北上》我又读了夏坚勇的《大运河传》，看了中央电视台的8集纪录片《大运河》，再回过头看《北上》，觉得我跟徐则臣老师的心靠得更近了。

这么多年下来，别人经常质疑的是，你那么多书读到哪里去了？我觉得它融入了我的血液，就像"病毒"进入你的血液，只有检测的时候才能发现是阳性，但在哪里你不知道。书本成了支撑人生的力量，这个力量你也看不见。正如《北上》就是人生一条大河，运河一路向北，呈现的是一种向上的精神，人生旅途中，你会遇到各种各样的风景和经历，接触各种各样的人，有的成为朋友、至交，有的发生矛盾。阅读过程中，我们会面对自然，面对历史，也会面对灵魂深处的呼喊，甚至惊醒。所以《北上》给我最大的收获，是让我看到一种人生常态，看到人生的力量。

我们读的书最后变成了一种精神、一种力量、一种气质。今天在场的年轻读者比较多，如果你想今后的人生更精彩，无论经历怎样的艰难和挫折你都不想被打倒，希望你们从《北上》，从阅读中寻找力量。

李徽昭：阅读给予人生一种精神，一种力量，一种气质。让我们记住这个美好的下午，也让我们共同期待《北上》电视剧的播出。

（本文为2022年8月14日南京市西善桥街道"在世界文学之都，与文学大家面对面"活动对话录音整理稿，原刊《艺术广角》2023年第1期）

后　记

算起来，有二十多年了，有意无意地，读了徐则臣不少文字，也有意无意写了不少相关文字。依稀记得2006年，我好像寄居在淮安东大院，读完《跑步穿过中关村》，难掩激动，即刻从琐碎行政事务中出逃，写了第一篇批评文章《漂泊者穿过中国》。《退隐的乡土与迷茫的现代性》则是在首间独立书房内草就的。还有2018年夏末，在日本东京玉川上水边的一桥大学宿舍，连白带黑读完《北上》电子稿，那条横贯南北的大河似乎就在身边汩汩不息。类似的读写记忆还有很多，文字确实是有魔力的，读与写的共振真的令人难忘。

现在，我将这些文字排列组合，与电邮、照片、随笔乃至新闻通讯、政府公报等琐碎文本一起拼贴呈现出来。以个人化、公共性的杂糅文本介入批评研究，并非要夹带私货或偷懒耍滑，而是这些看似异质的内容，与批评阐释、时代变革确有其丰富的内在关联，如此或是学术研究的一种文本实验，是对学术著作的文体穿越。我相信，那些过往岁月、时代屐痕都潜隐在了字里行间。当然，限于时间和能力，疏漏与缺憾肯定不少，也请大家批评指正。

感谢则臣兄，这么多年，你的诚恳与包容，还有诸多交流与指教，一切自不待言。

感谢北京十月文艺出版社韩敬群总编、陈玉成副总编、王昊编辑，小书能由主打原创作品的精品社推出，显然是他们的偏爱与鼓励。

感谢曾让这些文字先期发表的诸多编辑师友。感谢莫言老师惠赐书名题字。感谢李浩兄提耳之序。这些琐碎文字，能以如此面目呈现出来，离不开你们的厚爱与支持。

宋笑天、郑妍、惠思远、崔丹宁、虞洁馨、钱奕呈等，曾对书稿部分内容有所帮助，特此说明并致谢。

本书亦受扬州大学出版基金资助，谨此说明并致谢。

2024年2月1日，扬州南湖巷